旺家俏娘子 5 完

風 文創 120

農家妞妞 著

目錄

第一一五章　又生事端

昏黃的燈火搖曳，銀色幔帳輕晃，暗香滿屋，春意綿綿，一帳春光蕩漾。

唐子諾輕柔地環抱住懷裡的喬春，耳邊傳來她均勻的呼吸聲。此刻他睡意全無，眼睛盯著帳頂，思緒又回到在皇宮發生的事情上。

想到湖面上漂浮著的衣服，想到那凍得瑟瑟發抖的人兒，他不自覺地加重環在她腰上的力量。

喬春迷迷糊糊間，感覺到自己腰上一緊，而且那手似乎還微微顫抖。睡夢中，她伸手輕輕拍了拍那個結實的背，俏臉往他懷裡蹭了蹭，纖長的雙腿纏在他身上。

唐子諾側目看著喬春的雙腿死死纏著自己，好像怕他跑掉一樣。腦子裡又想起她剛剛唸過的詩，忍不住再次咧開嘴角，嘴裡低喃重複道：「君當作磐石，妾當作蒲葦。蒲葦韌如絲，磐石無轉移。」

細細品味，一顆心變得更暖，再次看向她此刻抱著自己的模樣，就如同詩中的意境一般，身心不禁漾滿了幸福。

喬春低低呢喃了一聲，纏在他身上的腿更加收緊，她那如同靈蛇般的小手還不自覺地捏了他的腹肌一下，然後便像作了個美夢般地輕笑幾聲。

唐子諾的身子一僵，體內的火隱約冒了出來，但想到她如今是個雙身子的人，便輕輕搖了搖頭，捨不得再「體罰」她。

他不由自主地伸手撫上喬春紅撲撲的臉，指腹慢慢勾畫她的眉，來回摩挲她的唇。她身上細膩潤滑的肌膚，再次不自覺地摩擦著他的身體，唐子諾慢慢收回自己的手，輕柔地在她的唇瓣上無限珍愛地啄了一下。

閉上雙眼，深深吸了幾口氣，唐子諾努力平復自己急促的呼吸，喬春卻逕自睡得香甜，細白柔嫩的雙腿依舊纏在他身上。

唐子諾覺得在這樣的誘惑下，自己如果還能睡得很好，那他就不是個男人了。於是他伸手慢慢將喬春的雙腿抬離自己的腰，輕輕放在床上，接著將她的腳用被子包好，自己再躺下去，哪知喬春那使壞的腿又立刻纏了上來。唐子諾苦笑了一下，放棄再將她的腳挪開，而是伸手緊緊抱住她。

算了，實在不行，就數羊吧。他實在不願再折騰她，畢竟這一天下來，她的身心都很疲倦。

「老婆，妳現在是把我當成磐石，把自己變成了蒲葦嗎？希望妳能一直這樣抱著我、纏著我。此刻，我真的好幸福……」

甜蜜又深情款款的話，在冬夜裡顯得格外暖人心肺，化身為蒲葦的喬春像是聽到他的話一樣，嘴角微微翹了起來。

唐子諾更加沒有睡意了，乾脆單手支著頭，專心地看著喬春發愣。

幔帳中光線很昏暗，但並不影響唐子諾的視線，他怔怔看著她發呆，半晌過後，不禁輕聲呢喃：「我一定會讓妳過上妳要的那種生活，不管前面的路是否變幻莫測，有妳牽著我的手，我就不怕。」

這個意念從唐子諾的腦海裡冒出來之後，他便緩緩躺了下去，柔柔地在喬春的額頭上留下一吻，隨即心滿意足地閉上眼睛，靜靜入眠。

等到身邊傳來平穩的呼吸聲時，喬春驟然睜開眼睛，晶亮深邃的眸子閃過一道精芒。她細細回想今晚在皇宮裡的事情，那人能裝扮成杜湘茹的模樣，就表示對她的情況很了解，而且還對皇甫傑和唐子諾的行蹤瞭若指掌。

如果不是她臨時演起溺水的戲碼，她相信此刻自己已然香消玉殞。以前恆王對她是因為顧忌自己在茶葉上對晉國造成威脅，那麼現在這些人又是為了什麼？前往京城路途中的黑衣人跟現在的這個人是同一夥的嗎？

不對，黑衣人的目的是活捉她，但玉橋上的女人則是要置她於死地，這兩者說什麼都不可能是同路人。想來想去，喬春實在想不透自己怎麼會引來這麼多黑手，搞得她走到哪裡都不得安生。

想著想著，喬春迷迷糊糊睡著了，待她醒來以後，身旁的人已經不知上哪兒去了。喬春伸手挑開幔帳，瞧著窗外的光亮，便也不再賴床，迅速爬起來穿衣洗漱。

「四妹，妳醒啦！」唐子諾從外頭走了進來，看到坐在梳妝檯前發呆的喬春，微微一怔，信步走了過來。

喬春看唐子諾緩緩朝自己走了過來，翦水雙瞳閃了一下，不禁起身迎上前去。

「睡得可好？」

「你上哪兒去了？」

兩個人異口同聲地問道，微愣之後便相視而笑。

「走吧，大哥在等我們一起吃早飯。」唐子諾牽過喬春的手，目光灼灼地看著她。

「嗯。」喬春嫣然一笑，看著他眼底的情意，臉頰漸漸渲染上一片霞暈。

正好，她有一些疑問要向大哥求證，另外，她也得探探宮裡的消息。她可不會天真地以為太后會為她這個沒有血緣關係的義女，而傷及後宮妃嬪。就算太后要懲罰那人，估計也不會明著來，更不可能把真正的幕後黑手告訴他們。

再怎麼樣，太后也不會做出任何有損皇上和大哥兄弟情誼的事，這一點，她事後回憶了一下太后的言行舉止，也就想通了。她搶在大哥之前去找真凶，無非就是怕此事牽涉到後宮的女人，擔心他們兄弟會因此心生嫌隙。

「春兒，妳今天的臉色好多了。」剛步入大廳，杜湘茹就迎上前，親暱地從唐子諾的手裡將喬春牽了過去。

喬春回握杜湘茹的手，抿唇淺笑道：「我已經沒事了，妳別擔心。」

「沒事就好。走，咱們今天到外面去吃。」皇甫傑安心地笑了笑，走過來站在喬春面前說道：「四妹，妳不是要在京城找地方開茶館嗎？前些日子我讓人找了幾個地方，吃過早飯後，我帶你們去看看，妳和二弟商量看看哪個地方比較合適。」

他已經差人按茶館的規模尋了幾個地點，現在就等喬春挑地方簽約了。

喬春一聽，連連點頭笑道：「謝謝大哥，事不宜遲，咱們走吧。」話落已是心急地拉著杜湘茹往大門口走去。

幾個人興致勃勃地來到京城最出名的「凱悅酒樓」，皇甫傑似乎是這個地方的老主顧，他一進門，掌櫃的就親自過來招呼，並領著他們來到一間雅致的包廂。

皇甫傑點了一些大夥兒都愛吃的菜，掌櫃的便拿著菜單迅速去廚房安排了。

喬春看得有些傻了，掌櫃的前腳剛走，她就迫不及待地問了起來。「大哥，你好像經常來這個地方？」

「這裡是逍遙王府的產業之一。」皇甫傑也不拐彎，直接告訴喬春他就是這裡的老闆。

「啊？」喬春驚訝地看著皇甫傑。她可真沒想到，大哥除了是王爺，還是民間酒樓的老闆。他也太多才多藝了吧？

「大哥，你真的很想當果果和豆豆的義父吧？」喬春的嘴角露出一抹討好的賊笑，眸光閃爍地望著皇甫傑。

放著這麼好的資源不用，實在浪費。現在出來擋她路的人太多了，她實在擔心會因此輸掉那個三年之約的賭注。陳清荷是說過不能搭便車，但如果這是別人送給果果和豆豆的認親禮，那就另當別論了。哈哈，她真聰明！

喬春這一刻不禁佩服起自己的足智多謀，這好處落到口袋，不但不會被人抓到把柄，還能讓二哥以後不會那麼累，大哥更可以順了意當果果和豆豆的義父。這樣算下來，可就是一石三鳥了。

「呵呵！這個問題，四妹不是早就知道答案了嗎？」皇甫傑淡淡一笑。他現在倒是有些好奇喬春接下來的話題了，不過他還是想逗逗她，於是蹙了蹙眉道：「四妹不是要我按照條件來嗎？眼下條件還沒達到呢。」

喬春聞言，微微一愣，接著便一邊替皇甫傑倒滿一杯茶，一邊諂媚地笑道：「要不，我來幫幫大哥，然後換個條件？」

喬春說著，眸光輕轉，略帶疑惑地看著杜湘茹。「湘茹，妳還沒有答應我大哥嗎？我昨天看太后意思，可是同意了。要不等妳回『天下第一莊』以後，跟妳爹撒撒嬌，他一定會同意的。

「先別說我大哥是個男人中的男人，就憑著他對妳的一片真心，也該答應他。還有，妳爹只要一想到這些年妳都不在他身邊，不曾對他撒過嬌，妳一軟聲細語，我敢保證他一定對妳百依百順。

「要不這樣，三年後我和二哥計劃要帶寶貝們雲遊四海，到時妳和大哥也一起來吧！我們到處走走看看，如果找到心儀的理想住所，我們就比鄰而居。這樣既有伴，也可以讓兩家的孩子們有朋友，多開心啊，是不是？」

喬春不給杜湘茹任何回嘴的機會，一口氣提出各項條件努力說服，就怕她有所遲疑，不肯答應。她相信大哥已經跟杜湘茹提過了，不過看她還沒開始動作，肯定是大哥的藥下得不夠猛。

杜湘茹聽到這裡，臉上已是一片羞紅。

他們都還沒成親呢，喬春居然能聊到孩子……不過，她的提議很是誘人，讓她蠢蠢欲動。

杜湘茹明眸輕轉，看向皇甫傑，發現他竟然咧著嘴傻笑了起來，似乎對喬春的提議也是很嚮往。

「咳咳……四妹，繞了這麼大一圈，妳的條件到底是什麼？」察覺到杜湘茹探索的目光，皇甫傑輕咳了兩聲，微微頓了頓，又道：「不管是什麼條件，我都一定能辦到，妳說吧。」

他和杜湘茹一樣喜歡自由平靜的生活，只是他生在皇家，肩上背負著使命，很多事情不能輕易拋開。但他向來不喜歡舞權弄術，只想完成先皇遺命，幫皇兄守護大齊國的子民。待大齊國變得昌盛強大的那一天，就是他皇甫傑踏入理想生活的開始。

喬春見皇甫傑這麼乾脆，自己倒是有些不好意思起來，囁嚅道：「條件……就是你得送果果和豆豆一份認親的大禮。」

唐子諾、皇甫傑還有杜湘茹聽了，皆是詫異地看著喬春。她向來不是貪戀物質和地位的人，今天怎麼就想要幫果果和豆豆討一份大禮呢？

「哈哈哈！」愣了一會兒，皇甫傑笑了起來，看著喬春說道：「四妹，妳終於開竅啦，可喜可賀。妳要的正是我想送的，可是又怕妳不願意收，所以就一直沒送出去。」

這下又換成喬春等人驚訝了，她剛剛好像只說要一份大禮，並沒有說明具體內容，皇甫傑怎麼就知道她想要什麼呢？

「我送果果二十個出色的帳房，送豆豆二十個絕對稱得上一等一的掌櫃。二弟、四妹，你們認為如何？」皇甫傑也不再跟大夥兒打啞謎，直接說出他要送的禮物。

喬春飛快與唐子諾對視了一眼，彼此心領神會，隨即齊齊看向皇甫傑，點了點頭。

「大哥，這些人先放你那兒，我要的時候再找你。」喬春淺笑道。

皇甫傑點了點頭，表示同意。

此時，掌櫃的帶著幾個小二端著點心走了進來，待他們放下餐盤後，皇甫傑便揮了揮手，示意他們退出去。「李掌櫃，你也出去忙吧，這裡我們自己來就可以了。」

「是！」李掌櫃彎了彎腰，轉身離開，順手關上包廂門。

喬春看了桌上那些精緻的點心一眼，抬眸望向皇甫傑，好奇地問道：「大哥，你剛剛怎麼會知道我的條件？」

「因為妳聽了這間酒樓是我的以後，眼睛瞬間亮了一下。」皇甫傑笑道。

柳眉輕擰，喬春撇了撇嘴，道：「想不到我這麼容易就被人給看透了。」

喬春心裡很是鬱悶，她可沒想到自己的功力這麼差，看樣子自己太久沒有過那種爾虞我詐的生活了，人也變得不夠機靈。

「那是因為妳在我們面前呈現的是最真的自己，沒有一絲虛假，所以我才能從妳的眼神裡猜出答案來。」皇甫傑看著喬春瞬間垮下去的臉，連忙安撫。

「大哥說得一點都沒錯。」唐子諾接下皇甫傑的話，重重地點頭。

喬春的黑瞳瞬間散發出一道釋懷的光，笑道：「你們的話，我相信！不過大哥，想不到你的行商能力也這麼厲害。」

皇甫傑無奈地聳了聳肩，兩手一攤，說道：「我也只是隨便弄弄，因為王府上下幾百多口人要吃要用，如果僅靠我那一點俸祿，哪裡夠花？」

隨便弄弄？在場幾個人有默契地同時瞪向他，這人也「太」謙虛了吧，真是不可愛。他隨便弄弄就成了京城第一酒樓，他要是不隨便的話，又會是什麼樣？

喬春和唐子諾再次看向對方，眼底一片清明。如果他們猜得沒錯的話，「那個地方」就是大哥不「隨便弄弄」的成果了。

「大哥，這裡說話方便嗎？」喬春忽然壓低聲音，看著皇甫傑問道。

皇甫傑微微頷首。這包廂是他專屬的，不僅雅致，還兼具隔音的功效。

喬春稍稍放下心，這樣她就能盡情發問了。有些事情她不問清楚，實在坐立難安。「太后是不是不想大哥插手查我昨晚落水的事？」

皇甫傑默認地點了點頭，眼睛定定望向喬春。「其實，我也想問妳一些當時的情況。」

「昨晚那個人扮成湘茹的樣子，等我發現不對勁時，已經來不及了，所以我就故意讓自己落水，佯裝溺斃，實際上是等她走遠後，再潛水往湖邊游去。那人穿著跟湘茹類似的衣服，連髮型也差不多，如果不是我發現她的手指沒有湘茹那麼纖長，估計這會兒我是真的不能坐在這裡跟你們說話了。」

說到這裡，喬春忍不住微微顫抖。

唐子諾心疼地看著喬春，伸手緊握住她疊放在大腿上的手，彷彿不這麼做，她就會從他眼前消失。

喬春稍微平復了一下情緒，又道：「那人的臉上畫滿了油彩，有意不讓我看到她的真面目，我想這個人一定對我們幾個人的行蹤、習慣還有衣著都很熟悉，不然她不可能在短時間內扮成湘茹的樣子來引我上鈎。

「太后的用意我很明白，不過我希望大哥只要查出真凶，讓我們心裡有個譜，未來能防著她就行。因為我不想讓大哥為難，也不想為了那種人傷害大哥和太后或皇上之間的親情。」

「好，一切都聽妳的。」皇甫傑感動地看著喬春。他果然沒看錯人，她絕對是個值得他交心交命的人。

這一刻，皇甫傑很慶幸自己慧眼識明珠，替自己認下了這麼一個好妹妹。

幾個人用完早膳，便離開酒樓，一同去察看要用來開茶館的店鋪。幾個地方輪番看了下來，針對環境、位置、面積等條件做了一番比較之後，終於選中一處臨河的鋪面。

回到逍遙王府以後，喬春等人就坐在大廳裡喝茶閒聊，稍微放鬆一下心情。早上他們不僅選好鋪面，還教訓兩個當街強搶民女的官家少爺，現在真有點累了。

「王爺，剛剛宮中來旨，讓您和公主一起進宮面聖。」王府總管恭敬地向皇甫傑行禮，神情有些擔憂。

他剛剛送走從皇宮前來傳旨的安公公，側面打聽了一下，雖然無法得知皇上找王爺和公主的真正用意，卻曉得皇上心情極度不佳，在命安公公傳旨前，已經在議事大殿發了一頓脾氣。只怕此番王爺進宮，皇上定會擺臉色給他看，甚至少不了責怪。

「起來吧，讓人備馬車，我和公主馬上就去。」皇甫傑輕輕蹙起眉頭，微瞇著眼向總管揮了揮手。

唐子諾伸手握住了喬春的手，看著皇甫傑道：「大哥，看來早上那事已經傳到宮裡去了，只怕此番進宮免不了遭到指責。他指定要你和四妹進宮，我不能一同前去，真是放心不下。」

他們教訓那兩個當街強搶民女的官家少爺後，有人認出喬春就是傳說中的茶仙子、太后的義女，而皇甫傑就是百戰百勝的逍遙王，當場不少百姓下跪對他們膜拜，只怕皇上會拿此事來作文章，甚至對喬春出手。

「二弟，你別擔心，我一定會護著四妹。再說還有母后在，你就放心吧。」皇甫傑深深地看著唐子諾，語氣堅定地保證。

別人的想法他或許不知道，可是母后的想法他比誰都清楚。母后一定不會讓皇兄亂來的，如果不是這樣，她當初也不會急著收四妹為義女。

喬春扭過頭望著神色緊張的唐子諾，抿唇微微一笑。「二哥，難道你不相信大哥的話嗎？我也相信，不管發生了什麼事情，太后一定會替我和大哥作主的。」

說著，喬春輕輕轉眸看著皇甫傑，說道：「大哥，你先在大廳裡等我一下，我回房梳洗整裝。」

「妳去吧。」皇甫傑擺了擺手，也無心再坐下去，便站起身來對杜湘茹道：「湘茹，妳好好在王府休息，我和四妹很快就會回來。」

杜湘茹看著他柔柔地笑了一下，微微頷首。

喬春和唐子諾向他們兩人輕輕點了點頭，便牽手離開了。

在走回客房的路上，喬春輕輕扯了扯唐子諾的衣袖，示意他停下腳步。她警惕地朝四周掃視了一圈，確定沒有旁人後，才要他彎下腰來，然後立即湊到他耳邊輕聲低語。

唐子諾認真地聽著喬春的話，愈聽心愈驚，愈聽臉色愈難看。末了，他神色複雜地看著她，像是在說：真的要這樣嗎？

喬春定定看著唐子諾，神情堅定地用唇語說道：「只有用這個法子，才能不再進皇宮；只有這樣，才能早日回去山中村。」

深邃的黑眸中閃過一絲心疼和憐惜，唐子諾緊抿著嘴，點了點頭。

唐子諾要小月和小菊替喬春梳妝、換衣，自己則是深深看了喬春一眼後，便轉身離開竹院。

喬春端坐在梳妝檯前，腦子裡不停想像等一下進宮會遇到什麼樣的情形，而自己又該怎樣應對，才不會替自己和大哥帶來麻煩。

待小月和小菊替她梳完頭髮、換好衣裳後，喬春跟以前一樣將她們打發了出去，待一切就緒時，唐子諾也匆匆趕了回來，伸手將一粒小小的紅色藥丸遞給她。

唐子諾伸手緊緊將喬春抱在懷裡，無比挫敗地嘆道：「老婆，我居然又要再一次眼睜睜看妳走進那個地方。我好擔心，好害怕！妳一定要平安歸來，我在這裡等妳，然後一起回家。」

喬春伸手拍了拍唐子諾的背，柔聲安撫道：「老公，你放心，一定不會有事的。你要相信我和大哥，不論如何，都有太后在，更何況，我想皇上目光也不會這麼短淺，選擇在這個時候對我和大哥動手。」

說完，兩個人便緊緊擁抱在一起。過了好一會兒，喬春又道：「你幫我處理一下茶館的設計圖吧，在我們回去之前可以交給大哥，請他找人幫我們裝潢。過不了多久就要過年了，我們在年前是不能再來京城了。」

「我知道了。」唐子諾輕聲應道。

喬春伸手輕輕推開了他，牽著他的手道：「走吧，時間不早了。我們去大廳找大哥，可不能讓皇宮裡的『那位』久等了。」

議事大殿裡，皇甫俊神情冷峻地坐在主位上，看著站在他左下方的國師說道：「國師，為何不讓我現在就執行天意呢？我已經等得夠久了，不能再等下去了。」

上午他收到從宮外傳來的消息以後，一是生氣，二是欣喜。

氣的是皇甫傑在百姓心目中居然比他這個皇上還要有威望；喜的是，國師說他夜觀星辰，發現今日百姓會朝拜一位真正的鳳主。這位鳳主不僅能為大齊國帶來巨大的財富，還能為人民謀取安康。

得此女，必得天下，必擁民心。

皇甫俊並不是沒有想法的君主，他也想讓大齊國在自己手上變得更加強大，更想流芳百世，讓後人頌讚。只是皇甫俊似乎忘了，他這樣惦記別人的妻子，就已經不配當一個明君了。

國師眼底迅速閃過一道精光，他垂著頭，嘴角逸出一抹狠絕的冷笑。

他裝模作樣地伸出手，一下一下慢慢掐著手指，過了好半晌，才抬起頭看著已經等得不耐煩的皇甫俊，神色嚴肅地說道：「皇上，請稍安勿躁。根據此女的命格，此後三年她的任務是替皇上在外積累財富和民心，等她功成身退之後，才能來到皇上身邊，完成她守護君主的責任。」

頓了頓，他又伸手掐算了一下，說道：「如果皇上等不了這三年，硬要把她留在身邊，只怕會適得其反，不僅有損大齊國國本，還會引起朝中大亂，民心流失，望皇上三思而後行。」

皇甫俊瞧見國師有模有樣的推算，頓時也不再喊著立刻就要留下喬春這個命中鳳主了。他向來忌諱鬼神之說，然而國師實在無比靈驗，現在他已經將他的話奉為神明的指示了，不管國師說什麼，他都會相信。

「皇上，臣想在這三年內替皇上煉不老丹藥。這位鳳主的前身是九天外的花仙子，所以她不會老去。為了讓皇上將來能和鳳主一起享受永久的榮華富貴，請皇上恩准臣的請求。」

國師眼中閃過狡猾的光芒，抬頭看著皇甫俊，神情真摯地說道。

皇甫俊一聽，立刻開懷大笑，直直看著國師說道：「果然是朕的好國師，此事就交由國師一手操辦。在煉藥時，不管需要什麼藥材，國師都能不問自取。」

說著，皇甫俊從腰間取下一塊龍形玉珮，走到國師面前，親自遞到他手裡。他親暱地拍了拍國師的手，說道：「這塊龍形玉珮就讓國師收著，以後若是有人敢阻攔國師煉丹藥，國師可以先斬後奏。」

一直伺候在皇甫俊身邊的老太監烏公公，雖然見多了大場面，可此刻看到皇甫俊的舉動，臉色仍是變了幾變。

那塊龍形玉珮從未離開過皇上身邊，見到那塊玉珮，如同見到皇上，可以號令朝廷百官，皇上怎麼能將這麼重要的玉珮交給這個來路不明的國師呢？

烏公公內心很是擔憂。他這一生伺候了大齊國兩代君主，對皇室可謂忠心耿耿，如今眼看著皇上做出這般輕率的行為，教他如何不擔心？待會兒他一定要找機會去靜寧宮知會太后一聲。

放眼整個皇宮，皇上也就還算聽得進太后的話，希望國師不是另有所圖，不然大齊國國本可是危在旦夕。

國師一臉恐慌地收下玉珮，小心地捧在手裡，恭敬道：「臣定不辜負皇上厚望，請皇上靜待臣的好消息。」

皇甫俊聞言，仰頭哈哈大笑，邊笑邊走向主位重新坐了下來，道：「朕相信國師的能力。」

「謝主隆恩。」國師微微彎腰行禮。他可是得到皇甫俊的特准，不用行君臣之禮，由此可見皇甫俊有多看重他。

國師低下頭，眸中精光閃閃，心中生出一個又一個計謀。

「啟稟皇上，逍遙王和德馨公主已到，正在大殿外候傳。」太監稟報道。

「宣！」

國師抬頭看向皇甫俊，說道：「皇上，臣先告退！」

「去吧！」皇甫俊揮了揮手，讓國師退下去。

喬春和皇甫傑隨在太監身後，舉步走進議事大殿，途中正好與國師相遇。國師隨即停下腳步，對他們行禮。「臣參見王爺、公主。」

皇甫傑緊擰著眉頭，看著這個道士打扮的國師，眼神變得犀利無比，淡淡道：「免禮。」

喬春抬眸看著眼前的道士，只覺他眼底流竄著邪魅的光，根本不像個正派人士，讓她全身不禁起了雞皮疙瘩。

此人絕對有問題，他眼底那抹狠戾逃不過她的眼睛。

喬春伸手隨意擺了擺，道：「免禮，國師辛苦了。」

話落便隨皇甫傑繼續往大殿中央走去，兩個人並肩站著，對皇甫俊跪拜行禮。

「臣弟參見皇兄。」

「臣妹參見皇兄。」

皇甫俊也不吭聲，逕自拿起手邊的奏摺，佯裝認真地看了起來，硬生生當作那跪在地上的兩個人不存在。

喬春和皇甫傑垂著頭，暗暗對視了一眼，彼此心領神會，也就繼續跪著，不出聲打擾皇甫俊看奏摺。

本來他們不需要行跪禮，可是他們知道皇上一定會多番刁難，在路上就決定面聖時行大禮，這樣也是為了讓喬春的計劃進行起來順利一點。他們現在只能等，等皇上發現他們，等太后趕來，等藥效發揮。

皇甫俊像是看奏摺看到入迷似的，直到宮女們點起宮燈，他也未從奏摺上抬起頭來，更未發現在大殿上靜靜跪著的兩個人——到了這個時候，他似乎已從一開始的假裝沒注意到，變成真的沒看到了。

喬春微微動了動已跪得發麻的膝蓋，腹中的痛楚逐漸加劇，額頭上也冒出一層薄薄的細汗。皇甫傑擔憂地看著喬春，雖然他知道她吞下的藥丸不會真正傷到孩子，可是看著喬春痛苦的模樣，他還是幾次忍不住想要出聲提醒皇甫俊。

如果不是被喬春的眼神給阻止，他早就出聲了。其實他根本不怕皇兄生氣，他只怕中了小人的奸計。如果他們兄弟的情誼有損，只會讓奸人如意，讓大齊國子民陷入水深火熱中，所以現在他只能忍。

大殿裡的宮女來回走動，一會兒點燈，一會兒換茶，現在則是點燃炭爐和香料，沒多久，大殿便滿是暖意和幽香。

可喬春的肚子卻愈來愈痛了，額頭上的汗如豆粒般一滴滴落在玉石地板上。皇甫傑心疼得不得了，隱在衣袖中的手緊握著，喬春那一滴滴汗，就像一顆顆沈重的石頭打在他心上。

四妹是二弟的心頭肉，自己也是真心疼愛這個妹妹，可如今她為了維護他們兄弟之間的關係，居然下藥讓自己承擔這般痛楚。再看看自己那高高在上的皇兄，眼裡哪有什麼至深的骨肉親情？

到底是從什麼時候開始，皇兄對自己的感情變了，還對他產生忌憚之心？自己不是一直都謹守本分，沒有絲毫不忠，也一心想協助皇兄將大齊國變得更加強大嗎？怎麼這些努力到了皇兄眼裡，就如同肉中刺呢？

皇甫傑思緒飛騰，腦子裡不斷湧出大大的問號。

「太后駕到！」太監拔尖的聲音從殿外傳了進來，端坐在主位上的皇甫俊驟然放下手裡的奏摺，臉色變了幾變。

此時他突然像現在才發現似的，睜大眼睛看著安靜跪在大殿上的皇甫傑和喬春，站起來反手就給烏公公幾個耳光，怒罵道：「烏公公，朕的皇弟和皇妹來了，你怎麼也不提醒朕一聲？」

說完，皇甫俊看了皇甫傑和喬春一眼，一邊走下來準備迎接太后，一邊親切地朝他們說道：「皇弟和皇妹怎麼行此大禮？快快起來。」

「謝皇兄。」皇甫傑挺直地站了起來，神色擔憂地看著喬春。

「謝皇兄。」喬春慘白著臉，慢慢用手支撐身體兩側，想要站起身來，不料人還未站直，身子就已經往一旁倒了下去。

太后走進大殿第一眼看到的，便是臉色蒼白的喬春倒在地上，皇甫傑則是驚慌失措地跪了下去，伸手輕輕拍著喬春的臉，慌亂地喊道：「皇妹，妳怎麼啦？快點醒醒，可別嚇皇兄啊！」

皇甫俊看到喬春倒下去時，也是嚇了一大跳，連忙跑過來蹲在皇甫傑身邊。看著喬春臉上毫無血色的蒼白，一顆心不禁跟著疼痛起來。他只是想挫挫皇甫傑的銳氣，可沒有想過會因此讓喬春暈倒。

太后疾步上前，探著身子看到臉色不佳的喬春，不由得萬分焦急。

她極為不悅地瞪了皇甫俊一眼，伸手朝身後的宮女和太監們揮了揮手，喝道：「你們快點去找頂軟轎來，把德馨公主抬回去靜寧宮。還愣著幹什麼，快點去傳太醫！」

皇甫俊看到太后一臉鐵青地瞪著自己，又低頭看著暈迷的喬春，說道：「母后，靜寧宮離這裡遠，只怕德馨的身子不適合顛簸，不如就讓德馨到朕的寢宮去候診吧？」

他話剛說完，大殿裡的抽氣聲頓時此起彼落。皇上的寢宮哪是一個民間公主能進去的？就算是皇后，也不能隨意進出，這事要是傳了出去，皇室的臉面往哪裡擱？喬春還要怎麼做人？他這不是要存心毀人清譽嗎？

太后的臉色一陣青一陣白，用恨鐵不成鋼的眼神看著皇甫俊，表情是前所未有的嚴厲。

「荒唐！」太后丟下這麼一句話，便不再理會皇甫俊，而是專心仔細地用絲帕替喬春拭去已經布滿全臉的汗珠。

第一一六章　威逼利誘

皇甫俊一張臉寫滿了不甘，心裡很氣太后。他沒想到母后居然會如此嚴厲地對待他，他不過是心急了一點，有什麼錯？如果不是太后和皇甫傑都在這裡，他早就將喬春抱進自己的寢宮了。

過了一會兒，宮女、太監們就找來一頂軟轎，接著七手八腳地將喬春輕輕放在上面，隨太后一聲令下往靜寧宮走去。

皇甫俊和皇甫傑兩個人一左一右攙扶著太后，一臉緊張地跟在轎子後頭前往靜寧宮。喬春剛被抬到靜寧宮偏殿，太醫便火速趕了過來，蹙眉替她把脈。

不一會兒，太醫就退出偏廳來到殿上，向主位上的皇上和太后稟報喬春的狀況。「啟稟皇上、太后娘娘，由公主的脈象看來，是因為勞累過度，導致動了胎氣。幸好搶救及時，如果再晚上一會兒，只怕大人和小孩都會有危險。」

殿上幾個人一聽，紛紛變了臉色。太后偏過頭，再次狠狠瞪了皇甫俊一眼，她知道太醫嘴裡的「勞累過度」指的是什麼，還不是因為她在議事大殿裡跪了太久！

皇帝實在失了分寸，明知春丫頭是個雙身子的人，怎麼能讓她跪那麼久呢？她是過來人，自然知道一個女人懷孕和生產時，都不能有一點閃失。

雖然春丫頭只是個平民公主，但這事要是傳出去，那皇帝的英名何在？還不讓人在背後指責他沒有容人之量，差點讓德馨公主跪到失去腹中的孩兒。

早上春丫頭和傑兒在街上發生的事情，她也有耳聞，如果讓百姓知道皇室就是這樣對待他們的平民公主，還不盡失民心嗎？皇帝今天做事真的是太隨意了，他難道看不出春丫頭平民公主的身分，讓人民對大齊國皇室更有信心了嗎？

更別說春丫頭擁有能讓大齊國更加富裕的手藝，若不能穩住她的心，她怎麼可能會死心塌地為大齊國的財政出力，為大齊國的子民謀福利？

太后愈想，就愈對皇帝感到不滿。他如此沈不住氣，如何能安邦定國？春丫頭和傑兒，一個相當於大齊國的財神爺，一個則是大齊國的門神，他怎麼就容不下他們呢？再怎麼說，他們可都是他的弟弟和妹妹啊！

看來她真的不能再放任他了，再這樣下去，只怕大齊國會毀在他手裡。

「太醫可有良方？」皇甫俊心急地問道。

太后則因皇甫俊的話而回過神來，她抬眸淡淡看著太醫吩咐道：「梁太醫，你下去開方子吧。由你親手抓藥，親自監督宮人煎藥。如果德馨公主和她腹中的孩子有任何閃失，哀家唯你是問。」

「微臣謹遵太后娘娘懿旨。」梁太醫一臉恐慌地領了旨。「皇上、太后娘娘，微臣告退！」

「去吧！」皇甫俊和太后同時朝他揮了揮手。

「紫兒，妳去幫梁太醫煎藥。」皇太后盯著梁太醫的背影，對站在她身側的貼身宮女吩咐道。宮裡人多手雜心更險，她可不能讓有心人鑽了空子。

「是！奴婢遵旨！」紫兒領旨隨梁太醫而去。她已經在太后身邊伺候多年，自然明白太后的用心，不過她真的想不到太后對喬春這個民間公主竟然如此上心。

太后接著揮退靜寧宮的宮女和侍衛，就連她的心腹李嬤嬤也被她派去照顧喬春，整個大殿頓時就只剩下他們母子三人。

太后端起身側的茶盞，抿著嘴輕啜了一口茶湯。一直坐立難安的皇甫俊，看見太后這般氣定神閒、不急不躁的模樣，心裡更是七上八下。

坐在殿下的皇甫傑淡淡看了太后和皇甫俊一眼，也學著太后輕輕端起身側的茶盞，靜靜地品茶。

皇甫俊一顆心有如擂鼓般怦怦直跳動。大齊國講究以孝治國，而且太后深受先皇寵愛，甚至留下遺詔給太后，裡面載明太后不僅能上朝議政，還可罷黜皇帝，再立新帝。在眾臣眼裡，她不僅是太后，更是先皇的化身。

說起太后的治國能力，在朝堂上也很有聲望。因為太后年輕的時候，曾隨先皇出征，衝鋒陷陣，打了不少勝仗，而太后對國家之事也很有主見，見解可不比在朝為官的老臣差。

當年，先皇每天批閱奏摺時，可都由太后陪在一邊，遇到難題時，大多都是太后給予中肯的意見。本來皇宮女子不能過問朝堂之事，可若是太后介入，卻是無人敢說第二句話。因為在先皇和太后帶領下，大齊國可是比之前強盛許多。

皇甫俊如此聽從國師關於「命中鳳主」的預言，其實多少是受先皇和太后的影響。他認為只要找到屬於他的命中鳳主，就能讓大齊國在他手裡達到前所未有的強大，卻沒料到他如此躁進的行為大大引發太后不滿。

就在皇甫俊越發坐立不安之際，皇太后已經輕輕放下手中的茶盞，偏過頭看著一臉慌亂的皇帝，說道：「皇帝，你可知今天的事失了天子風度？春丫頭可是哀家昭告天下的義女，是位民間公主。就因為她是民間公主，所以人民對皇室更加信任和愛戴。

「如果傳出皇帝讓民間公主跪到小產的消息，你認為百姓們會怎麼看待你這個皇帝？皇帝是要把哀家的全部苦心都付諸東流嗎？還是皇帝覺得哀家老了，只能在靜寧宮享清福了？

「你這般行為難道就不怕失了民心，傷了哀家的心嗎？皇帝，你可真是好生糊塗！春丫頭和傑兒宛如你的左右手，如果連他們的心都傷了，對你到底有什麼好處？」

「母后，兒臣錯了，請母后責罰！」皇帝被皇太后的一頓指責和反問搞得心驚膽顫，連忙聲色俱悔地認錯。

皇甫俊看到太后的臉色緩了一些，再接再厲打起親情牌。「母后，兒臣絕不會再傷自家手足的心，一定會與皇弟、皇妹團結，往後還請母后多多提點兒臣。」

皇甫俊一邊說，一邊悄悄打量太后的表情，見她神色已恢復以往的慈祥，便知自己已經過了這一關。為今之計，只能先穩住母后的心，乖乖聽從國師的話，讓喬春花費三年幫他創造財富，收攏民心。

「皇帝放心，哀家以後一定會抽空協助皇帝處理國事。待到皇帝真正能獨當一面時，哀家也就可以安心享福了。」太后慈祥地看著皇甫俊，說出一些意見和體己話。

皇甫俊一聽太后還真打算以後要抽空去聽朝政、處理國事，一下子就慌了心神。他剛剛只是說一些檯面上的話而已，可不希望太后時時盯著他，那他可就什麼事也做不成了。

只不過，儘管內心十分不樂意，他也得強扯起笑容，佯裝無比欣喜地看著太后道：「兒臣感謝母后指點，日後在母后提攜下，兒臣相信自己一定能將國事處理得更好。」

「嗯，皇帝能這樣想，哀家也算放心了。哀家相信，只要咱們母子幾個同心，一定能讓大齊國變得更加強大。如此一來，待哀家百年之後見到先皇，也算有所交代了。」皇太后欣慰地笑了，伸手輕輕拍了拍皇甫俊的手背，眸底閃爍著亮光。

太后接著眸光輕轉，看向端坐在下側的小兒子，彎起唇角問道：「傑兒，可還會生你兄長的氣？」

皇甫傑緩緩放下茶盞，抬眸淺笑看向主位上的太后和皇甫俊，勾了勾唇道：「母后，兒臣深知君臣之禮，也明親情倫理。皇兄是君，兒臣是臣，長兄如父，做弟弟的又哪有生氣之理？」

皇甫傑說著頓了頓，注意到皇甫俊臉色不太好看，又道：「臣弟知道皇兄的苦心，自然就不會生氣。請皇兄放心，日後臣弟一定盡好本分，用心協助皇兄成就大業，待大齊國國泰民安之時，只盼母后和皇兄恩准，能讓我歸隱田園。」

皇甫傑說完，看到太后張張嘴想要阻止他，連忙搶在她前頭說道：「母后一直都清楚兒臣無心於政事，若不是皇兄大業未成，如果不是父皇遺命，兒臣早就過起逍遙自在的生活了。所以，請母后和皇兄都別再勸我，也請你們准許我這麼做。」

皇甫俊聽了皇甫傑的話，心中大喜，真想立刻就應下來，可是太后此刻還端坐在一旁，他不敢擅自出聲。這會兒他要是應得太爽快，只怕太后會認為他早就容不下自家兄弟。

太后深深地看著自己的小兒子，不知該從何說起。當年她和先皇都比較屬意將大齊國交給小兒子治理，可他卻言明自己只愛逍遙自在的生活，不願被綁在皇宮。幾經思索，她和先皇才決定順了他的意，讓大兒子繼承大業。幾年過去，她沒想到自己最心愛的兒子還是不熱衷朝堂，心心念念都是自由自在的日子。

太后思緒紛飛，想到小兒子此番表明心跡，也是在避免皇帝對他心存嫌隙，便道：「傑兒的意思，哀家明白，也准了。不過，你皇兄的大業需要你和春丫頭幫忙，如果幫助你們皇兄成就大業，哀家就作主，讓你們都去過自己想要的生活。」

皇甫傑心中狂喜，他等了多年，終於等到母后的恩准。雖然不是馬上就能實現，但至少他有了期望，也相信這個日子不會太遙遠。

「母后的話兒臣理應相信，不過，兒臣斗膽想請母后和皇兄共同為兒臣和皇妹下一道旨意，希望母后和皇兄能夠成全。如此一來，就算外人再怎麼煽風點火，兒臣都可憑旨意做事，就不會傷害皇兄和我的兄弟情誼了。」皇甫傑說道。

人心瞬變，他可不敢保證皇兄會不會聽信賊人讒言，食言而肥。還是有個定心丸在手比較好，那樣他要離開時，也就不會有任何麻煩了。

太后微微蹙著柳眉，心裡有些不悅。傑兒這樣做，好像是對他和皇帝的手足之情不甚信任似的。不過轉念一想，她也能理解他的心情，在皇宮生活了大半輩子，她也知道最難測的就是君心。

想到這裡，太后也就釋懷了，她看著皇甫傑微微頷首。「這個也准了，哀家待會兒就擬懿旨給你和春丫頭。」說著，她轉過頭看著皇甫俊道：「皇帝，待哀家擬好旨後，就派人送去給皇帝蓋印，不知皇帝意下如何？」

皇甫俊本來很高興，可是聽著要一起替喬春下旨，內心就不甚痛快。不過，他轉念一想，反正這懿旨是下給皇甫傑和喬春的，以後他幫喬春改名換姓，不就得了？

他是皇帝，一國之君，替人改名換姓也是輕而易舉，只要皇甫傑永遠都無法威脅他的地位就行了，其他的自然不在話下。反正國師也要他忍三年，所以他也沒什麼不答應的理由。

皇甫俊看著太后，微笑著點了點頭，輕聲道：「一切聽從母后安排。」

太后安慰地點了點頭，朝皇甫俊擺了擺手道：「時候也不早了，皇帝就先回去處理國事吧。」

「可是，皇妹她……」皇甫俊有些不太情願，他可是很掛念喬春的情況。

太后看了他一眼，淡淡道：「皇帝如此關心自家皇妹，哀家可真是欣慰。不過皇帝畢竟是一國之君，應該以國事為重，這裡有哀家和傑兒照看著就可以了，皇帝不必擔心。」

「是，兒臣這就先回議事大殿。天氣寒冷，請母后保重鳳體。」皇帝知道太后一定要他離開，只好轉身離開靜寧宮。

「恭送皇兄。」皇甫傑行禮目送皇甫俊離開。

「傑兒，你扶哀家去看看春丫頭吧。」太后伸出手，示意皇甫傑上前攙扶，母子倆並肩走向偏殿。

錦床上，喬春緊閉雙眼沈睡著，她眉梢輕鎖，紅唇緊抿，似乎在夢中也得不到安寧。忽然間，她輕輕搖了搖頭，像是夢囈般地低喃著：「母后，春兒好痛……孩兒，你不要離開娘親！不要……不要……」

一聲軟弱無力，像從內心最深處呼喊出來的「母后」，剎那間觸動了太后心中最脆弱的那根弦。她彷彿看到當年在夢中喊痛的雅兒，她那苦命、無法獲救的女兒。

眼角驟然流下兩行清淚，太后掙開皇甫傑的手，撲到床邊，伸手握住喬春那在空中胡亂揮舞的手，哽咽道：「春丫頭，母后在這裡，母后在這裡。妳放心，只要有母后在，就一定不會讓妳和妳的孩子有事的。」

喬春像是能聽到太后的話一樣，在她幾句柔聲的安撫下，整個人就安靜了下來。

太后看著靜下來的喬春，吸了吸鼻子，抽出絲帕拭去眼角的淚水。她偏過頭看著站在床邊的李嬤嬤，說道：「李嬤嬤，妳去看看紫兒怎麼還沒煎好藥？可不要誤了春丫頭的用藥時間。」

就在此時，躺在床上的喬春輕輕眨了眨眼，等到她適應了室內的光線後，才睜開眼睛，看著床邊背對著她的太后，軟軟的聲音裡夾帶些許哭腔，撒嬌地喊了聲：「母后。」

太后如遭雷擊般僵住了身子。為何這嗓音聽起來像極了那被埋在記憶深處的聲音？她緩緩轉過身，看著那對明亮如燈，純淨如水的眼睛，身子不由得顫抖了一下。

太后伸手緊緊將喬春的手包在自己的掌心裡，眼睛定定地看著她。如果雅丫頭還在的話，也該是這個年齡了。莫非就是因為春丫頭和雅兒有相似之處，老天才將春兒送到她身邊來，好安慰她的思女之情嗎？

喬春靜靜盯著太后瞧，她眼底的火苗灼傷了她的眼，燒疼了她的心。

她知道此刻太后是在透過她看另外一名女子。因為在進宮的路上，她就向大哥細細問了一些關於雅公主的事。她知道自己這樣做，有點利用太后對雅公主感情的嫌疑，但是她沒有其他路可走，只能利用這樣的方法求得太后全力保護。

喬春潤了潤略顯乾燥的嗓子，不明所以地看著太后，問道：「母后，春兒怎麼會在這裡？」

太后猛然回過神來，握著喬春的手不禁抖了一下。她斂了斂神，溫柔地看著她說道：「春丫頭在議事大殿暈倒，太醫說妳差點就小產了。妳說說，妳這個傻孩子，怎麼就不知道多愛惜自己的身子呢？雙身子的人，怎麼可以跪那麼久卻不吭聲呢？」

「嗚嗚嗚……母后，春兒以後再也不敢了。」喬春感受到了太后真心實意的關心，又想到在議事大殿裡的煎熬痛苦，頓時鼻子一酸，眼淚如斷線珍珠般掉了下來。

太后抽出絲帕溫柔地替她擦拭眼淚，一邊擦一邊安撫道：「春丫頭的苦，母后也明白。母后剛剛已經斥責了妳皇兄一頓，以後他定不會再這般為難妳了。妳放心，剛剛傑兒已經替妳和他自己求了一道懿旨，待你們幫皇兄成就大業後，就能去過你們想要的生活。」

喬春睜大了眼睛，一臉不敢置信地看了看太后，又轉眸看向床前的皇甫傑，顫抖著聲音問道：「母后這話可是當真？」

「瞧妳這丫頭高興的，母后說的話幾時不算數過？」太后看到喬春高興到呆住的模樣，內心忍不住感到失落，暗暗嘆了口氣。看來這些孩子還真當皇宮是個恐怖的地方，別人都想方設法擠進來，他們卻避之唯恐不及。

皇甫傑是從她身上掉下來的一塊肉，她自是知道他的性情，想不到這世上還有一個如此奇特、不愛權勢的女子。怪不得傑兒會與她結為義兄妹，拚命護她周全。

「謝謝母后！」喬春開心地摟住太后的脖子，飛快在她的臉上親了大大一口。

喬春真是高興得不得了，那個她夢寐以求的願望，大哥居然已經幫她求到了。想到三年後她就能和大哥結伴雲遊天下，就開心得不能自已。這一次進宮，收穫真是太大了！

太后高興地摸了摸被喬春親過的臉頰，接著站起來說道：「春丫頭，妳等一下，母后有件禮物要送妳。」說著轉身就往門外走去。

喬春的視線從太后的背影上抽了回來，她朝皇甫傑一笑，伸手豎起一個大拇指道：「大哥，你真行！」

皇甫傑回以一笑，學著喬春的樣子，也朝她豎起大拇指，並對她眨了眨眼，指了指外面，示意有人來了。

皇宮不是說話的好地方，誰也不知道是不是隔牆有耳。他們不能落下任何把柄在別人手裡，不然他們辛苦求來的一切，都將化成泡影。

果然，皇甫傑的手才剛剛放下，紫兒和李嬤嬤就端著熱氣騰騰的藥湯走了進來。李嬤嬤端過托盤裡的玉碗，站在床邊看著喬春，恭敬地說道：「公主，藥已經煎好了，讓老奴來餵公主喝藥吧？」

喬春輕輕搖了搖頭，伸手接過那碗黑黑的藥湯，蹙著眉問道：「這藥是治什麼的？」

「回公主的話，這藥是普通的安胎藥。梁太醫說，公主動了胎氣，還是喝些安胎藥比較妥當。」李嬤嬤簡潔明瞭地解釋。

一股濃濃的苦藥味撲鼻而來，喬春皺著眉，看著皇甫傑問道：「皇兄，可不可以不喝？」

喬春問這話的時候，眼神中飽含疑問。她並不是真的多害怕喝藥，只是怕這藥喝不得，所以她在喝之前必須向皇甫傑求證。

「德馨，不要怕苦，這藥可是梁太醫親自開的方子，親手抓的藥，還親自指導紫兒煎的。妳要聽話喝下去，這樣對肚子裡的孩子才好。」

皇甫傑側面告知喬春藥湯沒有問題，但他並沒說她真的是因為跪太久了而動到胎氣，所以這碗安胎藥必須喝。不僅如此，回到王府後，還得要唐子諾再開些安胎藥煎給她喝，可不能讓她和孩子發生任何意外。

喬春從皇甫傑那邊得到了答案，便放下心，一口氣將那碗又黑又苦的藥湯給喝了下去。她將空碗遞給李嬤嬤，再由她伺候著漱口，往嘴裡放了一小塊桂花糖。

「謝謝嬤嬤！」喬春淺笑著向李嬤嬤道謝。

李嬤嬤微微一怔，隨即笑著回道：「公主莫要折煞老奴了，這是老奴應該做的。」

「母后。」喬春越過李嬤嬤，看著從門口走進來的太后，乖巧地喊道。

太后微笑著走到床邊坐了下來，從衣袖裡拿出一塊玉珮遞到喬春手裡，緩緩道：「春丫頭，這塊玉珮是先皇送給母后的，裡面鑲著一條金鞭。妳只要出示此玉珮，不管犯了多大的錯，也可免去一死，而且它還可以上打昏君，下斬讒臣。」

喬春微微張著嘴，不敢置信地看著太后。這東西太貴重了吧？她怎麼捨得把這麼重要的玉珮送給她？

皇甫傑也是驚訝得張開了嘴。這塊玉珮母后從不願輕易拿出來示人，現在竟然要送給喬春，這真的是太令人意外了。

太后看了皇甫傑一眼，又將視線重新放在喬春身上，低聲道：「春丫頭，母后相信妳不會隨便使用這塊玉珮，母后也是真的把妳當成自己的親生骨肉。母后不是老糊塗，有多少人在打妳的主意，母后心裡比誰都清楚，這玉珮是母后唯一能用來保妳平安的。」

「謝謝母后。」喬春紅著眼眶，感動地看著太后，伸手緊緊摟住了她。

或許太后一開始就想著要利用她的手藝好為大齊國開闢財源，但是她知道，此刻太后真的關心和愛護她。

過了好半晌，喬春才緩緩鬆開太后，淺笑著撒嬌道：「母后，春兒想要出宮。」

太后深深地看著喬春，或許是發現她眼底的怯意，也不再挽留。她對旁邊的李嬤嬤吩咐道：「李嬤嬤，妳差人去抬軟轎過來，待會兒由妳親自送公主出宮。」

「是，奴婢遵旨。」李嬤嬤領旨退出，走到殿門口時，還回頭看了坐在床上的喬春一眼，眼底浮現出絲絲欣慰。她在主子身邊伺候二十幾年了，還是第一次看到主子對一個人這麼上心，不僅呵護有加，還將先皇的玉珮送給了她，看來主子真的找到一個能寄託心靈的對象了。

「謝謝母后。」喬春嫣然一笑，探頭在太后額頭上親了一口。她現在明白了，一個女子再強勢，內心深處仍存在著柔軟脆弱的角落。

太后親暱地用手點了點喬春的額頭，嗔道：「妳這丫頭，一聽到要送妳出宮，就高興成這個樣子。我看妳啊，是巴不得馬上就不要再看到我這個老太婆。」

太后愉悅的表情和語氣，感染了默默站在一旁的皇甫傑。他好久沒有見過這樣的母后了，這樣的母后，像極了平常百姓家裡的娘親，讓他覺得好幸福。

「娘親。」皇甫傑不自覺地喊出他最想用來喊太后的稱呼。他覺得只有用這個稱呼，他和太后才算是真的母子。

太后渾身一震，轉過頭看著眼眶濕潤的皇甫傑，一時之間千頭萬緒湧上心頭。這一聲再平凡不過的「娘親」將她帶進一個幸福的港灣裡。她知道這一聲「娘親」皇甫傑有多想喊，而她又有多想聽，可是身在皇家，很多事情都不是他們能想做就做的。

眼角流下兩行幸福的眼淚，太后連忙用絲帕擦了擦，笑著點點頭應道：「嗯。」

喬春看著他們母子之間的互動，眼眶又濕潤了起來。原來在皇家，連這麼平凡的一個稱呼也很難得。

「啟稟太后娘娘，軟轎已經備好了。」李嬤嬤走進來，疑惑地看著眼眶泛紅的母子三人。

太后從床沿站了起來，看著喬春說道：「回去吧！子諾該著急了。妳的身子不好，以後就不用再進宮來請安了，先在逍遙王府調養身子，待身子好了些以後，就直接回山中村吧。臨走之前，讓妳皇兄通知我一聲就可以了。」

太后說著頓了頓，依依不捨地看著喬春，又道：「春丫頭，妳要注意好身子，可不能亂來。我聽妳皇兄說，妳家裡沒有一個下人，那些暗衛在妳家也是跟子諾稱兄道弟。妳不喜歡宮裡這一套，母后也明白，不過妳現在身子不比從前，身邊有人照顧著，也是好的。」

說著，她扭過頭看向皇甫傑，叮嚀道：「傑兒，待春丫頭的身子好些以後，你親自送她回去。到時你再從你府上選幾個細心一點的侍女，讓她們以後伺候在春丫頭身邊。」

「是，兒臣知道了。」皇甫傑微笑著應了下來。

喬春卻急了，連忙擺著手道：「母后，真的不用了，我家裡有婆婆和娘親，還有幾個妹妹，不缺人照顧。」

「這些個侍女是代替母后照顧妳的，就別多說了。」太后直接拒絕喬春的要求，又輕輕轉眸看向李嬤嬤，道：「李嬤嬤，小心把公主扶出去吧，吩咐轎伕別走急了，小心公主的身體。」

「是，奴婢遵旨！」李嬤嬤走過來伺候喬春穿上鞋子，攙扶著她的身子。

喬春乖巧地微微福了福身子，向太后辭別。「母后，春兒這就回去了。天氣寒冷，望母后保重身子。」

「母后，兒臣告退。」皇甫傑行禮告退，陪在喬春身邊一起離開。

「嗯，都回去吧！」太后微微頷首，由紫兒扶著走向房間歇息。

清泉宮

「娘娘，浴湯已經備好了，由奴婢伺候您沐浴吧。」覃嬤嬤走進外殿，扶著嬌柔的董貴妃慢慢步入內殿。

董貴妃跨入大浴桶裡，靠在浴桶邊上，抬眸看著覃嬤嬤，難掩喜色地問道：「奶娘，皇上今晚真的會來我這兒就寢嗎？」

剛剛覃嬤嬤告訴董貴妃，皇上傳下旨意，今晚會來清泉宮就寢，當下她可是高興得渾身顫抖。董貴妃知道，只有抓住每一次機會，她才有可能重新獲取皇上的恩寵，如果能因此懷上龍子，就再好不過了。

「千真萬確！等娘娘沐浴完畢，待會兒奶娘再幫您往全身搽上香粉，這樣皇上以後一定會經常來您這裡的。」覃嬤嬤眼眶微紅地看著董貴妃，不禁有些埋怨皇上。光憑娘娘如花一般的美貌，他怎麼就忍心放她在一邊不理不睬呢？

都說帝王多情，只是多情過後，便只剩薄情了。以前皇上夜夜在此就寢，可現在，單單為了他的到來，娘娘就興奮得全身發抖，實在讓她看得心疼。

看來她得想辦法幫娘娘留住皇上，可不能再讓娘娘夜夜以淚伴枕了。

「奶娘，皇上還沒有在淑妃那裡就寢過嗎？」董貴妃閉著眼享受熱水的包裹，彎起嘴角問道。她口中的淑妃，就是從晉國嫁過來和親的公主——伊可人。

覃嬤嬤一邊幫她擦背，一邊道：「聽說是。她和皇上成婚那天，因為喬春那狐媚子落水了，所以皇上並未踏進她的宮殿半步。按我說啊，皇上心裡還是掛記著娘娘的，娘娘晚上可得多下點功夫，定要把皇上的心留在這裡！」

「奶娘……」董貴妃聽到覃嬤嬤這麼露骨的言詞，忍不住面紅耳赤，滿臉緋紅地嬌嗔。

「我也是為了娘娘的幸福著想，世上哪個男人不喜歡自己的女人在床上讓人銷魂？娘娘，您也別太放不開了，有時主動一點是好的。如果能懷上龍子，不就更好了？乖，娘娘聽奶娘的，準沒錯。」

「奶娘，那天晚上的人，真的不是奶娘安排的？」董貴妃憶起那天晚上喬春落水的事。她本以為是覃嬤嬤派人去做的，可事後一問，才知這事覃嬤嬤根本就沒參與。

董貴妃實在想不通，皇宮裡頭還有誰會想要喬春死？難道還有人隱在更深處？不過，她真的很慶幸覃嬤嬤沒有動手，因為太后的人一直在徹查這件事，她可不想惹火上身。既然有人比她更想要喬春死，她也可以省去這些力氣和心思，坐著看戲就好。

「不是，我還沒想好法子，就有人先動手了。雖然結果不如預期，但至少我們知道有人比我們更想讓她死。以後我們只要靜靜等著，來個螳螂捕蟬，黃雀在後就好。」覃嬤嬤笑道。

「奶娘說得有理。」董貴妃高興地笑了，隨即催促道：「奶娘，妳動作快一點，待會兒皇上就要來了，我們還得梳妝呢！」

「是！」

沐浴過後，覃嬤嬤在董貴妃全身抹上一種透明的膏藥，讓她的肌膚看起來更加水潤光滑。然而這膏藥可不僅僅具備護膚作用，它還含有清淡的幽香，讓人聞而不膩。重點是，女子聞了這香味不會有任何反應，而男子聞了卻會心猿意馬、欲罷不能，完全沈醉在溫柔鄉裡。

覃嬤嬤幫董貴妃穿上了一件繡著牡丹的肚兜，再套上一件薄薄的粉色紗裙，讓她那曼妙的身材若隱若現。

董貴妃紅著臉看著鏡子裡的自己，不安道：「奶娘，這樣會不會太……」

「不會，娘娘放心在這裡等著，待會兒我就去把外面的人給打發走。」覃嬤嬤說著，把殿中央的炭爐子給撥著了，再點上龍涎香，轉身退了出去。

清泉宮裡到處都縈繞著龍涎香的氣味，董貴妃再次審視起鏡子裡的自己，看著那個眉眼間散發著嫵媚氣息的嬌美胴體，滿意地笑了。

皇甫俊緩緩走了進來，當他看到鏡子裡嬌豔如桃李、嫵媚如水的董貴妃，胯間立刻蠢蠢欲動。

這是他的貴妃，他隨時隨地都能擁有的美人！皇甫俊疾步走了過去，猛力扳過董貴妃的身子，著迷地看著眼前這個跟以前不太一樣的妃子。

她梳著高高的雲髻，眉心上畫了一朵粉紅的櫻花，美目幽光流轉，粉唇微微噘起。她的眼睛一眨也不眨地看著他，眸底盛滿柔情和愛戀。皇甫俊不由得心神蕩漾，黑眸深幽，喉結輕滾，俯首就含住了那粉嫩的唇瓣，肆意地蹂躪。

國師說得沒錯，他得儘快讓他的妃子誕下龍子，早日立下太子，好鞏固自己的地位。不過，其實他並不覺得這些妃子生下的孩子會是真正的太子，在他心裡，只有喬春和自己的孩兒，才會是大齊國未來的君主。

但在那之前，他得先堵住母后的嘴。既然母后一直希望他開枝散葉，那他就先選定背後勢力強大的董貴妃，從現在開始天天來這清泉宮，直到她懷上龍子為止。

其實剛剛踏進清泉宮的時候，皇甫俊還覺得有些勉強，但一看到現在的董貴妃，他倒是真的有了前所未有的興奮。

董貴妃身上那淡淡的幽香撲入他的鼻腔，他覺得好聞，便用力深吸了幾口，片刻之後，他的身體逐漸變得火熱，下腹也劍拔弩張。皇甫俊再也按捺不住，一把抱起董貴妃往大床走去，展開一場激情的纏綿。

「皇上……」董貴妃酥軟難耐地低喃著。她的小手如靈蛇般在皇甫俊身上遊走，不一會兒，殿內便響起了粗重的喘息聲與嫵媚的呻吟聲……

這一夜的皇甫俊失去了控制，火熱地與董貴妃纏綿到天亮。

第一一七章 影門雙主

喬春被太監們抬到宮門口時，那裡已經停了一輛馬車，唐子諾和李然正著急地伸長脖子等待。當他們看到喬春等人出來後，連忙迎了上去。

唐子諾著急地跑了過去，看見蒼白著臉坐在軟轎裡的喬春時，只覺一顆心痛得快要讓他窒息。他伸手輕輕將她抱了出來，小心翼翼上了馬車。

皇甫傑緊隨著一起跳上馬車，李然則是冷著一張臉，默默趕馬車回王府。不過一路上，他都儘量讓馬兒走得慢一些，以減少顛簸，好讓馬車內的喬春可以舒服一點。

馬車裡，唐子諾沒有放開喬春，也不管坐在一旁的皇甫傑，依舊緊緊抱著她。此刻的她像是一個易碎的瓷娃娃，好像稍稍不小心，就會破碎一樣。

唐子諾後悔了，後悔自己聽她的話，替她配了那麼一粒丹藥。只不過，他更恨自己的無能為力，只要事情涉及皇宮，他就只能眼睜睜看著、忍著，什麼也做不了。

「二哥，你放我下來吧。我沒事，你別太擔心。我們這次的計劃很成功，太后和皇上已經給我和大哥下了一道旨意，准許我們在協助皇上成就大業後，就能過自己想要的生活。」

喬春定定看著臉上閃過狂喜之光的唐子諾，說著還伸手從自己腰間掏出了一塊玉珮攤在手心上，說道：「這塊玉珮是太后娘娘給我的，以後我不管犯了什麼大錯，它都能保我性命無虞。此外，它還可以上打昏君，下斬讒臣呢。我和大哥這次進宮，真的得到很多以前想也不敢想的東西。」

話落，喬春伸手用手指輕輕熨著唐子諾緊皺的眉頭，安撫道：「所以你就別不開心了。瞧，我這不是安全回來了嗎？我沒事，真的，孩子也沒事。不信，你問大哥。」

「妳有事。妳因為跪得太久，是真的動了胎氣。二弟、四妹，大哥對不起你們。明明就該讓我這個做大哥的來保護四妹，沒想到竟然反過來讓四妹用苦肉計保護我。」皇甫傑實在無法繼續隱瞞下去，自責地看著喬春和唐子諾，語氣沈重地說道。

當他在議事大殿上看到喬春咬牙忍痛，看她額頭上那豆大的汗珠滴在地板上時，他真的覺得自己很沒用。

唐子諾聽了，更用力摟緊喬春，他定定看著皇甫傑說道：「大哥，你不用自責。這件事情是我們大家商量後決定的，不能怪你。四妹的身子本來就不太好，跪久了會動到胎氣也不奇怪。幸好現在大家都沒事，所以大哥你就別再自責了。」

「是啊，大哥，這事一點都不怪你。你忘了我家二哥是神醫的徒弟嗎？我只是動了胎氣，這對二哥來說可是小菜一碟。大不了回到王府之後，我就乖乖喝那又黑又臭的安胎藥，好不好？」喬春說著，緊緊皺起了鼻子，彷彿一碗苦到不行的藥湯已經擺在她面前。

府。

「真拿妳沒辦法。」皇甫傑瞧見喬春那皺著鼻子的醜樣，忍不住輕笑了出來。

接下來，幾個人很有默契地不再提剛剛在宮裡發生的事情，而是在閒話家常中回到了王府。

「二哥，你放我下來。這麼多人看著，多難為情啊……」看到王府的下人們都盯著他們兩人瞧，喬春不禁囁嚅道。

這個男人像是抱上癮似的，在馬車上抱著不放也就算了，畢竟皇甫傑早已見怪不怪。可是現在他們已經回到王府，下了馬車，他還是抱著不放，根本就不顧別人異樣的眼光，抱著她直直走向竹院。

「妳動了胎氣，不宜走動。」沒有一絲商量餘地，唐子諾簡短回了喬春一句，接著深深瞅了她一眼，繼續我行我素地抱著她。

喬春輕嘆了口氣，知道多說無益，便輕輕依偎在他懷裡，靜靜聽著他的心跳聲，沒多久便合上眼簾，甜甜地睡著了。

唐子諾聽著懷裡的人兒傳來均勻的呼吸聲，無奈地搖了搖頭，進房以後輕柔地將她平放在床上，幫她蓋好被子，便坐在床邊靜靜凝望她的睡顏，過了好久才去皇甫傑的書房裡找他。

皇甫傑揉了揉太陽穴，看著唐子諾說道：「二弟，等四妹的身子好一點了以後，我親自帶人送你們回山中村。母后還有旨意，要我在王府裡挑幾個細心的人一起送去山中村，代替她照顧四妹。」

看到唐子諾眉頭緊蹙，又道：「既然母后讓我挑人，就沒有要監視四妹的意思，我看得出母后是真的喜歡她。其實我也很贊同母后的意思，畢竟現在我們都不知道是誰一而再、再而三地想要害四妹，而且四妹有身孕，身邊有人照顧著也好。我會挑兩個會武功的侍女給四妹，你也多勸勸她，不能凡事都由她的性子來。」

「我知道了。」唐子諾輕輕點頭，應了下來。沈吟了一會兒，他看向皇甫傑說道：「大哥，我看小月跟小菊似乎跟四妹滿合拍的，不如就她們兩個吧，相信四妹也比較容易接受一點。」

他不是初次來逍遙王府，自然知道竹院裡的小月和小菊都是練家子，大哥安排她們在那裡，其實也是讓她們就近保護喬春。

「好，就她們兩人，我會親自交代她們。」皇甫傑微微頷首。

唐子諾瞥了書桌上的資料一眼，問道：「大哥，這國師的來歷可都調查清楚了？」

見皇甫傑微微搖頭，唐子諾又說道：「大哥，這個國師好像認識我們，而且對我們有很深的恨意。」

在皇上和晉國公主成婚那天，他曾見過國師一面。當他看到自己和大哥、四妹時，眼底迅速閃過一道厲光，實在令人費解。如果他們當天是頭一次見面，那他眼中濃厚的恨意究竟從何而來？由此可以確定他們之前肯定見過，還結下了不小的梁子。

皇甫傑點了點頭，低聲道：「沒有人的過去會是空白的，愈是查不到資料，愈代表他有很大的問題。對於你說的話，我也有同樣的感覺，可是現在連影門都查不到他的來歷，而皇兄又對他的話深信不疑，在沒有確切證據之前，我不能跟皇兄提這件事。

「老實說，皇兄非但不會相信，還會認為我是在打壓他的得力助手，到那時候，只怕母后那道懿旨也平息不了他對我的不滿。他現在已經完全變了個人，我愈來愈看不清他了。」

皇甫傑說到皇上時，語氣也變得苦澀，不僅充滿了無力感，還透出淡淡的失望。

「那大哥的意思就是我們只能等影門查出國師的背景時，才能找皇上攤牌嗎？」唐子諾黑眸中閃過一道憂色，續道：「我擔心這人可能會陷大齊國於水深火熱之中。既然他對我們懷有如此深的恨意，斷然不可能真心想輔佐皇上治理國家。」

皇甫傑眸光輕轉，沈默了一會兒。接著他瞥了唐子諾手背上的傷疤一眼，說道：「二弟，既然媚娘誤把你當成影門門主，以後影門門主就是你我兩人，我會把聯絡方式和幾個堂主的資料都給你。最近有不少人不斷暗中打聽影門的消息，這樣做正好可以混淆他們的視聽。」

唐子諾驚訝地看著皇甫傑，說道：「這事會不會太倉促了？我對影門的事情可是一點都不了解，我擔心會給大哥添麻煩。」

影門是江湖上最駭人聽聞的黑暗組織，他們有傑出的殺手，還有通天的情報網，沒有什麼買不到的情報，只有想不到的情報。不過，關於國師，還真是影門成立以來踢到的第一塊鐵板。

「這事就這麼定了，大哥相信你。這幾天我會備一份權杖、面具還有衣服等物品給你。你要記住，不能讓別人知道你的身分，媚娘則無妨，她是個信得過的人。」

皇甫傑說著，輕輕地扭動了一下書桌腳，書架立刻移開，出現一道暗門。「你隨我進來吧，我有東西給你看。」

唐子諾微微頷首，隨著皇甫傑走進暗室，看到裡面滿滿的格子和冊子，也不吭聲，靜靜等待他解釋。

皇甫傑隨意拿起一本冊子，神情嚴肅地看著唐子諾，說道：「這裡面記載的全是這些人的身家資料，當然還有不少他們做過的好事和壞事。我當初成立影門，就是為了暗中蒐集朝堂百官和那些世家、商業巨賈的信息。這裡面任何一頁，都足以讓那些人心甘情願為你做事，絕無二話。

「但是，出面與他們進行接觸的人必須是影門的人，我們兩個人不能隨意現身，否則會替唐家帶來麻煩。這裡除了大齊國的，還有周圍列國的資料，這也就是『悅來客棧』在每個國家都開分店的原因。每間『悅來客棧』的掌櫃都是影門的人，以後要是有事，你可以直接聯繫他們，或使用我們慣用的方式與他們接觸。

「知道這些的只有卓越和李然，他們都是我最信任的人，所以你也能百分之百地信任他們。他們就是賣了自己，也不會出賣你、我和影門。未來，我會將全副身心都放在大齊國邊境和朝堂之上，四妹和你還有三弟則要同心協力拓展茶葉產業，往後『悅來客棧』和影門的收支也全部轉到唐家之下。

「四妹是個聰明的人，她的膽識和見解絲毫不比男子差，這事不用瞞她。『悅來客棧』雖然很賺錢，但也很花腦筋，以後這些就交給你們。逍遙王府還有很多其他產業，夠我用了。」

「好，我明白了。」唐子諾乾脆地應了下來。他不推辭也不過問原因，是因為他知道大哥這麼安排，一定有他的道理。

皇甫傑放下手中的冊子，朝唐子諾點了點頭，輕聲說道：「走吧！」

這一夜，他們在書房裡一直密談到天微亮時，才各自回房休息。

唐子諾回到房裡時，躡手躡腳地脫下外衣，揭開被子飛快的躺了進去，卻不急著抱喬春，而是躺在外側，想把自己的身子弄暖一些再抱她，省得身上的冷氣把她給驚醒。

喬春是個怕熱又怕冷的人，夏天她會因為氣溫升高而脾氣暴躁；冬天則會因為氣溫降低而情緒低落。不過，此刻唐子諾有些後悔自己不先把身子弄暖再上床了，因為喬春已經像隻八爪章魚般朝他纏了過來。

唐子諾失笑地看著她，見她因為寒冷而蹙起了眉頭，趕緊輕輕扳開她放在自己身上的手。誰知喬春不悅地嘟囔了一聲，隨即又將手搭了過去，這次是緊緊環在唐子諾的腰上。接著她就像是一隻貪戀主人懷抱的小貓咪，閉著眼蹭到了他懷裡。

「我身上冷，妳乖，先在裡面睡一下，等我睡暖了再抱妳好不好？」唐子諾輕聲安撫起喬春。

「不好！」喬春模模糊糊地應了一聲，更用力地往他懷裡蹭了蹭，香甜地睡著了。

唐子諾低頭看著喬春，見她沒醒過來，便也抱著她合上了眼簾，沈沈入睡。

回到逍遙王府之後，喬春便專心待在這裡休息。現在她整個精神都放在唐子諾整理出來的那張茶館設計圖上，動手塗塗改改，整個上午都未踏出房門一步，而唐子諾則是一大早就與皇甫傑出門去了。

「夫人，請喝茶！」小月端了一杯熱茶進來，輕輕放在書桌上。

喬春放下手裡的筆，滿意地瞄了新的設計圖一眼，抬頭看向小月，問道：「小月，妳願意跟我一起回山中村嗎?妳有什麼想法都能跟我說，如果不想去偏僻的山村，我可以跟大哥說，請他換一個人。」

昨天唐子諾跟她提了一下要帶小月和小菊一起回山中村的事，她今天上午一直在想茶館裝潢的事情，也忘了問問她和小菊的意思。山中村的唐家環境自然無法與逍遙王府相比，她想尊重她們的意見。

「回夫人的話，小月願意。」小月福了福身子，淺淺一笑。

「會不會有什麼不方便的地方?」喬春還是有些不放心。

「不會，小月和小菊都是孤兒，到哪裡都是一樣的，我們一定會好好照顧夫人。」說到傷心處，小月的眼眶瞬間泛紅。

喬春微微擰眉，對她們很是憐惜，她拉過小月的手拍了拍，說道：「以後我們就互相照顧，唐家就是妳們的家。」

「謝謝夫人!」小月驟然流下兩行清淚，哽咽道。

「我這裡沒什麼事了，妳去找小菊吧。也該把東西收拾一下了，明早咱們就啟程回山中村。」

「是!」

官道之上，兩輛馬車徐徐而行，一群侍衛騎著馬守衛在前後，馬車裡不停傳來一陣陣愉悅的笑聲。

「對了，大哥，你會直接從山中村陪湘茹一起回『天下第一莊』嗎？」眾人說說笑笑到一個段落，喬春望了望不時凝望彼此的皇甫傑跟杜湘茹兩人，輕聲問道。

「對，直接去。」微微頷首，皇甫傑又道：「年前會趕回京城，年後則要處理晉國送茶樹苗和育苗師過來的事情，到時也許我會親自帶人送茶樹苗到山中村。」

算一算時間，這一趟得來來回回趕路，他真正能在「天下第一莊」待的時間也不多。為了能求親成功，他請太后下了一道指婚的懿旨，當然，不到萬不得已，他也不會拿出來。

他不是對自己沒信心，而是上一代的恩怨太過複雜，他不知道風勁天是否會允許自己的女兒和他成親。畢竟是先皇讓他和自己心愛的女人從此天人永隔，這種滋味一定刻骨銘心，內心的怨恨也無法說放就放。

不過，無論前方的路如何不平坦，他都會拿出真心誠意來感動風勁天。對湘茹的愛，讓他變得患得患失，卻也是這份愛，讓他更勇往直前，無懼考驗。在二弟、三弟身上，他親眼見識愛的力量，如今他也有機會掌握屬於自己的幸福，自然不會輕易放過。

第一一八章　認義父

一行人回到山中村以後，便開始著手處裡堆積了好一陣子的事情。

唐家又新增了人口，房間已經快不夠住了，趁著修建瓷窯的師傅們還在，一家人商量好，決定在旁邊的空地上再加蓋一個院子和十間房。

「大哥，你明天一早就要和湘茹回『天下第一莊』了，要不就今天讓果果和豆豆向你行拜義父之禮吧？」飯後，大夥兒圍坐在一起聊天，喬春又想起果果和豆豆要認義父的事情，便起了個頭，徵求皇甫傑的意見。

眾人微微一怔，不解地看著喬春和皇甫傑。他們以前沒聽誰提過這件事，如今聽到喬春這麼說，倒是有些意外。

林氏很快便回過神來，笑得合不攏嘴地問道：「阿傑，以前怎麼沒聽你提起過這事？」自己的孫兒、孫女要認大齊國堂堂逍遙王為義父，她自然高興。雖然現在他們在名義上也算皇外孫，但是再多一層關係，對孩子們的未來就多了一層保障。

「伯母，當年在果果和豆豆滿月的時候，我就跟四妹提過這件事了，只是她說要等過幾年再說。」皇甫傑微笑著應道。

林氏聽到皇甫傑的話，心裡有些彆扭。這麼好的一件事，喬春當時怎麼會不答應呢？林氏想著，擰著眉朝喬春望了一眼，道：「春兒也真是的，這事怎麼就不跟我商量一下呢？」

「娘，是我疏忽了。當年我只是想等果果和豆豆長大一點再說，所以就沒跟您提起這件事。」喬春連忙解釋。林氏心裡的想法，她多少也能理解。好不容易修補起來的婆媳關係，她可不想因為這麼件小事就弄僵了。

皇甫傑留意到林氏的神情，生怕她對喬春有意見，便也幫忙解釋。「伯母，這事不能怪四妹，是阿傑的錯，當初就該跟您提的。」

林氏微微一愣，輕輕掃了大夥兒一眼，連忙揚起笑容道：「我沒有怪誰的意思，你們都別往心裡去，我也就隨口說說而已。」

說著，林氏站起來笑咪咪地看向雷氏。「親家母，咱們去廚房張羅一下，果果和豆豆認義父是件大事，今晚得多弄幾樣菜，大家開心開心。」

「好！」雷氏點了點頭，笑著應了下來。

「我們也去幫忙。」幾個姑娘們也自告奮勇地跟著她們兩人進廚房幫忙。

喬春看到林氏和雷氏的背影，嘴角含笑地搖了搖頭，說道：「瞧這事把她們開心成什麼樣子？」

話落，喬春頓了頓，又道：「大家先坐吧，我去請鐵伯伯他們上咱家吃晚飯，三哥和夏兒應該待會兒就到了。」

「還是我去吧。」唐子諾拉住了喬春的手。

喬春搖搖頭，笑道：「你陪大哥聊聊天吧，我去就好，順便看看東方大叔和花苗。」離家這麼多天，她想去檢視大棚裡的花苗生長狀況，如果有時間，還得去看看育苗基地裡的茶樹苗情況如何。

現在這些東西，不僅僅是為了豆豆的自由，還關係到他們一家人和大哥的人生。以後的生活要怎麼過，就全靠這些花花草草和茶樹了。

「我陪妳一塊兒去吧？」杜湘茹站了起來，走到喬春身邊。就讓這些男人們留在這裡聊天吧，反正她也想去看一下大棚裡的花苗。

「娘親，我也要一起去。」

「親親，我也要一起去！」

果果和豆豆從後院跑了出來，揚起頭眨巴著眼看著喬春。

「好吧！一起去。」喬春淺笑著點了點頭。

果果聽了，開心地上前牽住喬春的手，豆豆則是乖巧地跑到杜湘茹身邊，緊握住她的手，然後抬起頭看著杜湘茹，甜甜軟軟地喊了一聲：「舅母，您好漂亮哦！」

大廳頓時安靜了下來，大家的眼光都整齊劃一地射向杜湘茹，而她早已羞紅了臉，羞澀地瞄了皇甫傑一眼，轉身牽著豆豆就往門外走去。

只見皇甫傑嘴角上揚，雙眼含情脈脈地盯著杜湘茹的俏影，估計豆豆那一聲「舅母」是叫到他心坎裡去了。

喬春牽著果果追了上去，瞥到杜湘茹那仍舊紅撲撲的臉蛋，忍不住想揶揄她一番，便佯裝糾正豆豆。「果果、豆豆，今晚你們就要喊大舅舅為義父了，以後可不能喊舅母了，知道嗎？」

「那應該怎麼喊呢？」豆豆一邊走，一邊揚起頭好奇地問道。

果果撇了撇嘴，看著豆豆說道：「就喊義母啊！豆豆，妳想變得跟我一樣聰明，還真是有點困難。」

眼看豆豆就要發飆，果果又搶在她面前說：「雖然現在咱們長得一模一樣，可是妳要是再不變聰明一點，怎麼行呢？」

豆豆瞪了果果一眼，偏過頭，努了努嘴。「女子無才便是德。哼……」

「噗！」杜湘茹忍不住噗哧一聲笑了出來，很是驚奇地看著豆豆。

喬春咬著唇，無奈地看著氣嘟嘟的豆豆，說道：「豆豆，這話是從哪裡學來的？」

「前幾天聽一個伯伯說的。他帶了一個姊姊來找爺爺看病，那姊姊看到我在識字，就哭著跟伯伯說她要上學堂。可是那個伯伯好凶哦，他說『女子無才便是德』。」

說完，豆豆停下腳步，皺著嫩眉，很是糾結地問道：「親親，為什麼女子無才便是德？難道不識字的女子都比較講道理嗎？可是，親親和義母還有姑姑、阿姨都很講道理啊？」

杜湘茹聽到豆豆真的喊她「義母」，已經恢復平靜的臉又像火燒似的紅了起來。

喬春看了，忍不住打趣道：「湘茹，妳今天可真是紅光滿面啊，這般嬌羞的樣子，豈是一個『美』字了得？」

「春兒，妳今天怎麼老愛捉弄我？」杜湘茹笑著瞪了喬春一眼，低頭看著豆豆道：「豆豆，這話的原意並非如此。這句話的上一句是『男子有德便是才』，意思是男子要先追求自己的品德，再來追求才幹，否則人單有才幹而無德，將會成為社會的禍害；至於『女子無才便是德』，是女子即使有才華，也要懂得謙虛，不以此自傲，才真正具備優良的品行。只怕那位伯伯弄錯了，以為女子不會讀書識字便是美德。」

果果的小腦袋猛點頭，附和道：「義母說得對極了，豆豆可不能這麼理解。咱們是龍鳳胎，一定要成為才德兼備的好孩子，不然的話，別人會在背後說娘親沒教好咱們的。」

喬春欣慰地伸手揉了揉果果的頭髮。果果一直是個早熟的孩子，現在居然連家教問題都替父母考慮到了。

豆豆雙眼發亮的看著果果猛點頭，甜甜地應道：「好，豆豆一定會聽哥哥的話。」

「豆豆和果果真是乖孩子！娘親跟你們說，不管是男孩還是女孩，學習文字都很重要。

雖然一個人的品德如何跟識不識字沒有太大的關係，但能多讀點書，對自己絕對有幫助。還有，你們要記住，以後不管做什麼事情，都要上對得起天，下對得起地，還要對得起自己的良心。」

說著，喬春頓了頓，又道：「也許這些話你們還不能完全聽懂，但是要把這些話牢牢記住，等你們長大一點，就會明白了。」

「我們明白了！」兩個小傢伙乖巧地應道，那柔軟的聲音直入喬春心裡，瞬間溫暖了她的心房。

擁有這般懂事乖巧的孩子，喬春真的很滿足。如果不是這兩個小傢伙來到世上，陪在她身邊，也許她仍舊無法從過去的傷痛中復原。

與其說是她給這兩個孩子生命，不如說是他們讓她重拾了對生命的熱忱，以及對生活的信心。

「走吧！我去找鐵爺爺他們，你們就先去大棚裡看看東方爺爺好不好？」喬春笑著說道。

「好！」果果和豆豆開心地點了點頭。

喬春去上圍下通知鐵氏兄弟果果和豆豆認義父的事情，就朝大棚走去。

「親親，您來啦。」豆豆看到喬春，高興地站了起來，攤開手心道：「哥哥剛剛抓了一隻蝸牛給我，它好小哦，好像是蝸牛寶寶。」

「哦？」喬春笑了笑，一邊朝孩子們走去，一邊打量起大棚裡的花苗。這些花苗的長勢很好，比她離開前看到的長高許多。棚外的樹枝全變得光禿禿的，標準的冬天景致，棚內卻是綠意盎然，好似生機勃勃的春天。看來自己當初選擇建造這麼一個大棚用來培育花苗，是件很正確的事情。

「東方大叔，這些日子辛苦您了。」喬春看著彎著腰辛勤工作的東方寒，不禁開口感謝道。

東方寒從花苗地裡抬起頭，看了喬春一眼，輕輕搖了搖頭，說道：「不辛苦！我很喜歡跟這些花花草草在一起，與其說我是在幫妳照顧花苗，還不如說是我在這些花草中找到了歸屬感。」

說完，東方寒便又埋首苗叢間，繼續他的工作。

喬春聽到東方寒的說詞，微微怔了一下，隨即笑道：「那我就不跟東方大叔客氣了。大叔，請問您，這些花苗待到開春後，可以移栽嗎？說到種花，我完全是個外行人，移栽、施肥、採摘的時間，我一點都不懂，以後可得請大叔多教教我。」

回到唐家以後，喬春和唐子諾針對未來的工作進行分配。本來唐子諾強烈希望讓她待在家裡調理身子，好養胎待產，可是喬春實在閒不下來，也不願意看唐子諾一個人將裡裡外外的事情都擔在自己肩膀上。在她百般要求之下，最後決定唐子諾負責外面的業務，喬春則掌管家裡的茶園和花田。

「到了開春，這些花苗都能移栽到花田裡去。種花這事只要春兒願意學，大叔就一定傾囊相授。」東方寒頭也不抬地應道，眼裡滿滿都是花苗。

「好，謝謝您！對了，大叔，您今天早點回家，晚上果果和豆豆要認我大哥為義父，大家一起熱鬧一下。明天一早，我大哥和湘茹就要啟程去『天下第一莊』了。」

「知道了，我會早點回去。幫我多備幾壺酒吧，好久沒跟阿傑喝酒了，今晚可得好好喝上幾壺。」東方寒抬眸微笑地點了點頭。

「這個沒問題！」喬春應道，向站在東方寒身旁的三個人招了招手。「走吧！咱們回家準備。」

「親親，我可不可以把蝸牛帶回家去？」豆豆看了看手心裡的蝸牛，揚起小腦袋望著喬春問道。

喬春溫和地淺淺一笑，說道：「不行，豆豆還是把它放在花田裡吧。外面太冷了，小蝸牛要是跑出去，就會被凍死。」

豆豆依依不捨地看著小蝸牛，蹙著嫩眉想了一下，又道：「我把它放在房間裡，晚上幫它蓋被子，它就不會受凍啦！」

喬春聞言，無奈地笑了笑，耐心地向豆豆解釋。「蝸牛不能離開大自然，就像魚兒不能離開水一樣。再說，妳這樣把它帶回家去，蝸牛的爹爹和娘親找不到它，可怎麼辦？」

豆豆聽了，趕緊蹲下身子，將小蝸牛放回花田裡，軟軟地對小蝸牛說道：「小蝸牛，你快點回家吧，要不然等一下，你爹爹和娘親就要著急了。」

「豆豆真乖！走吧，咱們該回家了。」杜湘茹走了過去，牽起豆豆的小手，帶她跟在喬春和果果後面慢慢走。

「對啊，豆豆是個乖孩子，小蝸牛一定會很喜歡妳的。」喬春回過頭，伸手揉了揉豆豆的頭髮。

豆豆的小臉蛋剎那間亮了起來，她眨巴著眼看著喬春，問道：「真的嗎？」

「一定的，豆豆和果果想不想聽聽蝸牛的故事？」喬春溫柔地看著兩個孩子，說道：「咱們邊走邊講，好不好？」

「好！」果果和豆豆開心地笑了，同聲應道。

晚上，唐家準備了三大桌酒菜，錢財和喬夏也過來相聚，大夥兒熱熱鬧鬧地吃了頓豐盛的晚餐。

「果果、豆豆，走，過去給你們的義父行禮。」喬春一手牽著一個孩子，緩緩走到事先準備好的軟墊前。她指著軟墊對果果和豆豆說：「你們一人跪一個軟墊，待會兒向義父行禮、敬茶。」

「知道了。」兩個小傢伙聽話地跪了下去，腰桿挺得直直的，很有樣子。

喬春伸手分別端了一杯茶遞到果果和豆豆手裡，引導他們行禮。「來，向義父敬茶，從現在開始，就得改口叫大舅舅義父了。」

果果和豆豆將茶杯舉了起來，目光炯炯地看著皇甫傑，甜甜喊道：「義父，請喝茶！」

皇甫傑一一接過他們的茶，開心地喝下，接著從袖子裡掏出兩個紅色錦囊，一一交到果果和豆豆手裡，說道：「乖，果果和豆豆快起來，這是義父一點心意，你們收下。」

「謝謝義父！」兩個孩子接過錦囊，柔順地站起身來。

完成認義父的禮節，皇甫傑站起來看著錢財道：「三弟，當年你雖然也想讓果果和豆豆認你為義父，可如今你已是他們的姨父，就不必再多此一舉了。」

皇甫傑說著，看了端坐在錢財身旁的喬夏一眼，忍不住對他笑道：「將來你的孩兒，也得認我為義父。」

「一切但憑大哥的意思。」錢財淡然一笑，輕聲回應道。

倒是喬夏完全無法淡定，臉上迅速燃起兩朵火燒雲。看著大夥兒在她和錢財身上來回打量，她禁不住羞澀地垂著頭，靜靜坐著。

沒多久，男人們全都留在大廳裡繼續喝酒聊天，而娘子軍們則帶著果果和豆豆，聚在喬夏以前的閨房裡。大家開心地圍坐在一塊兒，一邊吃著零嘴，一邊喝茶。

喬冬帥氣地將花生米向上一拋，準確無誤地接進嘴裡，表情痞痞地盯著喬夏，打趣道：「二姊，妳和二姊夫什麼時候生個小外甥給我們玩玩？大姊這都又懷上了，你們是不是也該快一點？」

「咳咳……」聞言，正在喝茶的喬夏立刻被嗆到，滿臉通紅地彎腰咳嗽了起來。半晌，她的氣息才恢復平順，朝喬冬瞪了一眼道：「冬兒，妳現在也不是小孩子了，好好一個姑娘家，怎麼能說出這些話來呢？」

大夥兒看到喬夏害羞的模樣，忍不住輕笑起來，很是有趣地來回看著她和喬冬。

「二姊，妳這麼說，可真是讓我傷心啊！我不過就是關心妳和二姊夫而已，怎麼說得我好像不知矜持為何物了呢？我平時雖然不拘小節，但是我也沒妳想的那麼差好不好？」喬冬不滿地看著喬夏，掃了正在偷笑的眾人一眼。

「二姊，其實冬兒說得也對，她真的知道什麼叫做矜持。」喬秋忽然正經八百地替喬冬說起話來。

「對對對。真不愧是三姊，果然最了解我了。」喬冬笑看著喬秋猛點頭。

喬秋抿唇笑了笑，又道：「……只是矜持從來都不認識她而已！」

眾人不由得噗哧一聲，哄堂大笑。

喬秋也真是的，竟然故意把話分成兩段說。瞧喬冬那張粉臉早已氣成豬肝色，此刻正憤憤地瞪著喬秋。

「三姊！妳怎麼這樣？」喬冬很是不甘地說道。

喬春看著她們兩個，輕聲笑了笑，勸道：「好啦，好啦！大家好久沒聚在一起了，妳們兩個別老是鬥嘴。」

「噢。」喬冬不情願地應了聲，朝喬秋扮了個鬼臉。

經過喬春調停後，大夥兒便東西南北地聊了起來，直到喬春發現豆豆打起了呵欠，便站起來對喬夏和桃花她們說道：「晚了，大家都散了吧。早點休息。」

「好的，大姊晚安！」

「大嫂晚安！」

「嗯，大家晚安！」喬春點點頭，伸手牽過果果和豆豆，輕聲道：「走吧，咱們也回房去睡。」

「娘親，我還是回奶奶房裡睡吧？」果果拉住了喬春的手，仰頭看著她。

喬春看著他那黑溜溜的眼睛裡盛滿了期待，心中不由得一暖。這個傻孩子，明明就很想跟娘親一起睡，可又偏偏言不由衷。

「親親，我也回姥姥那裡睡。」豆豆接過果果的暗示，也跟著推辭。雙胞胎比一般兄妹更加心有靈犀，所以她很快就能意會到果果那個眼神的意思。

微微一愣，喬春蹲下身子看著他們，問道：「果果和豆豆不喜歡跟娘親回親子房睡嗎？」

「不是！」兩個小傢伙的頭搖得像博浪鼓似的，齊聲否認。

嘴角輕揚，喬春定定看著他們，說道：「那就行啦！走吧，娘親好想跟你們一起睡哦，果果和豆豆身上的味道最香了！」

「呵呵！」兩個孩子開心地笑了起來，但還是搖了搖頭。果果再次說道：「奶奶說，天氣太冷了，我們兩個晚上會吵得娘親睡不安穩的。」

其實，他們也好想跟娘親還有爹爹一起睡，可是奶奶說過，娘親現在肚子裡有小寶寶，需要多休息。如果他們跟娘親一起睡的話，晚上娘親還得不時幫他們蓋被子，沒辦法好好睡。重點是，他們睡覺時都喜歡動來動去，要是不小心踢到娘親的肚子，就不好了。

「沒事！你們在小床上睡就可以啦。走吧！娘親待會兒講故事給你們聽好不好？」聽了果果的話，喬春眼眶微紅。這麼體貼的小寶貝們，可真是溫暖了她的心。

果果聽了喬春的話，立刻開心地笑了起來，連忙舉起小手保證道：「好，我保證會乖乖睡覺，不會亂踢被子，也不會打擾娘親睡覺。」

「我也是，我也保證！」豆豆也舉起了小手，大聲保證著。

「呵呵，娘親知道了。」喬春淺淺一笑，看著房裡的人說道：「果果、豆豆，給阿姨們和姑姑道聲晚安。」

兩個小傢伙點了點頭，甜甜道：「阿姨晚安！姑姑晚安！」

「果果晚安！豆豆晚安！」桃花等人微笑著走了過來，伸手揉揉他們的小腦袋。

大夥兒頃刻魚貫而出，互道晚安，各自回房睡覺。

喬春回到房裡，讓果果和豆豆漱口、洗臉，幫他們蓋好被子，便坐在床邊講起故事。

一個故事還未說完，兩個小寶貝就已經睡著了。喬春看著他們甜甜的睡容，內心流淌過一股股暖流，在這寒冬臘月裡，他們就是她的暖爐。

時間過得可真快！喬春看著他們，不由得感嘆時光飛逝。

豆豆出生時受了創傷，她天天以淚洗面，可冥冥之中自有天意，想不到竟然是義父和子諾來替豆豆診治。如果不是當時子諾因容貌有損而戴著面具，也許那天他們就一家團圓了。

只是，如果那個時候他們夫妻就重逢了，那麼是否還能像現在這般恩愛？對此，喬春有些不確定。不過，老天從沒斷絕過他們之間的聯繫，她不僅從錢財和皇甫傑那邊得知許多有關他的消息，還獲得他不少幫助；他不僅讓她免於被錢滿江的人擄走，還拯救了被下毒的豆豆；在霧都峰那些日子，兩人甚至互相吸引，不由自主地慢慢靠近——這一切都讓喬春覺得驚奇。

一幕幕未相認前的畫面湧入腦海，讓喬春忍不住翹起了嘴角。也許在他第一次出手幫她的時候，她就動了心吧，不然她也不會老是惦記著那個戴著銀色面具的男子，而忽略大哥這位風雲人物。

聽見孩子們傳來均勻的呼吸聲，喬春站了起來，分別在果果和豆豆的額頭留下一吻，轉身到外間睡覺。

帶著回憶，喬春露出幸福的微笑，甜甜地入睡了。

第一一九章　約定

唐子諾與皇甫傑他們還在大廳裡聊天喝酒，大夥兒都有一種意猶未盡的感覺，但夜色已深，鐵氏兄弟也就先起身告辭了。

「走，柳老頭，我們也回屋休息去吧，讓他們兄弟幾個再聊聊。」東方寒打了個酒嗝，扭頭看向一旁的柳如風，催促道。

柳如風站起身來，伸手扶著東方寒，看著唐子諾他們笑道：「你們聊，我們兩個老頭子先回屋去睡了。唉，年紀大了，可不能跟你們這些年輕人比。」

他和東方寒都不是沒有眼力的人，自然知道唐子諾他們兄弟幾個一定還有事情要商量。

皇甫傑看著柳如風和東方寒，笑道：「柳伯伯說笑了，您和東方大叔可是老當益壯，哪有半點見老？」

「哈哈，阿傑就是會說話。行啦！你們聊吧，我們回屋了。」東方寒哈哈大笑起來，拍了拍柳如風的肩膀，轉身回房。

目送柳如風他們離開，皇甫傑對唐子諾和錢財說道：「三弟，從現在開始，唐家的生意得靠你多幫忙。你二哥對商場的事情還不是很了解，以後你可要好好提點你二哥。如果有什麼需要我這邊打點的，你們就傳信給我。」

「我現在開始要忙朝堂的事情，軍營人員的操練、邊境的安全部署，都得由我一一主持。現在我和四妹有了母后的懿旨，自然要更謹慎做好每一件事，這樣才能早日取得好結果，早點去過理想中的生活。

「以後，我會想辦法給錢家一個深厚的背景，保證錢家子孫能安穩度日。三弟如果有什麼要求也可以提出來，大哥一定盡力替你達成。」

皇甫傑低聲輕緩說出自己的打算，眼底一片清明堅定。

錢財認真地看著皇甫傑和唐子諾，問道：「大哥日後是想要退出朝堂？還是要歸隱？」

「兩者皆要！你也知道，我一直都嚮往逍遙自在的生活。更何況，湘茹的性子你應該略知一二，她也不喜歡被約束。」皇甫傑想也沒想，立刻應道。

唐子諾也是輕輕一笑，說道：「四妹的想法也是這樣。她志在雲遊四海，只喜歡平靜的生活。」

「我明白了。」錢財點了點頭。

三兄弟一直聊到天色微亮之時，才各自回房休息。

唐子諾回到房裡，看到窗外的天色已漸漸泛白，再也無心睡眠，而是坐在床前定定看著喬春。過了一會兒，他伸手幫她蓋好被子，轉身又出了房門，在院子裡打拳。

半晌後，唐子諾收了拳，在井裡打水擦了一遍身子。現在雖是寒冬，但他是習武之人，用冷水擦身也無妨。之後他又輕手輕腳走回房裡，翻看皇甫傑交給他的冊子。

他現在肩負唐家的未來與影門的責任，既要喬春放心，也得讓大哥安心。所以，身為一個半路出師的商人與江湖組織的首領，他只能多花點時間來學習自己以前未涉足的事務。

喬春伸手摸了摸旁邊冰冷的床鋪，睡目惺忪地看著坐在書桌前的唐子諾，問道：「二哥，你一晚沒睡？」

「我和大哥、三弟聊到天亮，所以就沒睡了。現在還早呢，妳再睡一會兒吧。」唐子諾寵溺地看著喬春。

勾了勾唇角，喬春輕啟紅唇。「你也過來睡一會兒。」

唐子諾放下手邊的冊子，搖搖頭笑道：「算了，妳睡吧，我身上涼著呢。」

「不嘛，你過來，不然我生氣嘍！」喬春半是撒嬌，半是威脅。

唐子諾噗哧一聲輕笑起來，沒轍地起身走到屏風前，窸窸窣窣脫下外衣，迅速鑽進被窩裡。

「妳先別過來，等我暖和了再抱妳。」唐子諾叮嚀道。

喬春卻不理會，不由分說地纏了上去，慵懶地躺在唐子諾懷裡，伸手輕輕在他腰上捏了一下，嬌嗔道：「這才是最溫暖、最安全的地方，所以以後你都必須時時刻刻抱著我睡，不然的話……」

「不然就怎樣？」唐子諾輕撫喬春的背，含笑問道。

喬春頓了頓，惡狠狠地說道：「不然的話，就罰你以後都不准抱著我睡！」

「好嚴重的懲罰哦！」唐子諾含笑，疼寵地在她額頭上親了一下。

「呵呵！你怕了吧？」喬春嬌笑了一聲。

唐子諾連忙應道：「怕，當然怕！晚上不准抱著老婆睡，可是一件不人道的事。實在太狠了，這不是要讓我孤枕難眠嗎？」

「你知道就好。」喬春伸出腳用力纏住唐子諾的腿，眼睛透過他的身體瞧著窗外，思緒輕轉，問道：「你們兄弟幾個聊了些什麼？」

她醒來時，分明看到唐子諾蹙著眉頭，感覺像有千斤重擔朝他壓了下來，讓她看著心疼不已。

喬春才剛說完，一隻溫暖有力的大手便輕輕伸了過來，緊緊摟住她的腰。

唐子諾唇瓣微啟，聲音從喬春頭頂處傳了過來。「沒說什麼，就是討論了一下未來的打算。」

喬春將身子往唐子諾懷裡再蹭進一些，低著聲音應道：「以後打算怎麼做呢？」

唐子諾很是憐惜地理了理喬春散落在枕頭上的頭髮，輕聲答道：「也沒什麼事，無非就是讓三弟以後多指點我，讓我順利經營唐家在外的生意。」

「沒有其他的事情？」喬春追問道。如果只是生意上的事情，她還真不相信唐子諾會這麼憂愁。

唐子諾的嘴巴張了張，又合了起來，反覆幾次，終究還是開口說道：「老婆，我很擔心以後的形勢，『那人』對妳的心思從未斷過。只要他的念想不斷，無形中自然會為妳帶來不少敵人。雖然妳並未主動樹敵，可別人卻將妳視為潛在的敵人，上次在玉橋邊的事情，很明顯就是他的女人做的，所以我擔心妳，也討厭他！

「太后為妳和大哥下了一道懿旨，就是給妳能過自由日子的保證，所以我好心急，恨不得立刻就達到太后的要求，好讓妳早日與那地方脫離關係。

「雖然我們都不是會坐以待斃的人，但畢竟敵在暗，我在明。只要一天與那裡有關係，我就放心不下，就得提著一顆心過日子。現在不僅是大哥，還有我，都很懷疑國師對我們心懷怨恨，如今他正得勢，只怕他也會暗中對我們下手。」

說到這裡，唐子諾的聲音又低沈了幾許。「老婆，我覺得我好對不起妳。妳來到這裡以後，我從未真正讓妳過上幾天舒心的日子，還讓妳獨自擔起這個家這麼多年。現在，又遇上這些不得閒的事，我真的好擔心，好難過……」

喬春實在不知道該怎麼說唐子諾了。他就一直對這些事耿耿於懷，一直在責備自己沒有好好照顧她。可是他怎麼就不想想，這些都是她心甘情願的。

不管得付出多少，還是會有多疲倦，她無非就是要一家人開開心心在一起生活。雖然踏上種茶之路後，形勢漸漸脫了軌，超出他們的控制，可是既然現在身邊有懿旨、有暗衛、有大哥和朋友，她相信憑他們的努力，一定能度過重重難關的。

喬春又是心疼又是甜蜜，她抬起眼看著唐子諾說道：「你不用擔心我，我一定會好好保護好自己，不會成為你的負擔。倒是你以後在外面行走，凡事都要小心。」

「好！」唐子諾輕輕點了點頭。

喬春眸光中漾滿溫柔，靜靜看著唐子諾，續道：「只要我們夫妻同心，加上大哥和三哥幫忙，我相信一定不會有問題的。至於那些心存歹念的人，多提防著點就是了。現在有小月和小菊在我身邊，相信他們不會再隨便出手。」

經過落水事件與小產危機之後，母后就要人在她身邊照顧，但說是照顧，其實是保護。她後來之所以接受這份好意，除了感懷母后的用心，也是因為知道自己不能再設下那麼多限制了，唯有保障人身安全，才能爭取理想中的生活。

聽了喬春的話，唐子諾稍稍釋懷了些，接下她的話道：「大哥把『悅來客棧』交給我們唐家，還說我能戴著面具去處理影門的事。之前我曾冒著大哥的名義去找媚娘，她可能因此誤以為我就是影門門主。於是大哥決定讓我和他一起擔任影門門主，這樣可以混淆別人的視聽和注意力。」

唐子諾說著，用力將喬春擁入懷裡。「老婆，我這一生能遇見妳，與妳相知相守，對我來說就是最幸福、最快樂的事情。我相信，終有一天能夠兌現承諾，帶著妳和孩子們一起雲遊四海。」

「我也一樣。能夠穿過異界與你相知相識、相互扶持，還能彼此相愛，就是我最大的幸福。」喬春微笑著說道：「老公，以後不管遇到什麼事情，我們都一起面對、努力。你不是只有一個人，我也是，只要我們相信彼此，就會有源源不斷的能量。」

唐子諾伸出食指繞著喬春的烏髮，頃刻之後，將她從自己的身體微微扳開，深情款款地看著她，柔情道：「老婆，妳說得真好！沒錯，我們是夫妻，是一體的。以後不管遇到什麼事情，我們都是彼此的動力。」

說著，他輕輕在喬春唇上啄了一下，淺笑道：「老婆，這輩子妳是逃不開我了。」

「呵呵！」喬春嬌笑一聲，晶亮的眸子一眨也不眨地看著唐子諾，伸手摟住他的頭，印上了他的唇，兩個人甜蜜地深深擁抱在一起。

深吻過後，喬春嬌喘個不停，依偎在唐子諾懷裡，笑道：「就只是這輩子嗎？」

「老婆，妳變貪心了。」唐子諾輕笑出聲，續道：「愛完這輩子再說吧，不是我捨不得承諾，而是我們誰也不知道，到底有沒有下輩子？」

說著，他頓了頓，親了親喬春的頭髮，一字一句道：「如果這世上真有來生，我一定生生世世追隨妳。不管妳變成什麼模樣，不管妳是否還記得我，我一定都會找到妳，然後愛妳、纏著妳！」

「我也一樣！」喬春感動得熱淚盈眶，久久不能自已。

是怎樣的緣分，讓兩個原本身處在不同時空、不可能有交集的人走在一起？除了感謝蒼天，他們也在此許下約定，未來不管是晴是雨，都會攜手共度，永遠陪伴彼此！

第一二〇章　寶貝生辰

送走了皇甫傑和杜湘茹，唐子諾便隨著錢財四處奔走，實習商務，拓展這個行業的人脈。此外，家裡又找了一些泥匠工，馬不停蹄地擴建新房和燒瓷場、工廠。

「夫人請喝茶！」小月端著一杯茶，輕輕放在書桌上，看著手支著額頭不知在想些什麼的喬春，低低喚了一聲。

喬春回過神來，扭頭衝著小月微微笑了下，說道：「謝謝！」

「夫人別這麼說，這是小月應該做的。」小月連忙擺手，隨後走到喬春身後站定，伸手幫她按捏肩膀。

喬春閉上眼睛，靜靜享受小月的貼心服務，腦子裡不由自主地塞滿唐子諾的影像。明明自己早就該習慣這樣的生活模式，卻老是覺得有些寂寞。這次他離家的時候，她便提醒他，一定要在小年夜前趕回來，因為那天是果果和豆豆的誕辰。這是他第一次幫果果和豆豆過生日，她真的不希望他錯過。

只不過，明天就是小年夜了，他卻仍未返家。會不會出了什麼事？還是談事情的時候出了什麼岔子？

再過幾天就過年了，可他還是忙得跟只陀螺似的，整天不在家，不過她並不會因此埋怨他，只會更心疼他。這樣的情況，她再熟悉不過了，以前她就是這樣走過來的。

這樣的日子太苦也太累，如果可以，喬春根本不希望唐子諾走上這一條路。只可惜，他們要的逍遙日子，得藉由充滿忙碌與寂寞的商賈生涯來達成。

揮退了小月之後，喬春坐在梳妝檯前發呆了好一會兒，這才拆下髮髻，拿起木梳輕輕梳理一頭烏髮。

突然間，唐子諾的身影出現在鏡子裡，喬春輕笑了一聲，搖搖頭，自言自語道：「我又在幻想了。」

「妳幻想什麼？是想到我嗎？」唐子諾聞言不由得彎唇淺笑，緩步走到喬春身後，拿過她手裡的木梳，溫柔地幫她梳起頭髮。

喬春心中一喜，想要站起來，卻又被唐子諾按住肩膀。她坐在凳子上愉悅地問道：「二哥，你回來啦？什麼時候到家的？他們怎麼都沒跟我說？」

唐子諾一邊輕柔地幫她梳頭髮，一邊輕笑道：「我要他們別跟妳說，好給妳一個驚喜。」

「討厭！」喬春嬌羞地笑了，說道：「不把我嚇壞，你不甘心嗎？」

唐子諾將喬春拉起來轉身一把抱住，他直視著她的臉，嘴角微微上揚，探頭過去親吻了她的額頭一下，道：「對，我不甘心。」

緊接著又親了親她的眼角，低聲道：「還不甘心。」

唐子諾就這樣一路順著喬春的眼角往下親，每親一個地方，就道一聲「還不甘心」，惹得喬春嬌笑不已。最後，兩個人的唇緊緊貼在一起，互訴小別重逢後的甜蜜。

翌日，喬春一早就起床了，親自在廚房裡做蛋糕。今天是過小年，也是果果和豆豆的生日。

雖然這裡沒有烤箱也沒有微波爐，不過這都難不倒喬春，她將調好的麵糊放進一個圓盤子裡，用蒸的方式做出金黃色的蛋糕。之後她在蒸得黃澄澄的蛋糕上擺了一些切成各式花樣的水果，讓蛋糕看起來美味極了。

「大姊，又幫果果和豆豆做蛋糕啦？」喬冬和喬秋走了進來，看到喬春面前的蛋糕和砧板上的水果，喬冬便飛快伸手拿起一塊梨片放進嘴裡，一邊嚼食一邊說道。

「妳又偷吃，洗過手了沒？」喬春輕輕打了喬冬的手一下，瞋了她一眼。

「呵呵！洗過手了。」喬冬尷尬地笑了兩聲，又道：「大姊，今天過小年，待會兒娘和親家母她們要包餃子，我來拿菜籃子，等一下就和三姊、桃花姊一起去挖地菜。」

「挖地菜？」喬春扭過頭，困惑地看著喬冬。「以前不都是包肉和白菜嗎？今年怎麼就想到要包地菜？」

地菜是一種野菜，香味很足，山中村村民喜歡挖來和肉餡拌在一起，用來包餃子。只是喬梁不喜歡吃地菜，所以這幾年他們家的餃子都沒用地菜。

喬冬猛然瞪大了眼睛，一臉不敢置信地看著喬春，說道：「大姊，妳難道忘了大姊夫最喜歡吃地菜餃子了嗎？」

咦？喬春整個人愣住了。她還真不知道這件事，因為她腦子裡完全沒有這個喬春原本的記憶，又哪裡會知道這麼細的事情？

「我知道，只是一時沒想起來。」喬春訕訕地笑了笑，轉身繼續切水果。

喬冬疑惑地看了她一眼，又從砧板上拿了一塊梨片，笑呵呵地說道：「這個梨很甜、很脆！我先走啦，待會兒我們再回來掃年和祭灶。」

「好，妳們快點去吧。記得早點回來，再幾天就要過年了，還有好多事情要準備呢！」

喬春點了點頭，交代了一聲。

「嗯，我知道了，我們會早去早回的。」喬冬的話還沒說完，人就已經跑出廚房外面去了。

喬春低笑一聲，輕輕搖了搖頭。這個冬兒，總是這麼急躁粗魯，像個男孩子似的。

吃過了餃子，大夥兒便開始打掃各自的房間，再一起把裡裡外外都打掃乾淨，一家人過了第一個真正團圓的小年，而果果和豆豆也度過第一個有爹爹陪伴的生日。

這是果果和豆豆出生以來最開心的一天，他們的臉上一整天都洋溢著燦爛的笑容，就像兩隻小狗一樣，寸步不離地跟在唐子諾身後，生怕他們要是不跟緊一點，他們的爹爹又會憑空消失一樣。

喬春看著這般敏感的果果和豆豆，心裡不禁感到苦澀，再也忍不住地將兩個小傢伙帶到房間裡，想好好地跟他們聊聊天。

「果果、豆豆，你們今天為什麼一直跟在爹爹後面？」喬春和兩個孩子一起坐在厚厚的地毯上，先是跟他們玩了一下遊戲，見他們心情稍微放鬆了，才提出自己的問題。

果果和豆豆聽到喬春的話以後，兩個人飛快對視了一眼，很有默契地同時紅了眼眶。果果吸了吸鼻子，囁嚅道：「娘親，我們怕爹爹會像以前一樣，又不見了。」

唉！喬春低嘆了口氣，為這兩個早熟的孩子感到心疼不已。他們今天才滿三歲，怎麼就想那麼多呢？這個年紀的孩子不是都該吃了睡，睡醒玩的嗎？

喬春伸手親暱地揉了揉他們的頭髮，安撫道：「別這樣，你們的爹爹已經回來了，他再也不會離開你們了。以後每年生日，他都會陪你們一起過。」

喬春想了一下，又道：「如果讓爹爹知道你們在擔心這件事，他會很自責的。他會責備自己以前沒有好好照顧你們，怪自己在你們需要他的時候，卻不在你們身邊。」

果果和豆豆歪著小腦袋看著喬春，剛剛微紅的眼眶，現在已經淚花團團轉了。果果的小嘴巴動了幾下，滿臉期待地說道：「娘親，我們不會再這樣了，娘親和爹爹會一直陪著果果和豆豆，對不對？」

喬春重重點了點頭，神情嚴肅，眼神堅定。「對，爹爹和娘親會一直陪在你們身邊，你們不要害怕。陪在果果和豆豆身邊，看著你們慢慢長大，是爹爹和娘親最大的願望。」

說著，喬春再次伸手揉揉他們的腦袋，說道：「果果、豆豆，娘親希望你們能過著無憂無慮的童年生活，而不是像現在這樣，總是害怕失去重要的人或東西。雖然我們不知道以後會發生什麼事情，但是，正因為如此，我們就要做到珍惜當下。

「果果，還記得以前娘親跟你說過的話嗎？只要是你真心愛的人，不管他身在何方，都會永遠住在你心裡，不離不棄。今天是你們的生日，就開開心心度過吧，娘親祝你們生日快樂。」喬春摟了摟他們，語氣滿是疼惜。

「謝謝娘親，我懂了！」果果的臉上揚起一抹雨過天晴的笑容，烏黑晶亮的眼珠子宛若兩顆黑寶石般閃閃發亮。

豆豆的唇角也微微勾起了一道弧度，她伸出小手抓住喬春的衣角，甜笑道：「親親，我也明白了。我和哥哥記住您今天跟我們說的話了，我們要開心過每一天，珍惜、愛護身邊的人。」

雖然他們年紀還小，不能完全消化喬春話裡的意思，但大概的涵義卻都能理解。

喬春笑著站起來，伸手牽過他們，一起往房門外走去。「走吧，我們出去吃蛋糕。明天，娘親帶你們一起去鎮上買年貨好不好？」

小年到了，離過年也就不遠了。是時候到鎮上採買年貨了，一些送人的伴手禮，她也得親自去挑選。

「好！」兩個小傢伙一聽說要去鎮上，立刻開心得跳起來了。

第一二一章 異樣氣息

第二天，喬春和唐子諾帶著果果、豆豆，還有喬父跟王林、石峰他們幾個人，一共趕了兩輛馬車去鎮上採辦年貨。他們兵分兩路，喬父跟暗衛去採辦家裡要用的年貨、布疋、乾貨等物品，喬春和唐子諾則帶著果果和豆豆四處逛逛，購置一些要送人的禮物。

或許因為快過年了，大家都集中在這幾天採辦年貨，因此街道上人山人海，每個人都是你擠我推向前走的。

「二哥，我們還是先去『錦繡茶莊』吧，街上的人實在太多了，這樣帶著果果和豆豆不太妥當。」被人踩了一下腳後跟之後，喬春緊緊擰著柳眉，對唐子諾說道。

果果和豆豆高高跨坐在唐子諾肩膀上，下面的人倒是傷不到他們，可是如果這樣一直走下去，他們非但買不到什麼東西，連帶果果和豆豆逛街的本意都失去了。

而且，不知為何，喬春內心一直感到不安，總覺得在人群中有雙犀利的眼睛在暗暗打量他們。只是她剛剛扭頭四處看了一下，卻又瞧不出一點端倪。

喬春的第六感一向很準確。她敢肯定一定有人在注意他們，而且還不是出自什麼善意。現在人太多了，他們也被困在人群裡，如果這個時候有人殺出來，根本就沒有反擊的餘地。

「夫人！夫人……你們在哪裡？」此時耳邊突然傳來了熟悉的聲音，喬春回頭一看，只見小月和小菊正在後方大聲地呼喊著。

喬春眼見自己又來了兩個幫手，頓時安心了不少。小月和小菊的武功不低，如果這個時候真有人想對他們下手，相信沒那麼容易得逞。

「我們在這裡，妳們往上看，就可以看到果果和豆豆了。」喬春拉著唐子諾停了下來，朝著小月和小菊的方向拚命揮手，並向她們指出果果和豆豆這兩個活路標。

果果和豆豆也非常聰明，他們居高臨下地看著人群裡的小月和小菊，衝著她們揮手喊道：「小月姑姑、小菊姑姑，我們在這裡！」

因為有他們這兩個明顯的目標，小月和小菊很快就走到喬春他們面前。

看著擠得滿頭大汗的兩個人，喬春雖然很高興，但一想到自己原本是叫她們待在家裡幫忙的，不禁問道：「小月、小菊，妳們怎麼來啦？是不是家裡出什麼事了？」

「家裡沒事！是老夫人說街上的人很多，我們放心不下，就趕過來了。夫人，現在街上的人太多了，還是尋個地方坐下來休息吧。」小月搖了搖頭應道。她在答話的同時，暗暗朝喬春和唐子諾比了個手勢。

喬春和唐子諾瞧見小月的手勢，一顆心不禁沈了下去。但任憑心中思緒翻騰，他們的臉上仍舊不露出任何情緒，而是轉身領著小月和小菊朝「錦繡茶莊」走去。

「老大，我們要動手嗎？這裡人多，我們動手起來占有很大的優勢。」人群中，一個穿著普通百姓衣服的男子向他身旁的男子問道。

「我們只負責監視他們的動靜。上面交代過了，我們不能動手，除非有命令下來。」領頭男子果斷地擺了擺手，否決了部下的意見。

他們的職責是監視，而不是刺殺，他相信大人一定有更周密的計劃，否則不會只讓他們監視，而非痛下殺手。

「走吧！你們別老是盯著人家看，自然一點，別露出了馬腳。」領頭男子沈穩地下了指令，領著幾個人繼續慢慢跟在喬春他們的背後。

「是。」

喬春的背後一片潮濕，不知是被人擠的，還是因為害怕。一路走過來，她一顆心都快從喉嚨裡跳出來了，直到快要走到「錦繡茶莊」時，她才感覺背後的視線消失了。只不過她仍舊不敢鬆懈，始終小心翼翼地提防著，隨時準備與對方交手。

「呼！」一腳踏進「錦繡茶莊」時，喬春不禁大大吁了口氣，讓小月和小菊分別伸手抱下唐子諾肩上的果果和豆豆，再牽著他們走向茶莊的休閒區。

掌櫃的看到喬春等人到來，連忙笑呵呵地迎上前去，笑道：「唐少爺，你們來啦！先坐著休息一下，我去後院找少爺。」

喬春一坐下來，便熟稔地拎起銅壺，撥亮炭火，煮水泡茶。

銅壺裡的水還未煮開，錢財便隨著掌櫃的從後院走了出來，看到滿頭大汗又神情凝重的眾人時，不禁愣了一下，快步走上前。

他警覺地朝鋪子外掃視了一圈，著急地問道：「二哥、四妹，你們這是怎麼啦？大冷天的怎麼還滿頭大汗？出事了嗎？」

「剛剛有人在街上暗中監視我們。我們不知道對方是誰，也不曉得他們到底想做什麼。」唐子諾抿了抿唇，低聲說道。

在小月和小菊還沒來之前，唐子諾早已感受到了不尋常的氣息。可他當時不方便四處張望，也不能讓對方知道他已有所察覺，就怕對方一急，當街就殺上來。

街上人多，而他肩上有兩個小孩，喬春又是個雙身子的人，光想就讓人心驚膽顫。更何況，只要一打起來，就一定會傷到無辜的老百姓，在這層顧慮下，很難護全喬春他們母子幾個。幸好小月和小菊趕來了，他們沿路提高戒備，但對方的氣息卻愈來愈淡。

這個情況剛好讓唐子諾想明白了，對方的目的在於監視，而不是要他們的命。如果對方真的想要他們的命，就絕對不會放過剛剛在街上的那種有利局勢。

錢財聞言，臉色變了幾變，一臉擔憂地看著唐子諾說道：「二哥，你仔細回想一下，最近可有得罪過什麼人？現在敵暗我明，這樣我們只能處於被動，防不勝防。」

唐子諾緊蹙著眉，沈吟了半晌，抬頭看著錢財搖了搖頭，答道：「我們沒有得罪過誰，只是上次在皇宮就有人對四妹下手，不知這回是不是跟那次的人有關？只不過……我們連那次下手的人是誰都不知道。」

唐子諾有些無奈，也有些氣餒。這件事影門的人暗中調查了很久，也沒有結果。跟國師一片空白的情形不同，這事中間還有一個太后在阻攔，她不想讓人調查的意圖很明顯。

為了這件事，侍衛隊長自請去職，但太后卻沒有更進一步的懲罰，顯然下手的人正如他們所猜測的，是後宮某個女人，而且頗有分量。太后知道這不是區區一個侍衛隊長就能處理的事，因此才重重提起，輕輕放下。

心思輕轉，唐子諾突然站起來看著錢財說道：「三弟，我要借用一下你的書房。」

「好！二哥請隨我來。」錢財也站了起來，領著唐子諾走向後院的書房。

喬春望了他們的背影一眼，隨即神情淡然地提起銅壺，動手沖洗茶具，沖泡起茶湯。她緩緩倒了三杯熱氣蒸騰的茶，又倒了兩杯白開水吹涼後遞到果果和豆豆面前，淺笑著柔聲道：「果果、豆豆，你們渴了吧？快喝點水。」

照顧果果和豆豆喝了幾杯水，喬春這才輕輕轉過頭，對身後的小月和小菊說道：「妳們也坐下來喝杯茶吧。不用太過注意外面，不然別人很容易起疑心的。」

「夫人，我們……」經過喬春提醒，小月和小菊這才意識到自己的失策，她們一臉小心翼翼外加愧疚地看著喬春，不知如何是好。

喬春伸手指了指旁邊的凳子，輕聲道：「坐下來喝茶吧，別再盯著外面瞧。妳們應該清楚我的為人，我向來對上下尊卑不屑一顧，這事也沒那麼嚴重，坐下來休息一下吧。」

「是，謝謝夫人！」小月和小菊飛快交換了一個眼神，有默契地應道。

包括果果和豆豆在內，他們幾個人就那樣坐在茶莊裡，輕啜清香的茶湯，品嚐精緻點心，不時聊天說笑，享受輕鬆愜意的美好時光。

而唐子諾和錢財自從進了後院，就一直沒再出來過。

錦繡茶莊對面的飯館裡，四個穿著打扮平凡的男人，倚窗而坐，不時打量著茶莊裡的動靜。

「大哥，他們好像沒發現我們，瞧他們笑得多開心。」

「大哥，你說喬春是個什麼樣的女人？她們這哪像是主子和下人，根本就是久別重逢的姊妹在喝茶聊天。」

「大哥，上面真的只要我們監視，不讓我們動手？我們就這樣一直監視他們的一舉一動嗎？」

隨著最後一個男人問完問題，三個人整齊劃一地將眼光投向他們大哥身上，等待他的回答。

「你們別這麼多事，只管按命令行事就可以了。你們的職責是執行，不是發問。」領頭男子威嚴地掃了他們一眼，眸中精光閃閃。他扭頭望了望對面茶莊裡的溫馨場面，續道：「你們別像女人似的問長問短，囉哩叭嗦。再這麼多話，壞了上面交代的事，到時我可保不了你們。」

「是，我們再也不敢了。」那三個男人領命，不再發問。只不過，他們望向茶莊的眼神中，偶爾透露出些許羨慕。

領頭男子瞧見自己手下的樣子，不禁低低嘆了口氣，伸手指著桌上的菜說道：「趁熱快點吃吧，如果還不夠，就再叫小二上菜。」

「是，謝謝大哥！」三個人喜孜孜地應道，拿起筷子飛快挾起菜來。過了一會兒，其中一個人朝跑堂的小二大叫了一聲：「小二，去把你們店裡的招牌菜都上一份來。」

小二哈著腰跑了過來，一看這幾個人的衣著打扮，臉上的笑容立刻隱了下去，眸底閃過一抹輕蔑，說道：「客官，我們的招牌菜可是很貴的。」

點菜的人一聽小二那門縫裡看人的語氣，十分火大地伸手往隔壁桌上一拍，只聽見

「砰！」的一聲，桌子立刻破成兩半。

接著，他像拎小雞似地將小二拎了起來，隨手向上一拋，只聽見一聲巨響，小二就如同斷線風箏般落在樓層中間一張桌子上，再從桌子上彈落到地上。

「啊……大俠饒命！小的失言了，小的這就去通知廚房備菜。」小二從地上翻身起來，對著男子磕了幾個響頭，一邊求饒一邊顫巍巍地站起來。

「現在知道錯了？剛剛怎麼那副嘴臉？快滾，別礙了爺的眼！」他趾高氣揚地輕輕拍了拍手上的灰塵，轉身重新坐回原位。

老掌櫃聽到這邊的聲響，立刻跑了過來，站在他們桌前鞠躬哈腰，致歉道：「幾位爺，那小二是剛來的，嘴上沒個分寸，你們大人有大量，就饒了他吧。今天這桌飯菜免費，算是小老頭向你們賠罪。」

男子斜目睨了掌櫃的一眼，冷哼道：「算你識相，這事就算了。」

「是是是！謝謝幾位爺。」老掌櫃伸手抹了抹額頭上的汗，轉身退了下去。

老掌櫃走到廚房察看了一下那個跑堂小二的傷勢，讓他去找個大夫看看，接著又吩咐另一個小二換了套衣服，到對面茶莊去找錢財，報備一下剛剛發生的事情。

這個飯館其實也在錢府名下，現在錢萬兩已經將家業全部交到錢財手裡，飯館要是有什麼事，都會直接到對面去找錢財。

剛剛那四個人絕非善類，從他們進了飯館到現在，總是不時朝對面的茶莊看，而且剛剛那人的身手，肯定是個練家子。

他們來這裡的原因，很可能是為了盯梢。且不管他們的來路，就憑他們的目標是茶莊，老掌櫃也覺得自己有義務告訴東家，讓他多提防一些。

不一會兒，偽裝過的店小二來到茶館對面的錦繡茶莊，他跟掌櫃的說了一聲，掌櫃的就臉色凝重地帶著他走向後院。

「少爺，這位是飯館的小二，老掌櫃讓他過來，有急事稟報。」茶莊掌櫃走進書房，看著錢財和唐子諾輕聲的道。

錢財微微蹙眉，抬眸盯著小二問道：「飯館那裡發生了什麼事？」

這樣的事情，錢財經常遇到。因為飯館和茶莊面對面，所以飯館那邊只要發生了掌櫃解決不了的事，都會派人到這裡來請示他。

店小二微垂著頭，恭敬地答道：「少爺，剛剛飯館那邊有一位客人打傷了跑堂小二，他們一共有四個人，穿得很普通，卻有一身好功夫。他們坐在靠窗的位置，時不時盯著茶莊這邊看，掌櫃的怕他們居心叵測，所以就請小的換裝過來給少爺提個醒。」

聞言，唐子諾和錢財飛快對視了一眼，彼此心領神會。

剛剛他們在街上被人監視，後來快到「錦繡茶莊」時，被監視的感覺就消失了。原來那些人跑到飯館裡去了，怪不得！

錢財朝店小二叮嚀道：「你待會兒從後門回去，告訴掌櫃的，這事我已經知道了。讓他好好招待那四個人，切勿打草驚蛇。」

說著，錢財向唐子諾伸出手，問道：「二哥，你身上有蒙汗藥之類的東西嗎？」

勾了勾唇，唐子諾微微搖頭，笑道：「我哪會隨身帶那種東西？不過，我自有辦法。」

話落，唐子諾抬頭看著店小二，吩咐道：「小二哥，你回去之後，請掌櫃的送一碟『醬香狗肉』給他們，再用熬綠豆的水給他們沖一壺上好的茶。」

店小二聽後，眼睛悄悄望向錢財，等待他的最終指示。

「去吧！就按唐少爺說的辦，這事一定要小心一點，不能讓他們察覺到。待會兒你就去茶莊裡拿些最好的綠茶過去。」錢財微微頷首，朝小二揮了揮手，示意他可以退下去了。

「小的告退。」

第一二二章　戲耍壞蛋

錢財目送飯館店小二和茶莊掌櫃出了房門，轉眸看著唐子諾說道：「二哥，這樣聽起來，那四個人真的很可疑。你不打算將他們拿下來，好好盤問一下他們背後的主子嗎？」

「自然要拿下來，不過得再等等。如果他們吃了狗肉又喝了用綠豆水泡的茶，我們很快就能不費吹灰之力將他們一舉成擒。」

唐子諾看著錢財，淡淡地笑了一下，又道：「不過，我看四妹他們還得在外面多坐一會兒。只要四妹沒離開他們的視線，我相信他們就不會離開飯館。」

「那狗肉和綠豆水有什麼玄機嗎？」錢財好奇地問道。

唐子諾噗哧一聲笑了出來，說道：「三弟，你不會連食物相剋的道理都不知道吧？」

錢財輕輕搖了搖頭。「這個我還真的不太清楚，難道狗肉和綠豆不能共食？」

「沒錯！」唐子諾微笑著點點頭，解釋道：「狗肉如果和綠豆一起食用，人就會積食，因而消化不良，肚子鼓脹。若不及時治療，很有可能會肚脹而亡。」

「原來如此，那我們要等他們發作後，才過去抓人嗎？」錢財恍然大悟地點頭，隨即又問道。

「那倒不用，待會兒我們就從後門出去，我擔心他們可能不吃狗肉或不喝茶。再說，如果被他們瞧出端倪，你飯館裡的人可就麻煩了。」

唐子諾說著站了起來，說道：「走吧，我們先出去陪四妹他們聊聊天。」

「好！」錢財笑呵呵地應道，站起來跟在唐子諾身後，一起走進茶莊的休閒區。

唐子諾和錢財在休閒區裡與喬春等人閒聊，也絲毫不在意從對面飯館投射過來的眼神，氣定神閒地喝茶。

過了半晌，唐子諾和錢財又藉故手搭著肩走進後院，出了後門，從另一條街直奔飯館後門。他們才剛剛到達飯館一樓，上面就傳來了碗碟摔碎在地的聲音。

「掌櫃的，你他媽的到底在菜裡面下了什麼毒？老子今天非廢了你不可！」隨著碗碟破碎聲，吼罵聲也傳向一樓。

錢財伸手拉住了老掌櫃，朝他輕輕搖了搖頭，又對著驚慌失措的食客們說道：「大家別擔心，我們飯館可是和平鎮的老字號，不管是分量還是衛生，都是有目共睹的。

「大家放心吃，我錢財可以保證飯菜一定不會有問題。大夥兒都知道樓上那幾個人不久前才打了我們飯館的跑堂小二，還點了很多昂貴的菜，所以……」

錢財說到這裡便停了下來，因為此刻所有人都已明白樓上那些人不僅想白吃，還要勒索銀兩。這類行為只要是經常進出飯館的人都見過，沒什麼特別的。

「請各位客官放心吃，我請廚房替你們每桌都送上一盤水晶餃子，略表歉意。」老掌櫃收到錢財的暗示，連忙站出來打圓場。

大夥兒聽到他們要免費送一盤水晶餃子，自然就坐了下來，不再多說。

有些好事之人則是尾隨錢財和唐子諾慢慢走上二樓，站在樓梯旁邊觀看。

飯館二樓靠窗處，四名男子正彎腰抱著肚子，大聲怒罵。

地面上一片狼藉，到處都是碎瓷片和殘羹菜汁，油光滿地。人要是走在上頭，一不小心就會摔個四腳朝天。

那四人聽到上樓的腳步聲，抬起汗流滿面的臉，緊皺著眉朝樓梯方向望了過去。

當他們看到唐子諾時，心頓時一沈，連忙收回吃驚的目光，領頭的男子則是衝著樓下怒吼：「掌櫃的，這裡的菜有毒，都快把我們給痛死了，怎麼還不快點上來看看？你快點讓人請大夫過來，否則我們就拆了你們的飯館！」

他們眼底的錯愕雖是一閃而過，但是有備而來的唐子諾可是一點都沒錯過。

唐子諾壓抑住心中的怒火，輕笑著走上前，說道：「你們這是中毒了嗎？快讓我瞧瞧，我就是掌櫃的請來的大夫，山中村的唐大夫，很多人都認識我。」

唐子諾一席話剛落下，圍觀的人紛紛點頭，附和道：「對啊，你們不是說中毒了嗎？快讓唐大夫瞧瞧。唐大夫可是柳神醫的徒弟，你們是不是中毒，他一瞧就明白了。」

那四個人聽到眾人的話，又瞧見唐子諾噙著淡笑朝他們走來，不由得大驚。他們忍著痛，全都站起來虎視眈眈地盯著唐子諾。

他們實在不知道唐子諾是真的來出診，還是他已經知道他們的真實身分？

現下他們痛得要命，卻又不敢大意，所以每當唐子諾往前一步，他們就後退一步。

圍觀的人看到他們的奇怪反應，心裡都默默認定他們就是些想要白吃白喝還要勒索飯館的痞子。

他們愈是往後退，唐子諾就愈是上前；他愈是笑得雲淡風輕，他們就愈是心驚膽顫。最後，在領頭男子的眼神暗示下，幾個人穩穩站定，擺出一副魚死網破的姿態，隨時準備朝唐子諾攻去。

上面的只說不能動喬春，可沒說過不能動唐子諾。反正他們的身分十之八九已經暴露了，不用上面動手，按照規矩，他們也沒什麼活路了。不如先下手為強，也許還能保住自己的小命。

「上。」四個人忍著劇痛朝唐子諾攻了上去，雙方廝打了一會兒，那四個人便已支撐不住，肚子慢慢脹了起來。

「啊……痛！」他們腹中彷彿有一把利刃穿刺，痛得無法支撐，再加上地面上全是油，轉眼間四個人便狼狽地跌在地面上，抱著肚子翻來滾去。
唐子諾一派淡然地走了過去，伸手點住他們的穴位，微蹙著眉替他們把起脈。
半晌過後，他看著他們，說道：「你們不是中毒，而是吃錯東西了。你們方才吃了狗肉，又吃了綠豆，所以才會腹脹。」
「原來如此！」圍觀的人聽到唐子諾的話，恍然大悟地點頭。而一些不知其中奧妙的人，也暗暗在心裡記下這兩樣東西不能同時食用。
「小二。」唐子諾扭頭朝著樓下大喊一聲。
「來了！唐大夫，他們四個人是怎麼回事？是我們的責任嗎？」店小二迅速跑了上來，看著地上那肚子脹起來的四個人，顫著聲問道。
此時不待唐子諾回答，一個熱心的觀眾便向店小二解釋了起來。「小二哥，這事跟你們飯館無關，都怪他們自己太笨了，把兩樣不能一起食用的東西，同時吃下肚了。」
店小二抬手輕輕用衣袖拭了拭額頭上的汗珠，長長吁了口氣，說道：「謝謝這位大哥，謝謝唐大夫，不然今天我們飯館可就要名聲掃地了。」
唐子諾朝店小二點了點頭，吩咐道：「快去用一兩甘草煎些水來，讓他們服下去就好了。我先餵他們吃一粒助消化的藥丸。」
「是！」店小二看了錢財一眼，見他點頭同意，便飛快跑去廚房讓廚子煮蘿蔔湯。

唐子諾幫他們四人餵下藥丸，朝錢財眨了眨眼，嘴角微微上揚，彷彿在道：你家店小二可真厲害，樣子裝得可真了。

錢財淡淡回以一笑，轉過身子，輕輕朝飯館裡掃了一圈，說道：「不好意思，打擾大家吃飯了。我會請掌櫃的幫大家打點折扣，以表達歉意，希望大家以後繼續光臨。」

「那是當然，哈哈……」圍觀的人見沒戲可看，便三三兩兩地散開了。

唐子諾讓店小二幫他們四個餵下蘿蔔湯後，又讓店小二將這四個人抬到後院的工人房裡捆了起來，並交代店小二保密。

唐子諾好整以暇地坐了下來，看著地上那四個動彈不得的男人，問道：「你們是誰派來的？為什麼要監視我們？」

「我們不知道你在說什麼。」四個人異口同聲應道，很有默契地偏過頭，不再看唐子諾和錢財。

「呵呵！」唐子諾輕笑了幾聲，站起來走到他們面前，問道：「你們果真不知道我在說什麼？」

「對！」四個人齊聲應道。

他們現在後悔死了，暗暗責怪自己嘴太饞，聽到掌櫃的說要送菜給他們吃，就毫不客氣地大快朵頤。可是他們實在想不透，他們明明只吃了狗肉，根本就沒有吃過任何有綠豆的東西，又怎麼會腹脹呢？

領頭男子畢竟比他們三個聰明一點，他腦子靈光一閃，轉過頭看向唐子諾時，已經猜出了大概。他忍不住瞪大了眼睛，咬牙切齒地道：「一定是你動的手腳，對不對？」

唐子諾讚賞地看了他一眼，點頭輕笑道：「沒錯，看來你這個做大哥的果然比其他幾頭蠢驢聰明。」

聞言，那四個人全呆愣住了，飛快對視了一眼。

「你怎麼知道我是他們的大哥？」領頭男子蹙著眉頭，死死盯著唐子諾問道。

他們幾乎都沒出過聲，唐子諾怎麼會知道他就是他們的大哥？難道他早就知道他們的身分，也早就察覺他們在暗中監視？

唐子諾嘴角微微上揚，掃了他們一眼，說道：「因為，他們三個不管做什麼事情，都會不自覺地看向你。」

這三個人果然是蠢驢！領頭男子眸底一片死灰，狠狠瞪了他們三個一眼，然後垂頭喪氣，不發一語。

看來，明年的今天，就是他們的忌日了。可恨的是他們都被點了穴，根本無法動彈，連自行了斷都沒辦法。

不知道唐子諾待會兒會用什麼手段來對付他們？想到剛剛肚子痛得死去活來，幾個人不由得冷汗狂飆。

「你們不打算老實說嗎？我的逼供手法可不少，你們可得確定自己待會兒受得了才行。」唐子諾淡淡說道，讓他們四個人心驚膽顫。

「哼！你就是殺了我們，我們也不會說的！」

「大哥說得對！」

「沒錯。」

「死也不說！」

四個人很有骨氣地輪流應道。

「哈哈，沒想到你們都還有幾分骨氣。」唐子諾大笑起來，毫不吝嗇地讚揚了他們一番。

「你知道就好！」領頭男子驕傲地瞪著唐子諾說道。

唐子諾坐回凳子上，彎唇與錢財對視了一眼。

錢財接收到命令，緩緩開口，微微有些煩惱地問道：「二哥，你還記得四妹是怎麼對付晉國的殺手嗎？」

「自然記得。」唐子諾淡漠的眼神輕輕掃過那四個齊齊向他看來的人，撇了撇嘴，說道：「四妹說有一種方法最好用，只要是人，都受不了那種刑法。」

「是什麼？快說來聽聽！」錢財興奮地追問。

「好像叫凌遲處死。」唐子諾說著，再次有意無意地掃了那四個人一眼，續道：「說是拿一張魚網，將人的身子裹起來，再拿出鋒利的匕首，將那突出來的肉，一刀刀割下來，在割完一千刀之前，不能讓人斷氣，得讓他們鮮血流盡而亡。」

隨著唐子諾的話落下，房間裡抽氣聲此起彼伏，那四個人一臉驚恐地你看看我、我看看你，嚅動著嘴唇卻說不出話，全身劇烈顫抖。

聞言，錢財興奮地拍掌叫好。「好啊，咱們就用這個法子，我就不相信他們受得了！」

「不行不行！我們可是普通的老百姓，你們不能對我們動用私刑。」領頭男子大聲喊道。事到如今，哪管什麼尊嚴還有任務，他可不想讓這種酷刑用在自己身上。

唐子諾微微一笑，說道：「我們當然可以。第一，你們是不是普通的老百姓，你們比誰都清楚；第二，我是當朝駙馬爺，公主身上有太后賜的玉珮，據說可以上打奸臣，下斬暴民。你們剛剛意圖在飯館裡毆打跑堂小二，不但白吃白喝，還誣衊飯館的人下毒，所以，你們就是暴民。」

唐子諾說著，走到他們面前，看著領頭男子笑了笑，又道：「我先用刑，再往自己身上劃個傷口，說你們意圖刺殺駙馬爺。想想看，你們送官後，會有怎樣的下場？」

「你……你……你不能這樣！」領頭男子看出唐子諾眼底的狠戾，頓時心急如焚。

欲加之罪，何患無辭？他們本身就見不得光，如果真被送官，下場只有一個「慘」字。可是，他們真的不能洩漏秘密，要是上面知道，他們一樣沒有活路可走。但是一想到剛剛唐子諾說的那種刑法，他們也絕對受不了。在這種情況下，到底該說，還是不該說？

「如果你們把知道的事情都說出來，我可以替你們謀一條活路。我說到做到，這是你們唯一的出路。」唐子諾突然放軟姿態，略顯同情地看著他們，輕聲說道。

四個人互看了一眼，最後，領頭男子咬著牙，彷彿豁出去似地答道：「我說，只要你真的替我們謀一條生路，我們就把所有知道的事情都告訴你們。」

第一二三章　猝死

唐子諾滿意地點了點頭，嘴角噙著淡淡的笑，說道：「你們就說吧，我聽著呢。只要你們說的話都是真的，我一定兌現承諾；反之，自然不會讓你們好過。」

「我們是……呃！」就在領頭男子正要說出真相之時，突然間，他們四個人同時全身劇烈地抽搐了幾下，眼睛睜得圓圓的，似乎沒料到事情會變成這樣。

唐子諾迅速走到他們面前，伸手探了探幾個人的鼻息，轉過身對錢財輕輕搖了搖頭。

這事真的太玄了。這四個人的表情既吃驚又痛苦，而且還死得十分快速。唐子諾剛剛在發現他們不對勁時，就向四周掃望了一圈，無論是房間的窗戶還是門，甚至屋頂，都沒有發現任何異常。

而且，這四個人並非中毒身亡，而是心脈盡斷而亡。這種死法真的太詭異了，他從來沒遇過這種事。

「二哥，這是怎麼回事？他們中毒了嗎？」錢財臉色凝重地站起身來，看了死態異常的四人一眼。

一切來得太過突然，錢財腦子裡現在還是一片茫然，久久無法回過神來。

唐子諾搖了搖頭，說道：「他們不是中毒，而是心脈盡斷而亡。我想不通，像這樣心脈盡斷，應該是被強大的內力震傷，可是我能斷定剛剛這房間四周根本就沒人。這事真的太奇怪了，我想我得趕緊回去找義父，看看他知不知道其中的奧妙。」

「那這四個人的屍首怎麼辦？」錢財看著唐子諾問道。

這裡是飯館，如果讓人知道他們這裡有四具屍首，那對飯館和錢府的聲譽都有很大的影響。

唐子諾回頭看了看那四具屍首，吩咐道：「三弟，我們這就回茶莊去找四妹，你交代一下掌櫃的，要他別讓人進這個房間來。」

這四個人死因怪異，而且又死在錢府飯館裡，他必須弄清楚原因。更何況，他們早不死、晚不死，偏偏就在要說出背後操縱這一切的人時，就集體身亡。要說這事沒有古怪，任誰都不會相信。

「好！就按二哥說的辦，我們先回茶莊找四妹。」錢財朝唐子諾微微頷首，兩個人一前一後離開工人房。

喬春有些好奇地看著從茶莊門口走進來的唐子諾和錢財。她一直以為他們在後院的書房裡商量事情，怎麼現在會從外面回來呢？

剛剛對面飯館發生了一些異常，她和小月、小菊也都察覺到了。只是，為了不打草驚蛇，她們一直按兵不動，幾個人說說笑笑，裝作若無其事地在這裡喝茶、聊天、吃點心。還是……他們剛剛去了飯館?!

柳眉輕蹙，喬春站起來，看著他們兩個人，不解地問道：「二哥、三哥，怎麼從門口進來?你們不是在書房裡商量事情嗎？」

唐子諾走上前，拉住喬春的手，看著小月和小菊，吩咐道：「小月、小菊，妳們在這裡照顧一下果果和豆豆，我們有事要進書房商量。」

「是！」小月和小菊齊聲應道。

錢財則是看著掌櫃，叮嚀道：「掌櫃的，我們在書房商量要事，不要讓任何人靠近書房。」

「是的，少爺。」掌櫃的第一次看到錢財這麼凝重的表情，連忙應了下來。

喬春突然有些不安。他們兩個人的表情不對，好像剛剛發生了什麼大事情。她扭過頭看著果果和豆豆，柔聲道：「果果、豆豆，你們兩個千萬要聽小月姑姑和小菊姑姑的話，不能出門，知道嗎？」

「知道了。」果果和豆豆小心翼翼地對視了一眼，猛點頭。

他們雖不知道出了什麼事情，但是看到爹娘和姨父那沈重的臉色，也大概明白有什麼讓爹娘他們煩心的事了。他們或許幫不上忙，但他們卻能管好自己，讓爹娘放心。

「二哥、三哥，可是出什麼大事了？」一進書房門，喬春便迫不及待地問起他們。

唐子諾拉著喬春一邊朝房中央的木桌走，一邊應道：「剛剛在街上監視我們的那幾個人已經死了。」

「死了?!」喬春低叫了一聲，坐了下來，目光來回在唐子諾和錢財兩人身上移動。

「他們是怎麼死的？你們方才就是出去找他們嗎？」喬春直覺這事不簡單。

唐子諾挨著她坐了下來，氣餒地點了點頭，回道：「我們本來設法將他們拿了下來，經過一番威逼利誘，已經願意說出背後的主謀者了。可奇怪的事情發生了，領頭的男子一張口，幾個人就心脈盡斷。」

說著，唐子諾緊緊擰著眉，無奈地說道：「奇怪的是，如果他們的心脈是被高人用內力震斷，也不足為奇，可問題是當時房間四周根本沒有其他人。妳該知道身為習武之人，如果四周有高手入侵，一定會有氣場感應的。

「周圍非但沒人，還發生得這麼突然，他們的死因真的是個謎。現在他們死在三弟的飯館裡，一個處置不當，就會為三弟和錢府帶來麻煩。我們現在回來，就是想問問四妹有沒有好辦法？」

聽到唐子諾的話，喬春眉頭皺得愈來愈緊，她陷入沈思，腦子開始迅速思考一個不會替大家帶來麻煩的解決方案。

此時，書房裡一片寧靜，唐子諾和錢財也只是靜靜坐著，並不出聲打擾。

過了好半晌，喬春抬起明眸，看著唐子諾和錢財，說道：「出了人命，處理起來就有些麻煩。如同二哥的分析，他們的死因很奇怪，留下了許多疑點，但是只要官府的人一驗屍，只怕會認定是我們所為。

「既然這些人按理說見不得光，不如這樣，等晚一點，我們就把他們的屍首帶回山中村去，讓義父驗一下屍首，看能不能找出蛛絲馬跡，然後再將他們埋了。至少，我們能肯定這些人的死，不會有人追究。」

看樣子，他們的一舉一動暗中都有人在操控，所以他們才會剛開口就心脈盡斷而亡。這背後的主謀實在太恐怖了！喬春想到這裡，身子不由得輕顫了一下。

見唐子諾和錢財還在思索，喬春又道：「二哥、三哥，我們得想個辦法，神不知鬼不覺地將那幾個人的屍首運回山中村。」

錢財沈吟了一會兒，輕聲道：「要不，就讓人把那幾人裝進麻袋裡，悄悄從後門運走吧？」

唐子諾贊同地點了點頭，補充道：「這事不能讓飯館裡的人來辦，我先去找陪岳父大人採辦年貨的王林他們，讓他們來做這件事吧。」

「好。二哥，你去找人，我現在就去飯館那邊坐鎮，不能讓人發現屍體。」錢財站起來，轉身就往書房門外走去。

唐子諾也火速站起來，牽住喬春的手，道：「四妹，妳就在這裡陪果果和豆豆，我去找人。待會兒事情辦好了，我就會來接你們一起回家。」

「去吧！這事愈快愈好，拖久了容易出問題。」聞言，喬春微微頷首，讓唐子諾牽著她走向茶莊。

目送唐子諾離開以後，喬春重新坐了下來，強打起精神與果果和豆豆互動，可是不管果果和豆豆怎麼耍寶，她內心都沈悶無比，臉上的笑意也有些牽強。

他們完全不知道對方是誰，也不曉得他們的目的是什麼，實在無從防範起。馬上就要過年了，開春後擴種茶樹、種花，都是迫在眉睫的事。這中間真的不能再出什麼岔子了，否則離她的理想生活只會愈來愈遠。

喬春一顆心如同在油鍋裡煎炸一樣生痛，還有難以言喻的恐懼……她就那樣心不在焉地坐著，偶爾應付果果和豆豆幾句，整個人完全陷入神遊的狀態。

過了半個時辰，唐子諾帶著喬父過來接他們了。喬春凝視著唐子諾，從他的眼神中知道事情已經辦好，慌亂的心稍稍安定了些。之後他們也沒心情去購買禮品，而是坐上馬車，馬不停蹄地趕回山中村。

回到山中村時，天色已經暗了下來。為了不讓人發現這些死屍，唐子諾特地交代王林和石峰他們將這些屍首放在後山樹林裡。

唐子諾一下馬車，立刻就到義診館裡去找柳如風，湊在他耳邊低聲細語，片刻之後，他們就並肩往後山走去。

喬春食不知味地吃了晚飯，把果果和豆豆分派到林氏和雷氏房裡，接著支開小月和小菊，一個人心事重重地坐在房間裡等唐子諾歸來。

他們已經去後山很久了，連晚飯都沒回來吃，不知他們有沒有查出一些端倪。她好著急，好擔心！如果對方總是這般神出鬼沒，又殺人於無形的話，那他們一家的處境真的很危險。

這些人到底是什麼人？他們與之前上京途中碰到的那幫雨夜殺手，還有皇宮裡那個花臉女人到底有沒有關係？

喬春坐立不安地站了起來，手背在身後，來來回回踱步。

此時房門應聲被推開，唐子諾一臉疲憊地走了進來，看著神情不安的喬春，嘴角扯出一抹輕笑，問道：「妳怎麼還沒休息？一直在等我嗎？」

喬春上前拉住唐子諾的手，著急地問道：「你和義父查出來了嗎？那些人的死因是？」

唐子諾將喬春冰冷的手放進懷裡，溫暖起她的手，伸手攬著她的腰走到桌前，抱著她坐了下來，說道：「妳全身這麼冷，怎麼就不起個火爐子呢？」

喬春見唐子諾答非所問，柳眉不禁向上挑起，定定看著他，再次問道：「你怎麼不先回答我的問題？我在房裡並不覺得有多冷啊，你還是快點說說看那些人的死因吧。」

「找不到破綻。不過，義父說他們這種死法，極有可能是被人事先下了蠱，只要他們不再忠於主人，就會被養在體內的蠱蟲侵蝕而亡。」唐子諾輕嘆了口氣，擰緊著眉頭將柳如風的結論告訴她。

他以前四處替義父尋找解藥之時，也曾聽說一些西部的大山裡，有一些部落是養蠱蟲的高手，擅長使用蠱術。現在那四個人的離奇死法，還真的只能用這點來解釋。

唐子諾並沒有告訴喬春，那四個人的心臟已經被蠱蟲吞食了，為了不讓寄長在他們體內的蠱蟲出來害人，所以義父和他就找了個偏遠的地方，將那四個人火化了。

「那些人是被下蠱了？」喬春全身雞皮疙瘩驟起。不知為何，當她聽到這個原因時，不禁渾身發冷顫抖？

那些人既然懂蠱術，那他們想要操縱一個人不是極其容易嗎？這凡塵間的人，又有誰會是他們的對手？如果他們……

不！喬春突然被自己的念頭嚇了一大跳，慌亂地從唐子諾懷裡跳了起來。

「老婆，妳怎麼啦？」唐子諾溫柔地將喬春拉回懷裡，擔憂地看著她問道。

喬春瞳仁驟縮地看著唐子諾，伸手緊緊摟住他的脖子，嘴唇湊到他耳邊，低著聲音顫抖道：「他們既然會蠱術，那不就無所不能了嗎？如果他們的人進了皇宮，那不就……」說著，她不由得打了個冷顫。

唐子諾心中一怔，眉頭緊蹙。喬春的話並非杞人憂天，這些人既然想要對付她，就極有可能跟皇宮裡的人脫不了關係。如果這些人的勢力真的進入皇宮，那可是非常危險。

「老婆，妳先去睡，我寫封信給大哥。經妳這麼一說，我還真擔心會有那樣的事情。」唐子諾輕輕將喬春放了下來，起身舉步往書桌走去。

這事愈早有提防就愈好，如果大哥能在宮裡頭挖出這人的真實身分，就更好了。事情到了這地步，他也得知會一下影門，讓他們在暗中著手調查，現在江湖上到底有哪些人會蠱術。

喬春卻不想睡，而是緊跟著唐子諾走到書桌前，動手替他研墨，看他寫下兩封簡短的書信。

唐子諾輕輕將紙上的墨痕吹乾，站起來看著喬春，說道：「妳先上床休息吧，我去去就回。」話落，轉身就往房門外走去。

喬春輕輕點了點頭，帶著複雜的心情洗漱了一下，接著鑽進被窩等待著唐子諾歸來。所有的線索都是在最關鍵的時候就斷了，讓人完全找不到下手的缺口，而謎團也像雪球般愈滾愈大。

喬春躺在床上翻來覆去，怎麼也睡不著，索性平躺著不動，眼睛一眨也不眨地盯著幔帳頂，任由思緒飛騰。

不知過了多久，唐子諾從外面走了進來，看著喬春怔怔盯著帳頂發呆，便走到床邊坐下來，柔聲道：「老婆，妳在想什麼呢？這些事情由我和大哥來處理就可以了，妳別操這個心，安心在家養胎吧。」

喬春收回了視線，看著唐子諾眉宇間不可忽視的憂慮，便握住他的手，低聲道：「不管我能不能幫上忙，你絕對不能把所有事情都放在自己心裡，不能把所有責任都扛在自己肩上。我是你的妻子，不是別人，我沒辦法看著你一個人辛苦。」

「我明白了，我會跟妳說的。先睡吧，我整理一下我們以前畫的瓷器草圖，燒瓷場這幾天就能完工，年後就可以正式啟用了。我們第一批瓷器樣式，可得燒出點特色來。」唐子諾輕輕拍了拍喬春的手背，將她的手放回被子裡，轉身回到書桌前，挑選以前畫的草圖。

昏黃的油燈下，唐子諾聚精會神地俯首在書桌前審視草圖，一張張精心挑選，時而拿起筆在草圖上加幾筆，時而摸著下巴怔怔盯著草圖發呆。

或許是因為房間有了唐子諾的氣息，剛剛還翻來覆去睡不著的喬春，這一次很快就沈沈睡著了。

第一二四章　團圓過新年

「啊……不要啊！」熟睡中的喬春突然尖叫了一聲，雙手不停在空中揮舞。她額頭上溢滿汗珠，頭搖得像個博浪鼓似的，嘴裡反反覆覆唸著：「不要，不要……」

唐子諾放下手裡的草圖，跑過去坐在床沿上，伸手輕輕搖晃著喬春的身體，焦急道：「老婆，妳怎麼啦？快醒醒，妳作惡夢了。」

在唐子諾的叫喚和輕晃下，喬春慢慢睜開眼睛，看向神色有些緊張的唐子諾，猛然坐起身來緊緊抱住他，囁嚅道：「我作了一個好可怕的惡夢，我夢到有個人……他一手抓著果果，一手抓著豆豆，把他們丟進一個……一個……一個火爐裡。」喬春全身顫抖，斷斷續續道出夢裡的場景。

緊擰著眉頭，唐子諾伸手輕輕拍著她的背部，安撫道：「妳想太多了，怎麼可能會有那樣的事情發生呢？妳忘了嗎？我們家裡每天都有暗衛輪守巡視，現在還有小月和小菊在，一定不會發生這樣的事情的。」

喬春聽到唐子諾的話，輕輕推開他，定定看著他的眼睛說道：「不是這樣的，這個夢太真實了，我有種不好的預感。你不知道，剛剛作夢的時候，我的心是揪痛著的！」

「這只是個夢，別想太多了。妳要相信我，有我在，我會保護你們。」唐子諾伸手輕柔地擦掉喬春的眼淚，保證似地輕撫她的秀髮。

輕輕扶著喬春重新躺回床上，唐子諾幫她蓋好被子，捏了捏她的鼻子，說道：「睡吧！我在這裡看著妳。」

「你也睡吧，很晚了。」喬春滿臉期待地看著唐子諾，伸出手搖了下他的手臂，撒嬌道：「你上來睡好嗎？我一個人害怕。」

剛剛的夢境實在太駭人，她現在根本不敢閉上眼睛，生怕夢境重演。

唐子諾將喬春的手放進了被子裡，微微頷首，笑道：「好，妳等我，我先洗漱一下。」

「好。」喬春抿著嘴淺淺一笑，點了點頭。

唐子諾迅速洗漱乾淨，走近火爐邊，把手放在上面烘了一下，感覺全身沒那麼冷之後，才脫下外衣飛快鑽進被子裡。

他知道喬春怕冷，也知道只要他一上床，喬春就會像隻八爪章魚似地纏到他身上，所以不敢讓自己身體冷冷地上床，就怕她著涼。

果不其然，唐子諾剛鑽進被子裡，喬春就攀了過來。唐子諾低聲笑了一下，將她摟進懷裡，俯首在她額頭上親了一口，低聲道：「睡吧！不用怕，我就在這裡。」

「嗯。」喬春輕聲嘟囔，伸手圈住唐子諾的腰，往他懷裡蹭了蹭，舒服地吁了一口氣，不一會兒，便傳來她平穩的呼吸聲。

時間一天天過去，讓唐子諾他們意外的是，之後這幾天都風平浪靜，彷彿那四個人的離奇死亡就像個幻覺。而且，不管在哪裡，他們不再有被人暗中監視的感覺。

經過一整天的準備，唐家的年夜飯終於做好了。喬春看著兩大桌菜，臉上露出了欣慰的笑容。

「大家都坐吧！今天過年，要吃得開心，喝得盡興！」喬春說著，端起面前的茶杯，笑吟吟地走到暗衛們那一桌，看著臉上流露出喜悅的暗衛們，說道：「來來來，我以茶代酒，敬大家一杯，謝謝你們來到這裡，和我們一起保護這個家。」

「謝謝夫人，這是我們應該做的。」暗衛們站起身來，齊聲應道，端起酒杯，一飲而盡。

「大家客氣了。來，我再敬大家一杯，祝大家來年事事如意，身體健康！」喬春嘴角上揚，說起了吉祥話。

「祝夫人事事如意，祝大家身體健康！」暗衛們回道。

「我們大家一起來，祝大家如意，身體健康！」唐子諾端著酒杯走了過來，對全部的人舉起酒杯。

柳如風、東方寒還有喬父也都笑呵呵地站起來，舉起酒杯，三個人對視了一眼，由柳如風開口道：「哈哈，沒錯！大夥兒都是一家人，一起來乾了這杯團圓酒！」

「乾了！」眾人都發自內心地笑了，開心慶祝除夕。

唐家碰杯聲此起彼落，好不熱鬧。

林氏悄悄擦了擦眼角的淚水，看到滿屋喜氣歡樂，尤其是那玉樹臨風的兒子，內心不禁充滿感恩。

過去吃年夜飯時，她還在暗暗哭泣，悲嘆團圓夜裡沒兒子的身影。只不過，當時應該任誰都想不到被當作死人的子諾，還能重新回到她生命裡吧。

林氏擦掉眼淚後，眉眼含笑地看著唐子諾和喬春，腦海裡迅速閃過兒子回家以後的日子裡，母子倆相處的畫面。突然，她停止了笑意，眼睛定定看著喬春，內心對她充滿了愧疚。

她以前怎麼能做出那些傷害春兒的事呢？明明這個家有今天的事業，都是多虧了春兒，可自己卻因為覺得兒子一顆心都偏向春兒就遷怒她。幸好春兒沒跟她一般見識，不然她的所作所為，真的很有可能把這個家給拆散。

林氏隨著大夥兒一起把酒喝進肚子裡，一顆心火辣辣的，不知是因為酒精作祟，還是由於自己滿懷愧疚。此刻，她暗暗在心裡發誓，以後一定要好好補償、用心對待喬春。

喬春和唐子諾回到桌邊，一個續滿茶，一個斟滿酒，兩個人有默契地對望了一眼，微笑著對林氏說——

「娘，兒子祝您身體健康！」

「娘，兒媳婦祝您身體健康！」

「好好好！娘希望你們夫妻倆相互扶持，恩恩愛愛！」林氏笑著站起身，愉悅地跟他們倆碰杯，豪爽地喝完一杯酒。

她本以為這一輩子不再有機會能跟兒子、兒媳婦三個人喝這杯年夜飯的酒了，沒想到老天爺可憐她，還是讓她有幸體會這份喜悅。

林氏放下酒杯，眼眶濕潤地看著他們，吸了吸鼻子道：「娘今天真的很開心！這一幕，娘都不知夢了多少回了。」

說著，林氏將目光鎖在喬春臉上，語氣中充滿歉意。「春兒，娘以前做了很多傷害妳的糊塗事，希望妳能原諒娘。娘以後不會再那麼傻了，妳是娘的好兒媳婦，謝謝妳這些年來為唐家做的一切。」

喬春的眼眶瞬間紅了，她努力平穩住內心澎湃的情緒，對林氏露出一抹溫和的淺笑，說道：「娘，我們是一家人，不說這些見外的話，以後我們一家人一定能繼續快樂地生活在一起。」

「好！」林氏微笑點頭，欣慰地看著喬春。

一頓團圓的年夜飯就在大夥兒的歡笑中持續進行。飯後，大家全都守在大廳裡聊天、喝茶、嗑瓜子，一起守夜，迎來嶄新的一年。

第二天一大早，天才剛亮，外面就傳來響亮的鞭炮聲。喬春本以為熟睡中的果果和豆豆會被吵醒，有點緊張地坐在床邊，隨時準備安撫他們，可這兩個小傢伙竟然完全沒有被驚醒的徵兆，反而睡得更香甜了。以往他們都會被吵醒，然後再也沒有睡意，想來是昨晚玩得太開心了，所以才睡得這麼沈。

「老婆，果果和豆豆沒醒嗎？」唐子諾從外面走了進來。他方才在大門口放起鞭炮，之後就到房裡來看看兩個小傢伙有沒有被嚇醒。

喬春寵溺地看著床上的果果和豆豆，輕輕搖了搖頭，說道：「我還以為會嚇到他們呢，沒想到他們一點反應都沒有。你在房裡照顧一下他們吧，我去廚房幫忙準備早飯。」

「不用去了，娘要我叫妳別進廚房，她們早就已經在準備了，人手也夠。要不，妳也上床睡一會兒，等早飯準備好了，我再來叫妳。」唐子諾伸手攔住就要站起來的喬春。

「不睡了，過了睡覺的時間點，哪裡還睡得著，更何況外面那麼吵。」喬春淺笑道，隨即站起身來。

外面的鞭炮聲此起彼落，噼哩啪啦的聲響傳到山裡再反彈回來，頓時讓整個山中村熱鬧萬分。

面對闔家團圓的日子，喬春不由得深深思念起二十一世紀的父母和喬米。她眼眶含淚，拉過唐子諾，說道：「老公，我們一起到窗前去向我的父母磕三個響頭，算是給他們拜年吧。」

「好。」唐子諾心疼地看著喬春，微微頷首，牽著她走到窗前跪了下去，兩個人朝東邊一邊磕頭，一邊遙送祝福。

拜完年後，唐子諾攙扶起喬春，將她摟進懷裡，俯首聞著她身上淡淡的幽香，感到很平靜、滿足。

「老婆，謝謝妳給了我一個家。」唐子諾低聲說道。

「呵呵，真是個大傻瓜，我自己不也擁有了一個完整、溫暖的家嗎？」喬春噗哧一聲笑道。

「可是，我還是想謝妳。感謝妳出現在我的生命中，感謝上蒼冥冥之中的安排。」唐子諾含情脈脈地看著喬春，柔聲道：「老婆，我愛妳！」

「我也是！」喬春微微一笑。

兩個人靜靜擁抱著，用心感受著這份平靜的幸福。

吃過早飯後，村民就陸陸續續前來拜年，唐子諾和喬父也開始走家串戶拜訪。

歡樂的時光總是過得特別快，轉眼間，年已經過完了，唐家又迎來忙碌的日子，山中村的所有人家也開始忐忑不安地等待茶樹苗到來。

終於，茶樹苗順利運到了山中村，晉國的育苗師也到來。在喬春指導下，去年已經接受過訓練的村民，很快就將各家各戶的茶樹種了下去。

而喬春的育苗基地雖在去年底的寒冬中遭逢冰雹毀損，但已經長成的茶樹受損還在能控制的範圍，經過一陣子休養，又恢復了欣欣向榮的樣貌。

至於唐家的花苗，則是在全村都把茶樹種完以後才開始栽種，在大家幫忙下，大棚裡的花苗都被移栽到田裡。

「二哥，路上小心一點！」喬春將手裡的包袱放到唐子諾手裡，對他仔細交代起茶館開張後的注意事項。

「行啦！四妹，妳就安心在家裡養胎，我很快就會回來。妳說的事情我都記住了，一定不會讓妳失望的。」唐子諾打斷了喬春的話，因為她要是再說下去，恐怕他們今天就走不了了。他這次上京城，除了茶館開張，還有許多商業考察工作要進行。其實不是喬春囉嗦，而是有太多她放心不下的事。若不是因為她的身子不方便，這次怕是無論如何都會親自去京城主持茶館開張。

喬春的肚子又開始快速成長，這種速度讓她懷疑這回又是一對雙胞胎。不過她把這個猜想放在心裡，想看看到時是不是真有這個驚喜。

喬春鬆開了手，點了點頭說道：「我知道。你也要照顧好自己，有事記得傳信回來。」

「嗯。」唐子諾應了一聲，依依不捨地看了大夥兒一眼，微笑著揮手道別，轉身大步走向馬車，不一會兒便隨著馬蹄聲消失在眾人視線中。

「小月、小菊，妳們陪我去一趟燒瓷場吧。」喬春惆悵地望著小路的盡頭，向身旁的小月和小菊交代完，便舉步往後山腳下的燒瓷場走去。

小月和小菊乖巧地應了聲：「是！」

唐家的燒瓷場年後已經開始正式運作，前幾天已燒出一批茶具和一些工藝品，無論品質還是花樣，喬春都很滿意。唐子諾也帶了些工藝品去京城，準備在那裡尋個好位置開店。

這一年，唐家的生意愈做愈大，喬春製的紅茶口碑極佳，訂單如雪片般飛來。至於他們的瓷器工藝品，不僅在大齊國打響了名號，就連周圍列國的出口量也很大。

唐家，已在喬春的領導，以及眾人同心協力耕耘下，慢慢朝大齊國首富之路邁進。

第一二五章　清荷淚

山林間，初秋的陽光從枝葉間投射下來，地上灑滿大小不一的光影。路邊樹上的知了，還有嘰嘰喳喳的鳥兒們愉悅地開起演奏會，恍若交響曲般悅耳動聽。

山間的小路上，有個男子牽著一個年約六歲的小女孩，另一名女子則牽著一個約莫六歲的小男孩。細看之下，小男孩和小女孩的臉蛋竟然幾乎如出一轍。

「親親，您累不累啊？過了這個山頭就快到了。」走在前頭的豆豆回過頭來看著喬春，關切地問道。

喬春微笑著搖了搖頭，說道：「不累，妳難道忘了妳娘親也有武功底子嗎？這麼點山路，怎麼可能累到我？」

今天是喬春和陳清荷三年之約到期的日子，他們是特地到這裡找陳清荷會面的。雖然當初陳清荷說自己會主動來接豆豆過去小住，不讓喬春知道她和晴兒的落腳處，然而頭一年她便在豆豆苦苦哀求下，同意往後讓豆豆的親人帶著她一起前往，因此他們對這個地方並不陌生。

三年的心血，終於換來一個理想的結果。唐家在茶葉、瓷器、茶館、客棧各方面都獲得不俗的發展，也成功的躋身為大齊國首富。

喬春的紅茶和普洱茶廣受歡迎，但因為普洱茶的量不多，所以經常短缺；花茶則是一炮而紅，不僅讓大齊國的女子趨之若鶩，更已經廣傳到周圍列國，銷售量節節攀升，歷久不衰。

果果看到喬春嘴角一直掛著淡淡的笑意，不禁被她的好心情給感染了，他忍不住好奇問道：「娘親，您在想什麼開心的事情嗎？」

「我在想這三年來發生的事情。時間過得可真快，轉眼間你和豆豆也長這麼大了，不知道我們一家人什麼時候去雲遊四海？」喬春說著，眼光不由得飄向唐子諾。

聞言，唐子諾頓住了腳步，回頭看著她笑道：「如今大齊國不論在民生或兵力方面，都已成為周圍列國中第一強國。大哥也花了很多心血將邊境兵力和防守陣點部署得天衣無縫，相信我們的願望很快就能實現了。」

自從那四人離奇死亡之後，竟然就再也沒有人監視或陷害他們了。只不過，他們依舊小心謹慎，從未真正放鬆過警戒。

正因為對方沒有再出手，線索就這樣斷了，再也沒有辦法繼續查下去，反而讓他們活得提心弔膽，彷彿自己的身邊有顆不定時炸彈似的。

「希望不會再生出什麼事端來。最近我又開始覺得忐忑不安，總覺得這三年來平靜得不太正常。」喬春眉頭輕皺，無法掩飾心中的擔憂。

她也說不上是為什麼，自己一直感覺到這一切都是暴風雨來臨前的寧靜。畢竟那個會用蠱術的人彷彿對他們的一舉一動瞭若指掌，他們愈想要查，他就愈按兵不動。

也不知是不是那次過年採買年貨的事情留下了後遺症，喬春時常覺得有一雙眼睛盯著自己，而那雙眼睛裡滿是仇恨和狠絕。

唐子諾走過來牽住喬春的手，柔聲安撫道：「這些年妳太累了，容易胡思亂想。過一段時間等我們安頓好一切，不就可以四處走走看看了嗎？」

唐子諾雖然這樣安慰喬春，但他心裡也充滿了不安。這些日子以來，他除了東奔西跑，為家裡的產業打拚，更無時無刻注意周遭的動靜，深怕有個什麼萬一，就會讓妻小與家人陷入危機。坦白說，這對他的身心是極大的煎熬，但他也只能說服自己與妻子，美好的生活已經不遠了，無須太過在意潛在的威脅，否則在真正自由之前，他們早就因為憂心而百病叢生了。

果果見狀，機靈地快步走到豆豆身邊，兄妹倆牽手往前走，把唐子諾和喬春撇在後面，讓他們邊走邊聊。

攀過了這個山頭以後，山後方是一個隱密的山谷，那裡鳥語花香，在樹叢深處的小溪邊，則有一座別致的木屋，那裡就是陳清荷這些年來居住的地方。自從她與風勁天決裂後，她就和貼身侍女晴兒隱居於此。

此地乍看之下毫無障蔽，事實上隱蔽性十足，必須走特定的小路才能到達，加上她們幾乎過著自給自足的生活，幾乎不離開這裡，因此當初影門所掌握的消息才十分有限，無法直接找到豆豆。

陳清荷站在院子裡，舉目遠眺，望著那四個朝木屋走來的人兒，思緒不禁回到從前。

三年多前某一天，晴兒去山外購買物品時，無意中聽到喬春的事情，回來對陳清荷說起後，她便想要去會會喬春，看看能不能借助她的力量打壓「天下第一莊」。

光憑她一個人，根本沒有能力打壓風勁天，陳國也不會為了她這個和親的公主得罪大齊國。另外，風勁天在陳國也有很多產業，如果惹毛了他，導致他將陳國的產業抽回，那對陳國的經濟無疑是個重大打擊。因此，儘管她當年是陳國最得寵的公主，但在國家安寧和利益的前提下，只能是顆棄子。

當年，雖然和親的對象不是皇親貴族，但陳清荷從小就嚮往江湖生活，當她第一眼看到風流倜儻、身為武林盟主的風勁天時，一顆心跟整個魂都放在他身上。

然而，當她帶著無限歡喜和滿腔要成為賢妻良母的熱血嫁到風家時，新婚之夜就被冰水澆了個透心涼。她心儀的男人、剛嫁的丈夫，心裡已經有了別人，甚至還有一個剛出生不久的兒子。

陳清荷實在想不透，也不知這到底是怎麼一回事，她堂堂一國公主，怎麼就成了一個涉入別人感情的第三者，怎麼就變成丈夫眼中的惡毒女人？她什麼也沒做不是嗎？她只是懷著一顆少女心來嫁給他，何錯之有？

一夜之間，陳清荷對婚姻、對生活的所有美好幻想，都被無情地打破了。生性高傲的她感到憤怒、受傷，可為了這個讓自己心動的男人，她忍住了。在成親後的日子裡，她想方設法地要博取風勁天的好感，可他的眼裡卻從沒有她。即便他心愛的人帶著女兒遠離他的世界，他也只是發了瘋似的四處尋找她，從沒在意過她的付出。

陳清荷忍無可忍地使了手段，讓他們有了夫妻之實，可此舉卻讓他們離得更遠。不過，就因為這一次，她有了孩子，這讓她狂喜不已，而風勁天的態度也稍微鬆動了些。就在他們之間因為孩子而緩和了一點的時候，就在她以為她的努力終於有了回報時，老天開了個更殘忍的玩笑。就在她的孩子兩歲的時候，沒有任何徵兆地就一睡不醒了，任憑她如何呼喚也沒用。

之後，當她看見風勁天用慈愛的眼神逗弄風無痕時，她就無法克制內心的怨恨，她怨上蒼，恨風勁天沒顧慮到她喪子的心情。這種情緒並未隨著時間流逝而淡去，反而愈加濃烈。

陳清荷愈是回憶，就愈是無法自拔。她垂落在身側的手緊握成拳，羨慕地看著那四個徐徐而來、笑語嫣然的人。多麼開懷的一家人啊，為什麼她就不能擁有這樣的生活呢？

「師叔祖，我們來了。」豆豆和果果人還未到小木屋，就開始興奮地揮著手朝陳清荷跑去。

自從柳如風和唐子諾他們陪果果、豆豆來陳清荷這裡以後，他們就改口按輩分來叫她。因為陳清荷和柳如風是師兄妹，唐子諾又是柳如風的徒弟，所以他們這些小傢伙都喊她「師叔祖」。

陳清荷回過神來，看著那兩個又長高了不少的小傢伙，眼裡滿滿都是慈愛。他們人小鬼大，總能說出讓人感到窩心的話，做出讓人感到貼心的舉動，完全是她的開心果。

「果果和豆豆來啦！快點過來讓師叔祖抱抱。」陳清荷蹲下身子，緊緊將果果和豆豆摟進了懷裡，閉上眼睛用力吸聞他們身上的香味。

孩子是她一輩子的傷，是她心上永遠無法彌補的缺口，此刻她抱著他們，心裡面想的念的，卻是她記憶中那個早逝的身影。

果果和豆豆就那樣乖乖地任由讓陳清荷摟抱著，一句話也不說，他們雖然還小，但是他們總覺得師叔祖抱著他們時，內心特別脆弱，而且似乎想從他們身上獲得能量。

晴兒笑看著沿小路走來的那對恩愛夫妻，俐落地在院子裡的石桌上沖泡茶湯，喊道：「主子，讓果果和豆豆喝點水吧。」

陳清荷戀戀不捨地鬆開手，笑著牽起他們走到石桌前坐了下來，轉首朝已走進院子的唐子諾和喬春說道：「你們來啦，快洗把手過來喝茶吧。」

「是，一年未見，師叔可好？」喬春看著陳清荷，淺淺一笑，溫和地問安。

陳清荷微笑著點了點頭。「還不就是老樣子，何來好不好之說？」

「師叔，我義父要我捎一段話給您──愛別離，怨憎會，撒手西歸，全無是類。不過是滿眼空花，一片虛幻。」唐子諾坐定以後，淡然地看著陳清荷說道。

唐子諾沒錯過剛剛陳清荷看到他們一家走來時，臉上淡淡的失意和羨慕。關於她的事情，他已經查了個徹底，除了當事人，就只剩他和喬春最清楚她的過往。

心病還要心藥醫，他和喬春都不認為成功打壓「天下第一莊」就能減輕陳清荷內心深處的傷痛。於是在這次探訪之前，他們為她備了一份禮物，不知待會兒那人會不會來？

「愛別離，怨憎會，撒手西歸，全無是類。不過是滿眼空花，一片虛幻。」陳清荷失神地反覆低喃這段話。

喬春和唐子諾只是默默地看著陳清荷，沒有出聲打擾。有些事情需要她自己想通，還得自己走出來，別人一點忙也幫不上。

過了好半晌，陳清荷突然仰頭哈哈大笑，笑了好久都沒停，只是笑著笑著，卻開始嚎啕大哭。

此時，一抹白影忽然從天而降，一位儒雅的中年男子上前輕輕擁住陳清荷，輕聲安撫道：「清荷，別哭了。這麼一大把年紀了還哭成這樣，讓這些晚輩們看了多不好意思？」

陪在果果和豆豆身邊的晴兒看著眼前這一幕，忍不住紅了眼眶，輕輕擦拭眼角的淚水。這麼多年過去，主子終於等到夢寐以求的擁抱了，雖然這不一定關乎「愛」，卻好過相互指責。

陳清荷聽到熟悉的聲音，驟然停止哭泣，抬起頭看著比記憶中更為成熟的風勁天。她一張嘴微微打開，不敢相信自己看到的一切，猛地眨了眨眼，吃驚地看著風勁天問道：「你怎麼會來這裡？」

「對不起！」風勁天答非所問，定定地看著陳清荷。

陳清荷猛然一怔，吸了吸鼻子，道：「什麼意思？」她想像過許多關於他們相逢的畫面，唯獨就是沒想到會有今天這一幕。

他這話是什麼意思？是要來求和的嗎？可是，他不是說過，他這一輩子都不會原諒她？他永遠都不會忘記因為她的緣故，而讓他和心愛的人忍受離別之苦，更讓風無痕自小就沒了母愛嗎？

「大半輩子都過了，我們之間也不該再這樣繼續下去了。」風勁天就著袖子替陳清荷拭去眼角的淚，大手卻不小心將她的面紗給拉了下來，露出陳清荷從不示人的臉龐。

「啊……」喬春等人驚訝地看著她那張有個十字疤痕的臉。

陳清荷慌亂地瞥了風勁天一眼，手忙腳亂地將面紗給重新戴好，將自己那張不能見人的臉給遮了起來。

風勁天著實吃了一驚。當年，他只見她滿臉是血，卻從未想過這個傷疤這麼深。她對自己也夠狠，居然能下這麼重的手。

在風勁天和陳清荷的兒子去世以後，他們為了風勁天太過疼寵風無痕，卻忽略他們兒子的事發生嚴重的爭執。他火大地衝著她吼道：「妳有一張漂亮的臉蛋，可卻不是我想要的。這張臉就是再漂亮，在我的眼裡也是猙獰不堪的！」

誰知陳清荷聽了，隨手就拿起匕首往自己臉上劃了個十字，恨恨地對著他說道：「你說的猙獰，是不是就是這個樣子？風勁天，我恨你，這個傷疤會時時刻刻提醒我有多麼恨你！你以為我真的那麼想賴在這裡嗎？哈哈……我們到底是誰害了誰？我又有什麼錯？哈哈……我有錯嗎？我能選擇嗎？哈哈……」

就這樣，在一個雷雨之夜，陳清荷帶著晴兒遍體鱗傷地離開「天下第一莊」，從此再也沒踏進那裡一步。

風勁天從記憶中回過神來，再次看向陳清荷的眼神中，不由得夾帶了濃濃的愧疚。「清荷，對不起！當年是我的錯，我不該把責任全都推到妳身上。我只知道自己是個受害者，是個被犧牲的人，我卻忘了妳也跟我一樣。妳同樣身不由己，同樣無奈。

「可那時的我卻沒想到這些，而是將所有怨憤都發洩在妳身上。妳離鄉背井，出於利益被自己的親人送到異國和親，我卻還那樣對妳……」

風勁天愈說愈羞愧，此刻他真的覺得自己是個大渾蛋，怎能那麼殘忍地對待一個弱女子？湘茹和喬春說得沒錯，他只顧到自己身上的傷，卻沒想到陳清荷何其無辜。

他聽了湘茹和喬春的勸說後，萌生補償陳清荷的想法。雖然他不能給她男女間的愛，但他卻能讓她跟他一起享受寧靜的生活。他能像兄長一樣愛護她，讓她有個溫暖的家。

風勁天伸手將陳清荷的手包在自己手裡，真摯地看著她說道：「清荷，我們已經不幸了大半輩子，以後就一起互相陪伴過完下半輩子吧？雖然我不能給妳情人間的愛，但我可以像兄長般愛妳、保護妳。或許妳會覺得這樣對妳很不公平，可是清荷，我的心真的裝不下其他人，不是妳不好，而是我不能。這種感覺，妳應該能理解。」

風勁天說著頓了頓，續道：「今天就跟我一起回『天下第一莊』吧，妳永遠都是那裡的女主人。我們都不再是年輕的小夥子和小姑娘了，就為彼此作伴，像兄妹般好好過日子吧。」

「像兄妹？一起作伴過下半輩子？」陳清荷喃喃自語，似乎不敢相信風勁天提出這樣的要求。

「嗯，妳願意嗎？」風勁天猛點頭。說到底，她是他名義上的妻子，是他這個「丈夫」虧欠了她，為今之計，就是用人生剩下的歲月盡可能彌補她。

「師叔，您就答應吧。人生苦短，兩個人能生活在一起，相陪相伴，也是種幸福。」喬春看到陳清荷一臉猶豫的模樣，忍不住心急地勸道。

「主子，平淡也是福，您就不要再讓自己這麼苦了。」晴兒擦了擦淚水，緊接著喬春的話勸道。

「師叔祖，您就答應吧，之後豆豆還會要親親和爹爹帶我去找您。」豆豆也加入勸說陣容中。

「母親，您就隨爹爹回去吧。」此時院子外傳來一聲清朗的聲音，眾人轉首望去，只見風無痕不知何時已經站在那裡，真誠地看著陳清荷。

他慢慢走過來，跪在陳清荷面前，誠心地向她磕了三個響頭，一邊磕一邊道：「無痕自小沒有娘親在身邊，全由母親照顧。在無痕心裡，母親就是娘親，從今天開始，您就是無痕的娘親了。請娘親隨爹爹回家去吧，也好讓無痕有機會在娘親膝下承歡盡孝。」

儘管陳清荷當年十分詫異風勁天已有了一個兒子，但她一心想要討風勁天歡心，對風無痕也不敢怠慢。倒是風勁天怕她對風無痕下手，一直對她多所防備，從不讓她獨自一人帶風無痕。

「你是無痕？」陳清荷看著跪在她面前的風無痕，淡淡一笑，彎腰將他扶了起來。她溫柔地替他拍去衣服上的泥灰，說道：「你難道不恨我嗎？當年若不是因為我嫁過去，你爹和你娘親也不用承受離別之苦，你也不會自小就沒了母愛。」

風無痕聞言，握住陳清荷的手，道：「娘親，這些年來，孩兒一直暗中打聽您的消息。如果不是唐兄告訴我這個地方，我還真找不到這裡來。孩兒既然受過娘親悉心照顧，就該對您盡孝。以前的事情都讓它過去吧，那些事都不是您的錯，娘親也是受害者，又哪裡能怪您呢？」

陳清荷被風無痕一番誠懇的話語給打動了，她感動地流下兩行清淚，輕輕點頭道：「好，好，好！母親就隨你們回家！」

原來她也是有家可回。真好！

第一二六章　新線索

「二哥，想不到風伯伯真的會來，如今看到師叔打開心結，我真的很替他們開心。有時放手也是一種幸福，未來他們就算不能像夫妻一樣生活，但能平平淡淡作伴，也很不錯，對不對？」

陳清荷已隨風勁天回「天下第一莊」，喬春與她的三年之約也算完成了，不過他們的關係並不會因此斷絕，反而更加緊密，這一點不用特別強調，大家也都心領神會。至於喬春，則是放心不下家裡另外兩個小蘿蔔頭，便趕著上馬車，與他們分道揚鑣。

喬春依偎在唐子諾身邊，眉眼俱歡地抬頭看著他，難掩興奮地道出自己的看法。人的一生中，相守有許多不同的模式。他們雖然不能相愛，但他們可以相伴。也許還是有些傷感，可是愛不是占有，再強烈的愛情，隨著時間推移，也會變成親情。

他們之間沒有愛情，不過，他們可以有親情。

「沒錯！」唐子諾彎了彎嘴角，伸手將喬春摟得更緊了些。

他們的目的總算達成了，義父若是知道這個結果，應該也會為師叔感到開心吧？唐子諾想到一輩子單身的柳如風，不由得輕嘆了口氣。

喬春舒服地窩在唐子諾懷抱裡，聽到他的嘆息，抬起頭擔憂地問道：「你怎麼啦？好好的怎麼嘆氣？」

「沒事，我只是想到了義父。」唐子諾伸手溫柔地將差點往旁邊倒下去的豆豆扶穩，接著鬆開喬春，坐直身子幫睡著的豆豆調了個舒服的姿勢。他看著豆豆睡夢中的笑容，內心的陰霾一掃而空，不由得勾起嘴角，眸底溢出暖光。

喬春見狀，也坐直了身子，將靠在她身上的果果扶正了一點。

「義父自有他的執著，這麼多年他也都過了。或許遠遠地看著她，知道她平安、幸福，他也就滿足了吧。」喬春說著，稍稍沈吟了一下，續道：「我覺得義父是個對感情執著的人，他只要能與她生活在同一片天空之下，呼吸一樣的空氣，就足夠了吧。」

柳如風和當今太后的事情，喬春雖然不是全部知情，但是有些事情一旦錯過，就是一輩子。

如果當年他們都沒離開蘭谷，或許他們會是幸福的一對。然而，太后也許並未真正愛過柳如風，所以當她遇到先皇時，才會心甘情願成為一隻金絲籠裡的彩蝶。

馬車在官道上徐徐而行，喬春和唐子諾分別摟著果果、豆豆，四個人緊緊相互依偎，馬車外不時傳來鳥兒的歡唱聲，彷彿在歌頌這充滿愛的場景。

「唐大哥，到家了。」

馬車停了下來，王林推開車門時，看到裡面睡得正香甜的四個人，不禁揚起嘴角。這一幕是那樣的溫馨祥和，讓他不忍心驚擾。

「慢點，慢點。唉喲喂啊我的寶貝兒，妳們跑慢一點，小心別摔跤了！」林氏從院子裡追了出來，不停揮手叫喊著跑向馬車的一對小人兒。

這兩個小傢伙就是喬春和唐子諾的二女兒和小女兒。兩年前喬春又為唐子諾生了一對雙胞胎女兒。這兩個丫頭長得跟喬春很像，都是典型的瓜子臉。

唐子諾平時很愛抱這兩個孩子，只要有時間，他都會抱著她們逗弄。當初喬春生下她們的時候，他不禁喜極而泣，抱著兩個寶寶的手不停顫抖。

這對寶貝是喬春再一次用命換回來的。生產時，喬春再次大出血，情況比生果果和豆豆時還嚴重。若不是唐子諾平時一直幫她調理身子，只怕這回人真的沒了。

從此以後，唐子諾在兩人恩愛後第二天都會親自煎藥給喬春喝，就怕她再次懷有身孕。雖然這麼做有點違反喬春的意志，不過，對於唐子諾的貼心和愛護，她還是很感動。

聽到馬車外傳來奶聲奶氣的聲音，唐子諾和喬春同時睜開眼，兩個人都幸福地笑了起來。他們動手搖醒了果果和豆豆，將他們抱下馬車，一臉滿足地看著朝他們撲過來的小寶貝。

「爹爹，娘親！」兩個小傢伙異口同聲地叫道。

「糖糖，這幾天有沒有乖乖聽話啊？想爹爹了沒有？」唐子諾放下豆豆，蹲下身子一把抱起二女兒唐糖，輕輕在她額頭上親了一下。

果果乖巧地從喬春身子上滑了下來，把娘親的懷抱讓給最小的妹妹唐蜜。

「來，蜜蜜，娘親抱抱。」喬春開心地笑著蹲下身子，朝那甜美的小傢伙張開了手臂。

「娘親，蜜蜜好想您哦！」小丫頭一黏上來就甜甜地說著貼心話，濕潤柔軟的小嘴在喬春臉上重重親了一口，惹得喬春開懷不已。

生下糖糖和蜜蜜時，喬春還擔心唐子諾和林氏會不高興，哪知道他們比她還開心，一直說什麼女兒也是寶，成天輪流抱這兩個小傢伙玩。

趁喬春、唐子諾和一對小女兒溫存的時候，果果和豆豆則是乖巧地走到林氏面前，禮貌地跟奶奶打招呼。

「奶奶，我們回來了！」

「這幾天糖糖和蜜蜜有沒有不聽話？」果果一副小大人的模樣，問起兩個妹妹的近況。

林氏看著果果和豆豆，搖著手一臉欣慰道：「回來就好，快點進屋喝水，休息一下吧。糖糖和蜜蜜跟你們小時候一樣乖，很聽話的。」

說著，她一手牽著果果，一手牽著豆豆，抬眸看著唐子諾和喬春他們說道：「春兒，一路辛苦了，快點進屋去休息一下吧！外面太陽毒著呢，妳娘煮了綠豆湯，咱們進去喝吧。」

「好！」喬春淺笑著點了點頭。

一行人說說笑笑地走進大廳，唐子諾放下糖糖後就去義診館找柳如風，迫不及待地想把陳清荷的事情告訴他。他們是師兄妹，儘管沒怎麼來往，但還是存在著同門情誼。

「義父、東方大叔。」唐子諾看著正在配花茶的柳如風和東方寒，立刻走過去挨著他們坐了下來，幫忙將花茶裝包。

柳如風停下手裡的活兒，抬頭看著唐子諾，關切地問道：「你師叔還好嗎？她跟風勁天有沒有和好？」

這個小師妹從高高在上的公主變成棄婦，個中滋味他能理解。這些年來有機會見面時，他總是設法勸解她，怎奈她的心結太緊，不是他這個大師兄可以解開的。

為了這次會面，前段時間唐子諾和喬春特地去「天下第一莊」求見風勁天，並和風無痕與杜湘茹兄妹成功勸服他，讓他去解開小師妹的心結。這也是他為何沒跟著唐子諾他們一起去的原因，小師妹一向心高氣傲，有些事情愈少人知道愈好。

唐子諾看到一見面就急著向他開問的柳如風，微笑著點了點頭，緩緩說道：「義父，您別急，容我慢慢跟您說。師叔過得很好，不僅風伯伯去了，連無痕也跟著去幫忙勸師叔了。」

「那你師叔同意了沒有？」柳如風著急地打斷了唐子諾的話。

唐子諾微微頷首，應道：「經過風伯伯和無痕好生勸說下，師叔同意跟他們回『天下第一莊』了。您的話我也帶給師叔了，我相信她已經悟出話中的意思，不然也不會答應得這麼爽快。」

聞言，柳如風臉上逸出了一抹欣慰的笑容，點了點頭道：「嗯，如此甚好！她也是個可憐人，如今能打開心結跟風勁天一起回『天下第一莊』，是最好的結局。」

「我知道義父一直掛心師叔的事情，所以我回到家以後，馬上就來告訴您這個好消息。」唐子諾一邊說，一邊將一小包配好的花茶丟進竹籃子裡。

他們的花茶經過配製裝包後，會按沖泡一大杯花茶湯的量用白色小布袋裝好，然後再用瓷罐密封起來。這個法子是喬春想出來的，她說這樣既可省去客人配置的時間，又能讓人準確按量沖泡，達到更好的效果。

目前他們的花茶種類已有二十多種，包含美容養顏、明目清肝、治療咳嗽、安神等各種作用。

這三年來，唐家的花茶幾乎供不應求，他們的花田也從山中村擴展到整個和平鎮，這不僅為唐家掙來萬貫家產，也為錢府謀來不少財富，更為大齊國國庫增添不少賦稅金。現在唐家只要跺一跺腳，大齊國的地都會搖動。
俗話說樹大招風，唐家突然崛起，過程中也招來不少人嫉妒不滿。不過，他們畢竟是民商官三方合作的大團體，那些暗中使絆的人從未得手過，久而久之，大家也就死了心，只求與唐家合作，不再有人妄想撼動唐家的地位。
「義父、東方大叔，以後像這種配量的事情，就讓作坊裡的人來做吧。義父您還要主持義診館，東方大叔也要四處照看花田，得閒的話，你們二老就找我岳父大人還有鐵伯伯、鐵叔他們一起喝茶聊聊天吧。」
他們在村裡建了三間大作坊，主要是用來烘、曬、配製、包裝花茶。一般是姑娘家在作坊裡工作，如此她們既能自食其力，又能在家附近做事，更可賺取工錢幫忙家裡，可謂一舉數得。
唐子諾一邊熟練地裝包，一邊勸著兩位長輩。他們都是閒不下來的人，忙的時候各忙各事，稍微得空，又幫忙裝包或配製新的花茶類型。
他們兩位一個懂醫理，一個懂花，所以他們對配製花茶的事情欲罷不能，有時為了配製花茶，經常忙到三更半夜。唐家的花茶之所以能賣得這麼好，有大半的功勞都是他們二老的。
「我們不累，像我們這樣的老頭子，如果不做事，只會全身痠痛。再說，這配製花茶可是我們兩個老頭子的新愛好，這不是工作，而是享受。」柳如風說道，和東方寒有默契地互望了一眼。

「唐大哥，王爺傳信給你。」唐子諾正想反駁他們時，王林拿著一個小竹筒走了進來。

唐子諾接過小竹筒，從裡面取出一個捲得很嚴實的小紙條。他輕輕展開紙條，讀起裡面的內容，眉頭忽然蹙得緊緊的。

柳如風見唐子諾的神情不太對勁，便放下手裡的布袋，關心地問道：「子諾，阿傑在信裡講了什麼？是不是京城出什麼事了？」他擔心京城的情況，是因為那裡有個讓他心繫神牽的女子。

東方寒也停下手裡的活兒，抬眸定定看著唐子諾。他很習慣一個人，但皇甫傑是他的忘年之交，柳如風則是他的摯友，所以他同樣在乎他們所關心的事情。

唐子諾放下手裡的紙條，神色擔憂地說道：「大哥說，京城附近有不少小孩不見了。經過調查，發現他們是被國師的人抓走的。國師有皇上的聖旨，任何人都不得進出。聽說……國師正在幫皇上煉不老丹藥。

「這幾年來，皇上一直秘密讓國師煉不老丹藥，平時又對國師言聽計從，朝堂百官早已一肚子怨言。有些大臣上奏摺請皇上不要將大齊國的命運交到來歷不明的國師手裡，結果卻被皇上以『居心不良』的理由處決了。

「太后雖然也勸過他，可現在除了國師的話，皇上誰的話都聽不進去，整個人就像是失去理智一樣。一向孝順的皇上，這次竟對太后的勸說駁了嘴，鬧了心。」

唐子諾說著，看到柳如風臉色變得深沈，續道：「義父，皇上一直不同意大哥和杜湘茹成親，可這一次，他卻主動下旨為他們賜婚，並擇了日子讓他儘快完婚，大哥擔心這事有蹊蹺。」

過去皇上最怕的就是皇甫傑手中的兵權和「天下第一莊」的財富，所以他一直不答應讓皇甫傑迎娶杜湘茹，就怕會威脅到他的皇位。這一次，他竟然主動提起，還真是讓人不得不懷疑他的用意。

當年，儘管皇甫傑取得風勁天的同意，但是風勁天說自己才剛剛與女兒相認，還想留她在身邊幾年，好好補償一下對她的虧欠。所以當時皇甫傑和杜湘茹只是訂親，但他們其實連訂親都沒得到皇上首肯。

雖然太后同意，但皇甫傑是王爺，他的婚事唯有經過當今皇上的批准，才能生效。因此這些年來，他整顆心都放在整頓兵營和部署邊境上，好早日獲得他想要的自由，這樣一來，他的婚事就不用皇上同意，還能帶杜湘茹去過他們理想中的生活。

眼下，不管是皇甫傑還是喬春，都已經完成當年太后的要求，他們本來還在商量找個時間，對太后提起此事。現在皇上又趕在他們前頭，下旨替皇甫傑和杜湘茹賜婚，還指名要做證婚人，轉變如此之大，讓人不得不擔心。

柳如風的眉頭因唐子諾的話緊皺。皇上居然連太后的話都不聽了，他這般行為，蘭心一定傷透了心吧？皇上的心胸向來不寬，他表面上雖對皇甫傑和和氣氣，但暗地裡卻十分惱恨這個出色的弟弟，也十分顧忌他手裡的兵權。

如果皇上沒有以小人之心度君子之腹，也不會一直不同意皇甫傑和杜湘茹的婚事了。

兩年前，董貴妃產下龍子後，皇上龍心大悅，不僅將剛滿月的皇長子立為太子，還為董禮與明慧郡主賜婚。

明慧郡主是皇上與皇甫傑的親堂妹，怡王府目前的當家。在怡王爺戰死沙場後，她娘也跟著去了，明慧郡主頓時成了孤女，因此太后對她十分憐惜，特准她可無召進宮，而皇上跟皇甫傑也很喜歡這個小妹妹。在命運牽引下，董禮與明慧成了一對，兩人相親相愛，也與唐家甚為交好，經常到山中村走動。

別人或許不明白皇上心裡的想法，以為他想成全董禮與明慧郡主，但柳如風卻很清楚，皇上這麼做，只是為了鞏固自己的皇位。

董禮與董貴妃為親兄妹，皆出身丞相府，董禮又身為禮部尚書，背景極為深厚。只要立董貴妃的兒子為太子，他的皇位就有丞相府背書，完全不可動搖；而親手促成董禮與明慧郡主的好事，更會讓他們對他心懷感激。

這世上最了解皇上的人，除了他以外，或許就是柳如風了。也許就是因為他總能一眼洞悉皇上內心深處的想法，所以皇上特別不待見他。

此外，也許是因為有人在皇上面前提過他和太后以前的關係，所以皇上誤以為自己不是先皇的嫡子，這也就是他從小到大都處處防著皇甫傑的真正原因。

當柳如風在宮內擔任御醫時，不止一次對皇上澄清，他和太后之間是清白的，他懷疑的一切都不是事實，可惜他完全聽不進去。為了不讓他與太后的母子關係惡化，柳如風便選擇不當御醫，離開了皇宮。

柳如風從往事中回過神來，低嘆了一口氣，看著唐子諾問道：「阿傑的意思怎樣？」

「大哥只是先要我們有心理準備，等候聖旨上京，並要我派人秘密調查那批小孩子的去向。」唐子諾將手裡的紙條揉成一團，不斷思考國師抓小孩的用意是什麼？

突然間，唐子諾腦海裡閃過一道亮光，想起以前錢夫人和半邊頭抓的那些孩子。當時瀑布後那個山洞裡，似乎有個大大的煉丹爐……

想到這裡，唐子諾慌亂地看向柳如風，聲音有些顫抖地問道：「義父，您還記得當年我們與半邊頭在疊翠峰山洞裡打鬥的事嗎？那次他們也抓了不少小孩。您好好回想一下，當時山洞裡是不是有一個煉丹爐？」

柳如風仔細回想了一下當時的情況，片刻之後，吃驚地看著唐子諾說道：「沒錯，那個山洞裡有個正在煉藥的丹爐。子諾的意思是，這個國師和半邊頭有關聯嗎？」

當年的事情解決之後，柳如風曾稍微研究了一下煉丹之術。半邊頭的方法，似乎是利用陰年陰月陰時生的孩子，作為煉丹的藥引，好煉出一些邪門的丹藥。如今國師有相同的舉動，是不是說明他們兩者有關係?!

「義父，有沒有可能他們就是同一個人？」唐子諾不答反問。如果國師真的是半邊頭，那就能理解他為何會對自己、喬春還有皇甫傑有如此深的恨意了。

當年，他們破壞了半邊頭的計劃，又打傷他，讓他從此過著東躲西藏的生活。後來他投靠了恆王，可他們又間接害死了恆王，這一切的一切，就是他怨恨他們的理由。

他們之所以知道半邊頭投靠恆王，是因為大哥後來告訴他們，半邊頭就是讓他墜下懸崖的凶手，稍微一調查，就知道他與恆王脫不了關係。

唐子諾現在總算明白，為何國師的過去會是一片空白了。他完全是刻意接近皇上，同時他也知道別人一定會設法查出他的過去，因此他事先早就將事情全都安排好，讓人就是想查也查不出來。

半邊頭的原名是阿卡吉諾，他是西部一支少數民族的人。聽說那個民族住在深山裡，除了他們自己的人，外來者根本無法進出，因為森林裡有陰毒的瘴氣。不過，雖然一般人不能靠近那裡，但關於那裡的傳說，還是流傳了不少出來。

聽說他們不僅擅長用毒、熟知天文地理，更有一門絕技——蠱術。如果國師真是阿卡吉諾，那就能解釋三年前那四個人的離奇死因了。

可是，如果那些人是阿卡吉諾的部下，為什麼後來他就不再派人來監視他們了呢？是他們沒有察覺，還是他真的沒再動手過？

唐子諾眉頭擰得死緊，陷入沈思。這件事雖然有了一些眉目，可是以阿卡吉諾對他們的恨意，他後來不再動手，似乎說不過去啊。難道他還有別的計劃，或是他們對他來說還有用處，所以忍著不對他們下手？

「有可能，經你這麼一說，我倒是想起阿卡吉諾是西部少數民族的人，他們那個族的人擅長毒術和蠱術。這樣一來，當年那四人的離奇死亡就有個合理的解釋了。」柳如風微微頷首，道出了自己的看法。

「可是，國師和阿卡吉諾長得根本就不像啊？」唐子諾伸手揉了揉太陽穴，疑惑地問道。

柳如風眸光輕轉，低聲說道：「他應該是易容了，不然你和阿傑怎麼會根本查不出他的來歷呢？」

唐子諾猛然站起來，對柳如風和東方寒說道：「義父，您和東方大叔先忙，我去回信給大哥。」說完他就轉身大步離開義診館。

沒錯，易容。

阿卡吉諾一定是易容了，不然他怎麼會像憑空出現的人一樣，根本沒人知道他的過去？唐子諾想著，心情開始激動起來。

三年了，他們調查了三年卻一直未有進展，如今有了新線索，不管是真的還是假的，他都要通知大哥，要他多提防一點。

如果國師真是阿卡吉諾，那事情真的大大不妙。只怕他要的，不僅僅是國師的地位，恐怕還有更大的陰謀。

「二哥，發生什麼事了嗎？你的臉色怎麼這麼差？」正在房裡哄糖糖和蜜蜜午睡的喬春，看到唐子諾一臉嚴肅地走了進來，連忙關切地問道。

唐子諾走到床前，看了已經熟睡的糖糖和蜜蜜一眼，伸手牽著喬春來到書桌前，緊緊抱住她，過了好半晌才鬆開，低聲說道：「大哥來信了，他說皇上已經為他和湘茹賜婚，並選了日子要親自證婚。」

「這不是件好事嗎，怎麼你看起來一點也不開心？難道還有其他事情嗎？」喬春親暱地捧著唐子諾的臉，直直看進他的眼睛裡。

唐子諾看著喬春，眸底流過絲絲憂色，他伸手覆上她的手，緩緩將他剛剛和柳如風的談話內容全都告訴她。

喬春不是一般女子，她有膽量，心思又細膩，凡事都有自己一套見解。把事情全部告訴她，她肯定能幫忙找到更多線索，而且此次上京一定不會太平靜，他得讓她提前有心理準備才行。

喬春一顆心翻起了滔天巨浪。經由唐子諾這麼一說，她也發現國師和阿卡吉諾有太多相似之處，也正好解釋他對他們的恨意由來。如果國師就是阿卡吉諾的話，那這些年發生的一切，全都有了合理的解釋。

只是，喬春也想不明白，為何他後來就不再派人來監視他們了呢？而這次皇上主動賜婚，甚至還要證婚，會不會是阿卡吉諾在背後出主意呢？他這樣做的目的又是什麼？

「他接近皇上的原因之一，會不會又是想要用那種歹毒的方法來煉丹藥？他以前要錢夫人替他抓小孩，不就是為了這個嗎？」喬春思考了一會兒，忍住想反胃的感覺，緩緩道出她的猜測。說這話的時候，她腦子裡不由自主地出現血腥又殘忍的一幕，光想就讓她想吐。

唐子諾聽了，趕緊鬆開喬春，拿起筆和紙開始回信給皇甫傑。如果真是這樣，只怕那些孩子已經凶多吉少了。他得馬上通知影門的人，讓他們去查出那些孩子的下落，救出一個是一個。

皇上怎麼會這麼糊塗呢？這世上又怎麼可能會有什麼不老丹藥？如果有，只怕這世上的人就是挨著站，也站不下了。生老病死本是自然循環，他怎麼會想要打破這個不可逆的秩序呢？更何況，阿卡吉諾絕對不可能是真的要幫他煉什麼不老丹藥，只怕動機不單純。

喬春站在一旁幫唐子諾研墨，不禁生出一股不安的預感。

三年沒進過皇宮，這一次，只怕是躲不掉了。如果國師真是阿卡吉諾，那麼現在就是他準備動手的時刻了。真不知他在前面挖下多少坑，設了多少機關在等著他們。

本以為有了今日的財富，達成太后的要求，馬上就能過起自己想要的生活了。可是，現在喬春很悲哀地發現，前面還有一個未知的大難關在等待他們挑戰。

也許，只有將國師之謎解開，他們才能真正沒有後顧之憂地展開理想中的生活吧。

心緒不寧地過了一天，第二天喬春便早早醒來，帶著小月和小菊一起上牛頭山和清水山去巡視自家的茶園。

大葉茶已經成熟，可以正式採摘，而清水山上的小葉茶比前幾年長得更好了，產量也一直很高。清水山上半個山頭也種上了扦插育出來的茶樹苗，現在也到正式開採的時候了。

喬春三人沿著小路往牛頭山走去，路兩旁全是其他人家的茶園，山腳的水田裡則是一片花海。村民在她指導下，家家戶戶茶園裡的茶樹都長得很好，如今放眼整個山中村，都是綠意盎然、花香縈繞。

「春兒妹子，妳這是要去茶園嗎？」虎子媳婦正在她家茶園裡採摘新鮮茶葉，見喬春等人沿路而來，熱情地笑著打招呼。

她家的茶樹長得很好，已經採摘好幾次了，炒製好的茶葉也已按優等品質賣給錢府，賺了不少銀子。

現在山中村裡的人都過上了好日子，而這一切都歸功於喬春。因此村民在村頭的山上建了一座茶仙廟，而那茶仙子的神像，就是按喬春的模樣雕刻的。

對此，喬春不知跟大家費了多少口舌，讓他們把神像換下來，可他們很是堅持，硬是不換，搞得喬春哭笑不得。她是不是茶仙子，她可比誰都清楚！

「是啊，趁著太陽沒那麼毒，我去山上看看茶樹。石大嫂，妳今天這麼早就來摘茶葉啊？我看妳家的茶樹長得很好，以後可得好好照顧，要注意抗旱防寒，有什麼問題就來我家問我。」喬春微笑著點頭，站在路上對虎子媳婦叮嚀了幾句。

「好，妳早些去吧，回頭太陽可毒了。這不，我也是想趁太陽沒那麼毒辣，多採摘一些。」虎子媳婦笑呵呵地朝喬春揮了揮手，隨即又低頭開始採摘茶葉。

採摘茶葉也很講究週期，他們可都聽從喬春的指示，不會早採，也不會晚摘，一切都是為了茶葉的品質和茶樹的生命著想。

笑著與虎子媳婦揮手告別，喬春三人繼續往自家茶園走去。

慢慢攀上牛頭山，大葉茶的茶叢上全是嫩嫩的新芽，看這長勢，再過兩天也要開始採摘了。這是第一次正式採摘，摘下來以後，她得教會喬冬和喬秋如何製普洱茶。不然以後她不在家，這些茶葉就是採摘了，也沒人會製。

轉了一圈下來，喬春看著小月和小菊，笑道：「走吧，咱們去清水山看看去。」

「是！夫人。」小月和小菊齊聲應道。

沿路上，喬春看著出落得亭亭玉立的兩人，問道：「小月、小菊，妳們今年已經十八了吧？」

「是，夫人。我們是同一年出生的，今年剛好十八。」小菊答道。她和小月飛快對視了一眼，彼此都看到眼底的疑惑。

喬春點了點頭，又道：「十八歲，是大姑娘了。有沒有心上人？要是有，就告訴我，我替妳們主持婚事；如果沒有，我就讓媒婆給妳們找個好人家。」

這些年喬春雖然也打聽過她們的年齡，可天天都忙得像個陀螺似的，稍一擱置，就全忘了。這年齡也該成家了，再把她們留在身邊，可就是誤了她們的幸福了。

「夫人，我們不嫁，我們要一輩子伺候夫人！」

「求夫人千萬不要趕我們離開，如果我們哪裡做得不好，請夫人直說，我們一定改。」

小月和小菊慌亂之下，直挺挺地跪在喬春面前，一臉驚慌道。

這幾年在唐家是她們有生以來過得最快樂的日子，因為唐家沒人把她們當下人看待。在唐家，能感受到家的溫暖，這對於身為孤兒的她們來說，是一個很大的誘因。她們捨不得離開這個家，更捨不得當她們是妹妹般對待的夫人。

喬春伸手想去扶她們，可她們卻機靈地閃開了，兩眼淚汪汪地看著她，像是被人遺棄似的。喬春心裡一緊，對她們生出一股濃濃的憐惜。

這兩個傻丫頭，她哪裡不要她們？而是她怎麼可以自私地留著她們，耽誤她們的幸福呢？

「妳們起來吧，再不起來，我可就真的生氣，不要妳們了。」

「呃？」小月和小菊悄悄對望了一眼，連忙站了起來。她們不小心又犯了夫人的大忌，夫人向來不允許她們下跪的，可是剛剛她們真的急壞了才會這樣。

「我沒有不要妳們的意思，妳們也沒做錯什麼。我是真的把妳們當成自己的親妹妹，所以才不想自私地耽誤妳們的終身幸福。如果妳們真的終生不嫁伺候我的話，我不僅會很內疚，還會很不開心。只有妳們幸福，我這個做姊姊的，才會真的高興。」

喬春看著小月和小菊泛紅的眼眶，微微頓了頓，伸手摟過她們，又道：「妳們真的沒有心儀的人嗎？如果沒有，我就找媒婆了。如果有，就大膽說出來，妳們也知道我的個性。」

此時小月微微推開喬春，紅著臉看向她，鼓起勇氣道：「我喜歡王大哥，不過，我不知道他的想法。」小月說完，飛快瞥了嘴角含笑的喬春一眼，臉頰紅如晚霞，害羞地垂下了頭，雙手不安地絞著手絹。

「呵呵，心裡有話，說出來就對了！一個女人如果能嫁給自己心儀的男人，是件幸福的事。這事我會側面問問王林，如果他也有意思，我就擇個好日子替你們把喜事辦了。」

喬春笑了笑，眸光一轉，看向同樣一臉緋紅的小菊，問道：「小菊呢？可有心儀的人？」

小菊滿臉通紅地看了看喬春，又望了望暗暗朝她使眼色的小月，咬著唇囁嚅了幾下。

「我……我……」

「還我什麼呀？妳就直接告訴夫人，妳喜歡石峰不就得了嗎？平時可沒見妳這麼婆婆媽媽的。」小月心急地瞪了小菊一眼，直接替她把話給說完了。

「哦？」喬春一臉狐疑地看著小菊，想不到她的心上人居然是那個悶葫蘆石峰。石峰是暗衛中的一個奇葩，經過這麼多年，大家早就打成一片，可他卻一直不太合群，經常一個人獨來獨往。

小菊則是個性格開朗的姑娘，喬春還真沒想過小菊會看上石峰。不過這兩個人要是湊在一起，也許在性格上能發揮互補作用呢！

哈哈，她的貼身丫頭配上家裡的暗衛，這不就正好應了那句老話，肥水不落外人田嗎？

小菊舉手作勢要去打小月，紅臉噘著嘴道：「誰要妳多嘴的？做什麼話那麼多？妳也不羞啊？」

小月直接閃到喬春身後，偏過頭對著小菊說：「少來啦！妳送石峰鞋子的時候，怎麼都不見妳這麼婆媽？妳就大膽說出來，夫人可以遂了妳的心願，也正好讓那悶葫蘆有個心疼他的人，哈哈……」

小菊聽到小月愈說愈口無遮攔，跺了跺腳，伸手指著小月，對喬春道：「夫人，您看她，就知道欺負我！」

「好啦！小菊也別生氣了，小月還不是因為關心妳？妳這丫頭，有話就該跟我說。要是你們都配成對了，最開心的就是夫人我了，這樣以後大家還可以生活在一起呢。」喬春安撫起小菊，含笑看著她，意味深長道。

「我……我……我知道了，以後有什麼事，我一定會跟夫人說。只要夫人別不要我們就行了，其他的事，夫人想怎麼辦，就怎麼辦吧。」小菊紅著臉點了點頭，輕聲應道。

喬春看著她們兩個，滿意地笑了。

第一二七章　黑心聖旨

巡視過清水山後，見太陽毒辣辣地烤著大地，喬春等人便快步往村莊走去。

她們才剛走到山下，喬冬便急急忙忙朝她們迎了上去，她著急地看著喬春說道：「大姊，妳快點回家，京城來了聖旨，傳聖旨的人正在家裡等妳呢。」

「走吧！」喬春聽到喬冬的話時，心裡不禁打了個突。雖然已經知道會有這麼一天，可是當她聽到聖旨真的來了時，還是忍不住緊張起來。該來的終究還是來了，不知這次聖旨的內容會是什麼？

喬春踏進唐家大廳時，輕輕掃了大廳的人一眼，唐、喬兩家上上下下都已經候在那裡等待宣旨。接著她眸光一轉，眉尖輕蹙看著前來宣旨的安公公。

安公公看見喬春，快步走到她面前，恭敬行禮。「給公主請安！公主千歲！」

「公公不必如此多禮，遠道而來，真是辛苦了。」喬春微微頷首，客套而又疏遠地說道：「公公先宣旨吧。」

小月和小菊則是抬頭挺胸站在喬春兩側，不管是面部表情還是動作體態都是標準的宮中禮儀。她們雖然已經來到這裡三年，但她們到底是從逍遙王府出來的，知道什麼時候該有什麼樣子，才不會讓主子丟臉。

「是！」安公公站直了身子，站在人群前面，眼神神氣地掃過眾人，清了清嗓子，大聲喊道：「眾人聽旨！」

「吾皇萬歲萬歲萬萬歲！」喬春和唐子諾站在前排領著眾人跪了下去，等候聽旨。

「奉天承運，皇帝詔曰，時逢逍遙王與『天下第一莊』千金杜湘茹喜結連理，為共慶皇家喜事，一解太后思女之情，特召德馨公主、駙馬進京參加婚宴。念及德馨公主子女雙全，因此召其子女一同進京，為逍遙王祈福做引子福童，欽此，謝恩！」

安公公唸完聖旨，神情怪異地打量起分別跪在喬春和唐子諾身旁的四個兒女。他還是第一次聽到什麼引子福童，不過這是聖意，也不是他們這些奴才可以置喙的。

「謝主隆恩！」喬春和唐子諾帶領眾人謝恩，聖旨則由唐子諾接下。

唐子諾站起身來，對安公公笑道：「公公一路辛苦了，一定要留下來喝杯水酒再走。」

「駙馬不必如此客氣，咱家待會兒就得快馬加鞭趕回覆旨。」安公公客套地應道，順著說著便轉身將聖旨交到喬春手裡，朝她暗使了個眼色。

喬春會過唐子諾的意思，微微頷首，轉身手托聖旨往後院走去。

唐子諾的手勢走到桌邊坐了下來。

推開房門後，喬春再也忍不住氣憤，將聖旨丟到地上，一口氣悶在胸膛裡。她一屁股坐在凳子上，胸膛上下劇烈起伏。

隨著喬春身後而來的小月和小菊，詫異地看著地上的聖旨。小月走過去將地上的聖旨撿了起來，輕緩地放在書桌後面的架子上；小菊則走到喬春身後，伸手輕輕幫她揉起太陽穴。

每當喬春情緒不好或是太累了的時候，她們總是不動聲色地替她按摩一些穴位，讓她放鬆下來。

喬春閉上眼睛，對小月吩咐道：「小月，妳去找老夫人領一些銀兩給安公公，再給他一盒包裝好的清肝明目茶，好生打發他。」

剛剛唐子諾就是讓她來拿東西打賞安公公，可是她現在實在不想看到他。一看到他，就會讓她想起那個腦子裡不知道裝了什麼東西的皇上。說得好聽，什麼祈福？什麼引子福童？這全都是陰謀，皇上一定是想將她看得比命還重要的兒女放在他伸手可及的地方，必要時拿來要脅她。

不用想也知道這個法子肯定又是那個該死的國師想出來的。他們現在是進退兩難，帶著孩子們上京，很可能遇上大麻煩；不帶孩子們上京，又是抗旨。他們算是什麼東西，憑什麼一而再、再而三將他們往無路可走的窮巷子裡逼?!喬春愈想愈氣惱，一張俏臉繃得死緊。

「是！小月明白。」小月擔憂地看了喬春那緊皺的眉頭一眼，便轉身離開，去找林氏拿銀子。

過了半晌，喬春在小菊幫助下，平穩了心中的怒氣，她拉過小菊的手，誠摯地看著她說道：「小菊，我有事要請妳幫忙。」

「夫人，有事就吩咐，您這樣可是折煞小菊了。」小菊微微愣了一下，看著喬春緊握著她的手，輕聲應道。她從沒見過這樣無助的夫人，以前不管發生了什麼事情，夫人都像個打不垮的人一樣，總能化險為夷。

這樣的夫人讓她陌生，更讓她心疼。

喬春深深看著小菊，紅唇輕啟。「這一次進京，妳和小月一起去，我要妳們保護果果他們兄妹四個。另外，我還會讓王林他們全都跟著一起保護孩子們。我擔心這次上京，他們極有可能拿孩子們來要脅我們。」

「唉……」喬春說完，長長嘆了口氣，握著小菊的手緊了又緊。

如果只是她一個人，她反而不會這般害怕，可是那四個孩子都是她的心肝寶貝，她怎麼捨得讓他們這麼小就捲入大人們的紛爭中呢？

現在皇上身邊還有一個邪惡的國師，這些日子以來，他深藏不露、極力隱忍，只怕就是為了現在的爆發。如果他們的推測都得到了驗證，如果他真的是阿卡吉諾，那前面的路就會更難預測。

「夫人，別太擔心了。我們一定會保護好小少爺和小小姐們的，不會讓人將他們從我們手裡被挾走。」小菊伸出另一隻手覆在喬春手上，緊緊回握她。

小少爺和小小姐們就是夫人的弱點，如果對方用他們來要脅夫人，那就真的大大不妙了。她跟在夫人身邊這麼多年，知道夫人向來不會妄作猜測。估計夫人是有了很明確的線索，不然她也不會如此生氣、無助。

「謝謝妳答應我的要求，我真的不敢想像如果孩子們被人抓走，我該怎麼辦？小菊，我真的……真的不知該怎麼跟妳說？我明明知道這一去肯定有一場大陰謀在等著，可我卻自私地將妳們也捲了進來……對不起！」

喬春的情緒再度失控，此刻她脆弱得像是個溺水的人緊緊抓住了一根救命的稻草。現在她腦子裡亂七八糟的，完全不知自己在想什麼、說什麼。

「夫人，您千萬別這麼說，這是小菊本來就應該做的事情。您先休息一下，平復一下情緒。只要我們齊心面對，努力保護小少爺和小小姐們，就一定能逢凶化吉。」小菊再次用力回握了喬春一下，接著慢慢抽開手，說道：「我去廚房幫夫人盛一碗雪耳湯來，夫人先等等。」

喬春感動地看著小菊的背影，低聲說道：「謝謝！順便幫我把孩子們都叫到我房裡來。」

「夫人放心，我這就去找小少爺和小小姐們。」小菊回眸淡淡一笑，轉身離開，順手帶上了房門。

這一天，喬春哪裡也沒有去，而是在房間裡陪著四個孩子一起玩遊戲，說故事給他們聽，看他們安穩香甜地墜入夢鄉。

第二天一大早，喬春就喊了喬冬和喬秋一起去牛頭山採摘大葉茶。

喬冬已經十三歲，喬秋也十六歲了。她們兩個這些年跟著喬春忙進忙出，裡裡外外都成為好幫手。

現在喬夏有了身孕，錢府又家大業大，因此喬夏多半待在家裡，當個賢內助。前些年她沒懷上孩子時，倒是一直陪錢財東奔西跑，一來照顧他的起居飲食，二來則是幫他處理一些事情。

桃花在前年嫁給鐵百川，鐵百川長年跟著唐子諾到處奔走，學了一身好本領，現在已是個商場佼佼者，唐家許多生意都交由他打理，而桃花則在家裡協助喬春處理花茶作坊和燒瓷場的事務。

「大姊，妳這一次上京，應該很快就會回來了吧？」喬秋一邊摘茶葉，一邊瞄著喬春問道。

自從昨天接到聖旨以後，她和大姊夫還有柳伯伯幾個人的神情就不太對勁，現在大姊又急著將製普洱茶的手藝交給她和冬兒，真的有點奇怪。

喬春摘著茶葉的手頓了一下，隨即又恢復正常，淡淡說道：「也不一定，也許會順路帶果果他們幾個四處走走。家裡現在有妳們看著，生意上又有百川把關，應該不成問題。

「這些年我和妳大姊夫一直在忙，我們想趁這個機會好好休息一下。所以啊，這次我教妳們製普洱茶，妳們可要用心學，不然我哪裡放心得下？還有，我們不在家的日子裡，爹娘就靠妳們照顧了。」

說著，喬春停了下來，偏過頭看著喬冬，叮嚀道：「冬兒，妳這年齡該要好好學習知識，別貪玩，多識些字對妳有好處。記住，別老是讓爹娘操心，平時多幫著妳三姊一點。」

「我知道啦！大姊，妳不就是要去一趟京城嗎？別搞得像是生離死別似的。再說，我也不是那麼讓人操心吧？我平時雖然愛鬧了點，可我不也經常哄得爹娘很開心嗎？」喬冬聽到喬春對她說教，不禁頭皮發麻，不滿地嘟起嘴埋怨。

她真的有那麼令人放心不下嗎？大姊真是的，一大早淨說些莫名其妙的話。

喬秋聽見喬冬那句脫口而出的「生離死別」，一顆心不禁猛跳了一下，彷彿心頭一根弦驟然斷開，打在心上陣陣生痛。她停下手裡的活兒，偏過頭定定看著低著頭、表情平靜的喬春，內心的疑雲愈來愈濃。

此刻大姊太過冷靜的表情，讓她的心更為紛亂。要是平時冬兒說這樣的話，大姊一定會開口斥責她，而不是像現在這樣沒聽到似的，依舊平靜地摘茶葉。

「大姊，妳是不是有什麼心事？」喬秋不放心地問道。

喬春側過頭，眉尖輕蹙，怔怔地看著她，輕笑了一聲道：「秋兒，妳今天是怎麼啦？怎麼一直好像覺得我有事似的？我不過是怕耽擱了大葉茶的業務，所以才提前教妳們製茶。至於冬兒，就因為她老是像隻野牛一樣，我才多叮嚀她幾句，不過還得靠妳平時多督促她才行。」

「大姊，我哪有？」喬冬聽到喬春又把矛頭指向她，連忙出聲澄清。

喬秋心亂如麻地打量著喬春，眸光一轉，瞪了神經大條的喬冬一眼，斥道：「這還叫沒有？說妳一句，就拿一堆理由來替自己開脫，妳還是趕緊幹活，別說話。」

話落，她不再看喬春，也不再瞪喬冬，而是心情複雜地低著頭，迅速摘著茶葉。

這個喬冬真是欠扁，大姊這麼反常，她竟然一點都瞧不出來，真是的。看來待會兒回家以後得把她拉到房裡，好好數落一頓才行。一個女孩子如此後知後覺，真不知她是少根筋，還是粗線條？

「我……」喬冬愣了愣，一頭霧水地看了看安靜的喬春，又瞄了瞄彷彿吃了火藥的喬秋，癟著嘴，不再說話。

喬春揹著新摘的茶葉回到家裡以後，就拿出竹篩叫喬冬和喬秋一起把茶葉散在竹篩中，平鋪晾著。製普洱茶比炒製綠茶要複雜很多，所以喬春趁著在家的時間，邊做邊講解細節，並要喬冬和喬秋動手做一遍，直到確定她們的手法正確無誤，她才放心地收了工，放她們休息。

「累了吧？」唐子諾看到活動著肩膀從外面回來的喬春，放下手裡的帳本，心疼地看著她。

「嗯，好累，好煩！」喬春走到唐子諾身邊，很自然地坐在他腿上，輕輕的將頭靠在他肩膀上，吁了一口氣，貪婪地吸著他身上的青草味道。他身上這種味道，總能讓她不安的心平靜下來。

唐子諾沒有開口，而是伸手輕輕撫著喬春的背，劍眉緊皺，目光悠遠。

兩個人都沒說話，一室寂靜，落針可聞。

片刻之後，喬春率先打破沈默，她伸手抓了束唐子諾的頭髮，纏在手指上玩，心情有些沈重地說道：「這次，我決定要帶小月和小菊一起上京城，你再看看能調出幾個暗衛一起去，說什麼都得在孩子們身邊安排好人手，家裡也一樣，老老小小同樣需要留人看守、保護。畢竟我們不知道對方會使什麼手段，為了以防萬一，兩邊都不能大意。」

「我知道，我已經在安排了，我會讓影門的人暗中保護孩子們，家裡也會留人盯梢，只要有個風吹草動，他們就會現身驅敵。妳放心，只要有我在，我就一定不會讓人傷害你們。」唐子諾鄭重對喬春保證著。

喬春輕輕點了點頭，又道：「對方會蠱術，真是防不勝防。你一定要安排暗衛輪流巡視，現在咱們家大業大，家裡的人也多，各方面都不能讓別人鑽了空子。生意上的事情，你也要交代好百川，讓他安排各商號的掌櫃，這段時間要打起十二分精神來。」

喬春想了想，又道：「要不，讓鐵伯伯組織村裡的漢子們，這段時間進行夜巡，要是有個什麼不對勁的地方，也能事先用暗號通知家裡的暗衛。」

喬春實在擔心，對方會用她的家人或村民來要脅她。現在的喬春，已不再像從前那般冷靜了。自從接到聖旨以後，她整個人變得草木皆兵，但這或許就是被人抓住弱點，再也剛強不起來的表現吧。

唐子諾輕嘆了口氣，點點頭道：「好，我會找鐵伯伯商量一下。」說著，他鬆開喬春，雙手扳著她的肩膀，緊緊看著她，說道：「老婆，妳不要這麼緊張好不好？有我在，還有大哥，妳真的不用這麼緊張。」

喬春看到唐子諾擔憂的神情，眨巴了一下眼睛，眼淚頓時如斷線珍珠般落到他的衣服上。她任由淚水落下，嘴角強扯出一抹笑，微微頷首。

她也不想這麼緊張，可是她真的無法平靜。家人和孩子是她的弱點，很顯然這次對方已抓住這點，準備給予她致命一擊。

唐子諾見狀，不禁俯首含住喬春的唇。她的唇瓣輕顫，如同在風雨中飄零的花朵，讓人心疼憐惜。他用力吸吮著，彷彿只有這樣，才能將自己的力量傳送給她。

深吻過後，喬春喘氣輕靠在唐子諾身上，兩人緊緊擁抱。

「老婆，放鬆一點，妳這樣，家裡的人也會跟著不安。放心，只要有我在，就算天塌下來，我也會替妳和孩子們頂起來。妳別把所有壓力都往自己身上攬，事情也許並不是我們猜測的那樣，或許這一切都是妳我想太多了。我們不能還沒跟對方交手，就自己被自己嚇得氣勢全無。」

喬春窩在唐子諾懷裡，鼻尖紅紅的。她吸了吸鼻子，低聲應道：「我知道了。我保證從現在開始我會冷靜面對一切。你說得沒錯，現在還沒開戰，如果我就開始膽怯，哪裡還有贏的機會？你放心，我一定不會讓自己拉你的後腿，我不僅要保護好自己，也要護得孩子們周全。」

唐子諾微笑著低頭看了喬春一眼，寵溺地刮了她的鼻子一下，說道：「這樣才是我的老婆！妳先休息一下，我去找鐵伯伯和鐵叔叔。」

「好！」喬春吁了口氣，點了點頭。

第一二八章 上京

喬春和唐子諾帶著四個孩子，還有柳如風、東方寒、小月和小菊等人，全部站在唐家大門口，揮手與家人告別。

林氏依依不捨地瞅著四個可愛的孫女、孫兒不放，抬頭將視線調到唐子諾臉上，不知是第幾回問道：「子諾，一定要帶孩子們一起去嗎？難道不能不去嗎？」

糖糖和蜜蜜生下來以後，沒有一天離開過她的視線範圍。如今兒子跟兒媳婦不僅要帶她們離開，還說不出一個準確的回家日期，這教她哪裡放心得下？如何捨得？果果和豆豆也一樣，他們雖然大了一點，但他們也很少離開她身邊。

老人家就是這樣，平日孫子們全都在家時，有時還會覺得吵，但要是孫子們全離開了，又會覺得靜得可怕，一點也不習慣。

「娘，真的不行，這是聖旨，聖旨是不能違抗的。如果可以，我怎麼會捨得長途跋涉帶年幼的他們出遠門呢？」唐子諾無奈地看著林氏搖了搖頭。

喬春上前一步握住林氏的手，溫和地淺淺笑道：「娘，我們會好好照顧孩子們的，有小月和小菊在，您就放心吧。我們會儘量早點回家，您要保重自己的身體。」

如果能不用帶孩子們上京，她保證會對那高高在上的皇上恭敬地磕上三個響頭，可是她不能。聖旨寫得一清二楚，抗旨不遵的後果，不是唐家承受得起的。

所以就算明知山有虎，也只能偏向虎山行。進，不一定是荊途，或許還能打開一片豔陽天；但是退，他們就是授人以柄，任人宰割了。

「子諾賢婿，路上小心一點，春兒和孩子們全交給你照顧了，我等你回來一起喝酒。」喬父上前用力握了握唐子諾的手，接著移步走到柳如風和東方寒面前，道：「兩位兄弟，一路順風！他們就煩勞你們注意了，我備好酒水在家等你們歸來！」

「好，喬兄放心，我們一定平安帶著孩子們回家。」柳如風用力回握喬梁的手，和東方寒對視了一眼，彼此心領神會，雙雙頷首。

柳如風知道喬梁很擔心此次上京之行，現在他就是家裡的支柱，如果他亂了，女人們只怕會更亂，所以他知道喬梁一直假裝什麼也沒察覺到，只當他們這是一趟喝喜酒的普通行程。

喬梁就是擔心到晚上睡不著覺，也是側身在旁，不敢翻來覆去，就怕會引起雷氏懷疑和擔心。現在他只能在臨行前，將自己的孩子與孫子們全交付給兩位好友，拜託他們多留點心。

東方寒微笑著點了點頭，道：「喬兄放心，東方寒定不負喬兄託付，酒可是要陳年老窖的女兒紅，其他酒我可不喝喔，哈哈！」

「哈哈……我一定備好，東方兄弟儘管放心。」喬父咧嘴大笑起來，偏過頭看著喬春等人說道：「走吧，儘量白天趕路，晚上投店休息，不要日夜兼程，孩子們會吃不消的。」

「我知道了。家裡的事情就要暫時麻煩爹多操心了，我們很快就會回來的。」喬春抿唇淡淡一笑。她知道爹爹已經察覺出不對勁了，所以便側面向他保證。

「嗯，走吧！」喬父笑著點頭，朝他們揮了揮手，催促道。

雷氏看著陸續上馬車的孫子們，紅著眼眶道：「早點回家！」

「大姊，我們等妳回家，要小心照顧好果果他們哦！」喬秋上前站在雷氏身邊，向從馬車上探出頭來的喬春揮手道別。

「大哥、大嫂，一路順風！」桃花抱著剛滿半歲的兒子，依依不捨地揮手。

林氏早已偏過頭低低哭了起來，不停拿著手絹擦拭眼角的淚水。她只要想到沒有孫子們的笑聲就宛如空屋的唐家，就忍不住一陣心酸。

「我知道了，你們都回屋去吧！」喬春和唐子諾笑著揮手，讓人駕著馬車徐徐上前。

這一趟，他們還得去鎮上與錢財會合。錢財本來想帶喬夏一同前去參加皇甫傑的婚宴，卻遭到唐子諾阻止。唐子諾細細將這次上京可能會遇到的事情全都告訴錢財，考量到喬夏有孕在身，實在不宜冒險，因此錢財便打消了這個念頭。

眾人一直看著馬車消失在視線裡，才轉身回屋裡。

桃花走到林氏身邊，柔聲說道：「娘，走，進屋去吧！您幫我帶一下孩子，我待會兒和秋兒、冬兒一起去茶園一趟。」

「好，妳們去忙吧！孩子我來照顧。」林氏擦乾眼淚，伸手接過桃花懷裡的小外孫，一邊往屋裡走，一邊微笑著逗他玩。

喬春心情沈重地看著四個睡得香甜的孩子，剛剛他們已經進了京城的大門，離那看不見的血盆大口愈來愈近了。

「唐大哥，咱們到逍遙王府了。」馬車驟然停了下來，車外傳來了王林的聲音。

喬春的心不由得一顫，她眸子裡略帶驚慌地看向唐子諾，囁嚅道：「到了嗎？」

「到了大哥這裡了，四妹，妳放輕鬆一點，一切有我！」唐子諾緊緊握住喬春的手，又道：「心亂則萬事亂，我們要沈著面對、冷靜分析，才能撕開對方布下的網。」

喬春閉上眼睛，深深吸了幾口氣，慢慢平穩內心的緊張情緒。再睜開眼時，她的眸底已是一片平靜，無風亦無浪。

「我們叫醒孩子們吧。」喬春微笑著看了唐子諾一眼，抽出自己的手，伸手溫柔地拍了拍果果和豆豆的肩膀，說道：「果果、豆豆，快醒醒，咱們到了你們義父家了！」

「糖糖、蜜蜜，快醒醒！我們到了好玩的京城了，妳們要不要起來看看？」唐子諾柔聲引誘著糖糖和蜜蜜。這兩個小傢伙一路上都很興奮，一直想看看京城是什麼樣子。

果然，幾個孩子們一聽到已經到了京城，瞌睡蟲立刻跑得無影無蹤，迫不及待地往馬車外走。

「慢點，慢點！我和娘親先下去，你們再一個一個出來。馬車太高，你們得小心一點。」唐子諾成功地讓孩子們停下腳步，他和喬春對視一眼以後，兩個人一前一後下車，再將車裡的孩子們給抱了下來，交到小月和小菊手裡，四個人一手牽一個，慢慢朝王府走去。

一行人剛踏進王府大門，王府主管就迎了上來。

「給公主請安！給駙馬爺請安！竹院的房間已經打掃乾淨了，各位請隨小的來。」王府總管恭敬地朝喬春和唐子諾行了個禮，望了小月她們後面的柳如風和東方寒一眼，輕輕點頭打了個招呼。

唐子諾與喬春分別抱著糖糖與蜜蜜，緊跟在王府總管身後，望著處處張燈結綵的王府，唐子諾輕聲問道：「有勞總管了，王爺呢？」

「王爺去別院安排了，下午未來王妃就會到達別院。成親前王妃會暫時住在那裡，並且直接從那裡出嫁。」總管知道唐子諾不是外人，所以也沒任何隱瞞。

唐子諾點了點頭，說道：「我看王府裡還有很多事情，總管先去忙吧。竹院我們自己去就可以了，不用這麼客氣。」

總管頓住了腳步，微笑著點頭，說道：「竹院已經安排侍女候著，既然公主和駙馬體恤小的，那小的這就先去忙其他事情了。」

「去吧！辛苦總管了。」唐子諾朝王府總管揮了揮手，抱著糖糖繼續往竹院方向走去。

總管行了個禮，從他們身邊退了出去，走到柳如風身邊時，有些歉意地道：「柳大夫、東方先生、錢少爺，招待不周，請多多見諒。小的先去忙了，你們隨意。」

「哈哈，我們大家都是老朋友了，你這樣反而見外了。去吧，阿傑大婚，肯定有許多事情得操心。」柳如風笑了笑，伸手豪爽的拍了拍總管的肩膀，笑道。

「呵呵，主子終於得償所願，我們也替他開心啊！」總管臉上露出舒心的笑容，笑著拍了拍柳如風和東方寒的肩膀，繞過他們就離開了。

一行人放慢了腳步，一邊走，一邊欣賞王府內的風景。

「娘親，為什麼這裡掛了這麼多紅色的布和紅燈籠呢？」蜜蜜興奮地抬頭看著掛在走廊邊上的燈籠，滿臉好奇地問道。

嘴角輕揚，喬春望著前頭火紅的一條直線，眼前浮現出皇甫傑和杜湘茹這一路來的艱辛，現在他們終於走到了這一天，她真的很替他們開心。

「妳大舅舅就要成親了，每個人成親的時候，都會在家裡掛上紅綢布和紅燈籠。這是對新人的祝福，祝兩個人的感情一直很火熱。」喬春向蜜蜜解釋著。

「原來是這個意思啊！那我以後成親的時候也會有這些嗎？好漂亮哦！」蜜蜜應道，雙眼發亮地看著喬春。

「噗！」聞言，豆豆忍不住噗哧一聲笑了出來，笑道：「親親，這話怎麼聽著這麼熟悉啊？咱們家的奇葩原來不止我一個！」

豆豆想起當初巧兒成親時，她曾在錢府望著那一屋子的喜色，說出「以後我嫁給三舅舅時，親親會不會也這樣布置」這種話來。

「呵呵！」喬春想起往日的趣事，也不禁笑出聲來。

看到她們母女倆心照不宣的笑容，唐子諾等人則是一頭霧水地看著她們，很想知道她們之間的笑點是什麼？

喬春看到錢財滿臉好奇，更忍不住哈哈大笑起來，眼角餘光一瞄到唐子諾，又想起當年唐子諾擔心錢財會成為他的女婿時那吃醋的模樣，就笑得更開懷了。蜜蜜在手裡隨她搖搖晃晃，看得唐子諾冷汗直飆。

這個女人笑成這樣，難道她忘了手裡還抱著一個蜜蜜嗎？不過蜜蜜卻毫不在意，反而摟緊了喬春的脖子，隨她笑得好不開懷。

唐子諾伸手托住蜜蜜的腰，低聲提醒道：「四妹，妳小心蜜蜜，別摔著她了。」

「四妹，妳倒是說來聽聽啊，怎麼就自己一個人笑成這樣呢？」錢財的好奇心徹底被她們母女倆撩撥了起來，特別是剛剛喬春還別具深意地看了他一眼，讓他直覺這件事跟他有關係。

「呵呵……」喬春搖了搖頭，本來快要停住笑了，可看見錢財這麼心急，又不由自主地笑了起來。

豆豆則是平靜不少，她低笑著看了喬春一眼，眸光一轉，看向錢財，嘴角彎彎道：「三舅舅，您什麼時候變得這麼愛聽八卦？跟以前的您完全不一樣呢。」

「呃？『八卦』是什麼？風水嗎？」錢財低頭蹙眉看向人小鬼大的豆豆，不解地問道。

此刻豆豆有點懷疑自己以前的眼光了。難道單相思時，會覺得自己喜歡的男人比較有魅力？還是男人成親以後，都會變得婆媽起來？她現在好懷念以前那個溫潤內斂、凡事處之泰然的三舅舅了。

豆豆想著，微微嘆了口氣，略微失望地看著錢財，說道：「『八卦』就是愛聽別人說三道四，既然您這麼想知道，我就告訴您吧。當年巧兒姑姑成親的時候，我在她的院子裡看到紅色的綢布和燈籠，我就問我娘，以後我和三舅舅成親時，她會不會也把家裡布置成這樣？」

眾人很是意外地看著一臉淡然的豆豆，又看了看神色窘迫的錢財，都忍不住低聲笑了起來。

「呃……」錢財訕訕地看著豆豆，囁嚅了幾下嘴唇，卻又說不出話來。以前豆豆要他等她長大，說她長大了以後就要嫁給他，當時他以為是小孩子說著玩的，可沒想到豆豆還問過這樣的問題。

現在他可真想咬掉自己的舌頭，剛剛他怎麼就這麼「八卦」，又把陳年往事給挖出來了？

豆豆看到錢財滿臉窘色，眉尖輕蹙，搖了搖頭，很後悔似地說道：「唉……我當初怎麼會覺得三舅舅怎麼看怎麼好呢？」說著，一臉困擾地摸著下巴打量了錢財一眼，又道：「愛八卦的老男人可真不可愛，我當時怎麼沒發現這一點？」

大夥兒停住笑，整齊劃一地扭頭看著臉紅得像水煮蝦的錢財，片刻過後，有默契地捧腹大笑，一點面子都不留給他。

「你們就笑吧，我先進房了。」錢財紅著臉瞄了豆豆一眼，窘迫地撓了撓頭，大步大步往前走。

眾人看到錢財惱羞成怒的樣子，笑得更開懷、更大聲。

人小鬼大的豆豆，簡單幾句話、幾個動作跟眼神，就把錢財這個商場鉅子給貶成一個八卦的老男人，這教他的自尊心往哪兒擱呢？

把大夥兒狠狠甩在背後的錢財，抬頭望著紅燈籠，想起以前的趣事和剛剛豆豆說的話，也忍不住搖頭輕笑起來。小孩子真是可愛啊！想起喬夏，想起她肚子裡的孩子，錢財幸福地笑了。

晚飯前，皇甫傑風塵僕僕地從郊外的別院趕了回來，跟眾人打了聲招呼後，便將唐子諾、錢財、柳如風還有東方寒都叫進書房裡。

書房裡，皇甫傑招呼他們幾個人坐下，眉梢緊蹙，神情沈重地說道：「剛剛卓越已經從影門取回情報，雖然還沒有十足十的把握，能證明國師就是阿卡吉諾，但是已經找到這兩個人有關聯的訊息。」

卓越經過一年的休養，兩年前總算恢復健康，也重新為皇甫傑效命。

「那我們是不是得趕緊將這事告訴皇上，要他別太相信國師？」聞言，唐子諾情緒激動地說道。

影門的情報向來準確，如果他們已經查到國師與阿卡吉諾的關聯，就說明這兩人之間一定有關係，而且應該就是同一個人。

「沒有用的，皇上聽不進去。」柳如風搖了搖頭，嘆道。

皇上這個人他再清楚不過，先不管他能否想清楚如果國師是阿卡吉諾，會給大齊國帶來什麼樣的危害，就是他想清楚了，只怕也無力做些什麼。

三年了，尤其最近這一年多來，皇上對國師的話言聽計從，柳如風實在不敢猜測阿卡吉諾背地裡對皇上動了什麼手腳。皇上就算心胸狹窄，但還是個孝順的孩子，可現在他竟然敢反駁太后，跟太后鬧脾氣，不禁讓人懷疑皇上已經被阿卡吉諾控制了。

阿卡吉諾擅長毒術，又擅長蠱術，想要控制皇上，只怕易如反掌。柳如風現在最擔心的是現在眾人的安危，還有太后的安全。

皇甫傑微微頷首，贊同柳如風的說法。「沒錯，皇上已經聽不進任何人的話了，他現在什麼都聽國師的。」

現在的皇上對皇甫傑而言，已經完全是個陌生人，他每天除了在議事大殿裡秘密與國師商談，就是沈醉在後宮的女人香裡。每日的早朝雖然從未間斷，不過他總是給人一種很睏的感覺，聽著大臣說話，也能打起瞌睡。而現在除了早朝，皇甫傑想在其他時間面見皇上，根本沒有機會。

目前大齊國雖然已經內外一派和平，可是皇上已經變成這個樣子，只怕太平日子也過不了多久。這一次，無論是國師要對他們下手，還是為了大齊國的明天，他都必須除掉國師。

錢財看著大夥兒，擔憂地問道：「那我們該怎麼辦？」

「兵來將擋，水來土掩。我們不知對方要做什麼，除了部署好周圍的防衛，其他的只能走一步算一步。」

皇甫傑沈吟了一會兒，又道：「我們除了做好防衛，還要鋪設幾條後路，事情如果到了無法挽回的地步，也就只能撤退。只是如此一來，牽扯到的人非常多，不僅有逍遙王府，還有唐府、錢府與風府三個世家，我料想皇上不會走這步棋，而且國師恐怕打的是另一個算盤。

「如果他真是阿卡吉諾，那他要做的事情就太多了。他不但會設法完成未竟的心願，甚至會做撼動大齊國國本的事情，到那時候，對三個世家下手也不是沒有可能。」

皇甫傑的話絕非危言聳聽，如果國師真是阿卡吉諾，他肯定會這麼做。

幾個人聽了皇甫傑的分析，皆不停暗自思索著各種可行之路，書房內的氣氛一度沈悶。

唐子諾從座位上站起身來，信手踱步，眉頭緊皺，他沈思了一會兒，開口道：「我們得讓各個世家都準備好一套自我防衛的對策，如今想抽身，只怕不可能，我們絕不能眼睜睜看著大齊國的百姓遭殃。只是，我們得在與敵人周旋的同時，確保家人的安全，這樣才不會有後顧之憂。」說完，他看了大夥兒一眼，重新坐了下來。

皇甫傑閉上眼睛，單手支額，半晌過後，睜開眼睛，沈重地說道：「我贊同二弟的辦法，咱們今天一定要把事情都安排下去。請大家想一想，有沒有安全的地方能供眾多親眷前往？」

「蘭谷。」柳如風緩緩吐出這兩個字，目光炯炯地看著眾人，又道：「真到了那一步，咱們就全都躲到蘭谷去，蘭谷地大物豐，足以讓大夥兒在那邊生活，最重要的是，那裡與世隔絕，外人根本進不去。」

「蘭谷就在霧都峰深處，從唐家和錢家去那裡挺快的。風家呢？他們馬上就要嫁女兒了，只怕是沒有機會撤離。再說，依風伯伯和我師叔的個性，只怕不會願意避開。」唐子諾提出他的看法。

唐、錢兩家的人口還不算太多，離霧都峰也近，只要今晚安排下去，他們很快就能移到蘭谷去避險。國師如果真要動手，也只會拿三個世家的主人下手，那些下人想必不在他的攻擊範圍內。

「阿傑，你可有信得過的人？蘭谷的鑰匙在果果和豆豆身上，現在果果、豆豆他們四個孩子無法離開京城，我們只能派可靠的人去送唐、錢兩家的人進蘭谷。」柳如風白眉輕聳，伸手捋著鬍子看著皇甫傑問道。

「我去吧。」一直保持沈默的東方寒此時突然出聲。他淡淡地凝望眾人，說道：「這個時候不宜使用馬車，在場的人也只有我的輕功能在短時間內趕回和平鎮，待會兒就請柳兒幫我易容，我晚上喬裝出府。為了不讓人起疑，最好找個身材和我差不多的暗衛易容成我的樣子。」

幾人對視了一眼，同時贊同地點了點頭。

計劃一擬定，接下來的時間裡，大夥兒各自忙了開來，針對各個細節進行安排與演練，就怕有個閃失，不僅計劃失敗，還會引起敵人注意。

皇甫傑的心情可謂煎熬至極，他人生中唯一一場婚宴就這樣成為別人陰謀的舞臺，他自己也要時刻提著一顆心，分秒不敢有所鬆懈。

如果不是因為自己責任未了，如果不是皇宮裡還有娘親，皇甫傑還真想不顧一切帶著杜湘茹私奔。可是他不能，他是大齊國的永勝王，也是母后的依靠。

他無法棄百姓的生死於不顧，也無法眼睜睜看著自己的兄長變成別人的傀儡，更無法忽視先皇遺囑，他有太多放不下的東西，所以他只能一一面對、處理，直到除去最大的障礙為止。

把所有的事情都安頓好以後，唐子諾累得快要虛脫，步履蹣跚地回到房裡。

明天就是大哥成親的日子了，自從他們來到王府，就沒真正休息過片刻，直到事情告一段落，他才拖著疲憊的身子回房準備抱抱美嬌娘。

雖然疲累，可他們卻還是覺得時間不夠用，恨不得大哥成親的日子再往後推幾天。方才他們已經收到東方寒的飛鴿傳書，目前唐、錢兩府的人已經被安全地安置在蘭谷了，而東方寒也在返回京城的路上，他要回來跟唐子諾等人一同面對即將到來的惡戰，還得把開啟蘭谷的鑰匙送回來，若是真有萬一，他們才能躲進蘭谷。

得知家人已被安頓好了，唐子諾和錢財才稍稍放心了一點，各自回房休息，好讓自己有精神能面對明天的事情。

唐子諾躡手躡腳走到屏風之後，他脫下外衣，緩緩走到床前，透過月色看到已經睜開眼的喬春，低聲問道：「吵醒妳了？」

「不是，這些日子太多煩心的事，我也是剛剛小睡了一下而已，並沒有睡熟。事情都安排好了嗎？爹娘他們怎樣？」喬春索性坐了起來，動手將糖糖、蜜蜜抱到比較靠裡面的位置。

打從進了逍遙王府，果果和豆豆就跟小月、小菊在一起，糖糖和蜜蜜則跟著喬春睡，屋外跟院子裡也安插了不少明哨、暗哨。總之，在這個關鍵時刻，誰都不敢有任何鬆懈。

唐子諾脫了鞋上床，摟著喬春，柔聲道：「東方大叔已經來了信，家裡的人都已經安置在蘭谷了，妳就放心吧！睡吧，只有養足了精神，明天才有精力面對挑戰。」說完，他摟著她緩緩躺了下去，貪婪地吸著她身上的幽香。

「這樣就好，我們也能安心不少。老公，明天我們會遇到什麼樣的事情？如果，我是說如果，如果對方拿我來要脅你，你一定要把孩子們的安全放在第一。如果孩子們有個什麼閃失，我也活不下去了。」

喬春說著，身子不由自主地顫抖了一下，伸手緊緊抱住唐子諾。如果對方真的拿她來要脅他，她真怕他會失去理智，讓別人乘機對他們的孩子不利。

「我不會讓妳和孩子們有危險的，我一定拚盡全力護全你們。如果真有這個如果，妳一定不能慌亂，不管我是馬上到，還是稍後到，請妳相信，我一定會想辦法救妳。在這個世界上，妳永遠都是我最不能丟下的人。」

唐子諾稍稍推開了喬春，俯首吻了她的額頭一下，又道：「明天有無數個未知在等待我們，或許風平浪靜，也可能波濤洶湧。但是只要我們冷靜面對，不輕言放棄，就一定能戰勝陰謀。」

「好，只要有你，我就什麼都不怕。明天我們每個人身上都要備些萬用解毒丸，還有螢光粉跟銀針，尤其是孩子們身上更要帶著。這些年來，我和果果、豆豆也跟著你學會使用銀針當暗器，必要時，我們能用這些東西來防身，或留下線索。」

喬春很早就要求唐子諾教他們母子三人用銀針當暗器，也是考慮到兩個孩子還年幼，要是身上有輕便的暗器，也能發揮防身的作用。明天她必須在孩子們身上都準備這些東西，還有，在參加喜宴前，也一定要讓孩子們服下解毒丸，反正事事都防著點，準沒錯。

「好，我明早會把一切都幫孩子們備好。睡吧，好好休息一下。」唐子諾溫柔地用手指梳理喬春的頭髮，將她摟緊了些，柔聲催促著。

「嗯，睡覺！」喬春伸手環緊唐子諾的腰，往他懷裡蹭了蹭，合上了眼簾。

兩個人靜靜擁抱著，感受著彼此的心跳，呼吸彼此身上那股令人安心的味道。不一會兒，房間裡便響起均勻的呼吸聲，大床上四個人緊緊依偎在一起，沈沈地睡著了。

第一二九章　逍遙王大婚

這一天天剛亮，王府就鬧騰了起來，因為今天是逍遙王成婚的大好日子，一大早就陸陸續續有許多大臣前來祝賀。午時是吉時，當今皇上和太后、皇后等人都會親自到王府參加王爺的婚宴。

王府內外都安排了不少人在巡視，表面是為了確保賓客的安危，實際上他們都打著十二分的精神，不斷注視四周的動靜。他們的任務，就是保護喬春母子和新娘的安全。

巳時剛到，皇甫傑便領著迎親隊伍前去郊區的別院迎接杜湘茹，迎親路上，皇甫傑威風凜凜地坐在高大的駿馬上，含笑朝沿途向他祝賀的百姓們揮手致謝，但他卻一刻也沒鬆懈，一雙眼睛警覺地四處掃視，不放過任何一個可疑的地方。

今天是他成親的大好日子，也是他們和國師對戰的開始，所以他們每一步棋都得三思而下。關於這一點，皇甫傑對杜湘茹感到很抱歉，他讓她等了這麼多年，眼看就要成親了，卻連婚禮都不能舒心。

一路上，沒什麼狀況，四周都很平靜，迎親隊伍很快就到了皇甫傑名下的別院，他瀟灑地下馬，大步朝院內走去。剛剛還緊繃著的心，因為竄入眼簾的喜色而變得愉悅起來，不管下一刻會發生什麼事，但是這一刻他即將牽過他新娘的手，所以他暫時將煩惱拋諸腦後，緊張地站在大廳裡等待杜湘茹到來。

「來了，來了！夫人、小姐，王爺來接新娘子了！」杜湘茹的貼身丫鬟露兒，喘著氣從院子外面跑了進來，一臉興奮地看著房間裡的陳清荷和杜湘茹，報告她剛剛在大廳外看到的情況。

陳清荷含笑看了露兒一眼，說道：「妳這丫頭怎麼一點定性都沒有？這樣大剌剌的，將來怎麼在王府裡照顧小姐？以後可得把這急性子改一改。」

此刻的陳清荷完完全全具備「天下第一莊」當家主母的風範，到底是堂堂的陳國公主，舉手投足之間，無一不顯露出優雅高貴的氣質。

露兒垂下頭，吐了吐舌頭，輕聲道：「謹遵夫人教訓，露兒以後會改的。」

「母親，您就別說露兒了，她這樣直來直往才可愛。有她陪在我身邊，我也覺得輕鬆一點。」坐在梳妝檯前的杜湘茹含笑看著偷偷吐了吐舌頭的露兒，不禁被她那調皮可愛的樣子給惹得輕笑了幾聲，壓在心頭的緊張感也減緩不少。

打從陳清荷被風勁天和風無痕接回「天下第一莊」後，她就尊稱她母親，她不能像風無痕一樣喊她娘親。因為她心目中的娘親只有杜月兒一人，是無可取代的。

她不是不喜歡陳清荷，身為晚輩，她能理解也看得開上一輩的感情糾葛。但是她只有一個娘親，所以，她只能喊陳清荷母親。好在陳清荷也不在意這些，在相處的這些日子裡，她也是真的把杜湘茹當成自己的女兒來疼，讓她在失去娘親後，再一次感受到久違的母愛。

「妳啊，心疼自己的丫頭並沒有錯，可是王府不比自己家，貼身丫頭細心一點，總歸對妳有好處。要不，乾脆讓晴兒也留在王府裡伺候妳算了，這樣的話，我和妳爹也安心一點。」陳清荷畢竟出身皇室，深知那多如牛毛的規矩，若沒有個機靈一點的丫頭在身邊，很多事情都不好辦。

「母親，晴兒姑姑服侍您大半輩子了，有她照顧母親和爹爹，女兒也放心。王爺不會虧待女兒的，這點母親就放寬心吧。」杜湘茹連忙出聲阻止陳清荷。她和皇甫傑以後會離開王府，身邊實在不需要太多的人。而且她也很清楚，在未來的日子裡，皇甫傑一定會好好疼她，不管在什麼情況下，都不會讓她受委屈。把晴兒留在「天下第一莊」，不僅能照顧母親，也可以替她照顧爹爹。

陳清荷笑著站起身來，走到杜湘茹身後，伸手從梳妝檯上拿起鳳冠，溫柔地幫她固定在頭上。她一邊打理，一邊微笑打量起鏡子裡那個貌美如仙的新娘子，感慨道：「我們湘茹長得可真美，妳的模樣和氣質都跟妳娘如出一轍，難怪妳爹對妳娘一直念念不忘。」

當年，陳清荷也曾恨過杜月兒，但是時過境遷，她對當時自己的行為只感到好笑。就如風勁天所言，明明自己才是人家的第三者，自己又有什麼理由去恨人家的正牌心上人呢？

好在自己現在已經看開了，未來的日子只要能跟風勁天一起生活在同一個屋簷下，她就滿足了。

杜湘茹握住了陳清荷的手，輕聲道：「母親，現在開始爹爹會用另一種方式陪伴您、關愛您，以前的事情，就讓它過去吧。」

「呵呵！真是個傻孩子。」陳清荷見杜湘茹誤會了她的意思，忍不住輕笑了一聲，回握住她的手，說道：「湘茹，妳誤會母親的意思了。過去的事情，我真的已經放下了。我有時會想，如果妳爹不是對妳娘那麼專情，也許我也不會那麼喜歡妳爹呢！畢竟，一個專情、癡情的男人，最能打動女人心。

「我師兄說得沒錯，愛別離，怨憎會，撒手西歸，全無是類。不過是滿眼空花，一片虛幻。所以，現在能這樣，我就已經心滿意足了，要求再多，反而顯得我太貪心了。好了，咱們娘兒倆別淨聊天了，逍遙王該是等急了，就讓母親送妳出去吧。來，蓋上紅蓋頭。」

說完，陳清荷拿起繡著金絲鳳凰的紅蓋頭將杜湘茹的絕色容顏給掩住，接著伸手緊緊牽著她的手。一個老嬤嬤見狀，連忙走到杜湘茹身側，與陳清荷一人扶一邊，慢慢領著她走向那個正在大廳裡等待的新郎官。

「湘茹，打今日起，妳就是逍遙王府的王妃了。做皇家的媳婦並不容易，以後妳別太隨著性子來，不能授人以柄，讓人找妳麻煩。有什麼事情，一定要告訴妳爹、母親或妳大哥。

我們雖然只是一個世家，但是光憑『天下第一莊』的地位，就是當今皇上，也得給幾分薄面。」

陳清荷一邊牽著杜湘茹走向大廳，一邊在她耳邊輕聲交代。皇家的事情，她比誰都清楚，她知道像杜湘茹這麼單純的人，一定會吃別人的暗虧，所以在她臨嫁之前，她得好好叮嚀她一番。

「母親，女兒知道了。」對於陳清荷的叮嚀，杜湘茹沒有反感，反而十分感動，只是想到自己的娘親終究沒能親自送自己出嫁，她的眼淚還是不爭氣地落了下來。

「新娘來嘍！新郎接新娘嘍！」隨著一聲吆喝，大廳外響起噼哩啪啦的鞭炮聲，嗩吶聲音也隨之響起。

紅蓋頭下，杜湘茹只能隱約看見自己腳下紅繡鞋面上那對金絲鴛鴦，豔麗明亮、栩栩如生，就像是真的一樣。牠們彼此深情對望，像是也感受到了這份有情人終成眷屬的美好。

皇甫傑扭頭含笑看向大廳的拱門，見杜湘茹一身喜氣，由陳清荷與老嬤嬤攙扶著走了出來。當杜湘茹一站到他面前，他便迫不及待地從陳清荷的手中牽過杜湘茹，將那雙柔若無骨的小手緊緊包裹在自己手裡。

這一天，他已經盼了好多年了，儘管不知接下來會發生什麼事情，但此刻他光是牽著她的手，就覺得好幸福、好滿足，彷彿外面的風風雨雨完全無損這份美好。

皇甫傑的眸底閃著簇簇亮光，眉目含情地凝視著杜湘茹，嘴角不禁高高揚起，又是開心又是激動。面對千軍萬馬都不曾皺過眉頭的他，此刻覺得自己一顆心都快要跳出來了。

杜湘茹感受到那寬厚暖和的手掌牽住自己，內心覺得很是踏實溫暖，剛剛等待他前來迎娶時的緊張感，頓時消弭得無影無蹤，她的嘴角不禁漾出一抹最美的笑容。

「吉時到！新人拜別父母！」隨著一聲吆喝，大廳外又響起響亮的鞭炮聲以及嗩吶聲。

「行禮！」

「禮畢！送新人！」

杜湘茹在老嬤嬤協助下拜別父母，由皇甫傑牽著她步出別院大門，上了花轎，在長長的迎親隊伍簇擁下，以及鞭炮聲和嗩吶聲中，隨著前頭騎在高高駿馬上的新郎，朝她的幸福邁出了一大步。

皇甫傑剛去迎接杜湘茹不久，太后的鳳輦便到了逍遙王府外。王府外早有太監驅散了行人，而侍衛們也像門神般將圍觀的群眾全部擋在身後，形成一道銅牆鐵壁。

李嬤嬤小心地攙扶著太后下了鳳輦，經過這些年，太后仍舊雍容華貴，只是眉宇之間露出淡淡的憂色，稍稍蒼老了些。

過去這幾年皇宮裡雖然沒有大風大浪，但她卻親眼目睹自己的兒子從一個孝子慢慢變成一個蠻不講理、會頂撞自己的人。不管是哪個母親碰到這種事情，都難免會傷心。

喬春倒是沒想到手腕強硬、又有先皇遺旨撐腰的太后，怎麼會放任皇上至今日，又怎麼沒懷疑過國師，甚至對他下手？依太后的性子，對這些事情視而不見，實在不太合理。

喬春收起內心的疑惑，儘量不讓自己的情緒顯露在臉上，她牽著孩子們，領著大臣們整齊地跪在王府門口，迎接太后到來。

「參見太后娘娘，太后娘娘千歲千歲千千歲！」

「免禮，平身。」太后優雅地伸手朝眾人揮了揮，微笑著走到喬春面前，親自扶起她，愉悅地說道：「春丫頭快快起來讓母后瞧瞧，咱們娘兒倆都三年沒見了！」

隨著太后一聲令下，行禮的人全都站了起來，垂著頭站在她們身後。

太后看著喬春牽著的糖糖和蜜蜜，再看了看站在喬春身旁的果果和豆豆，溫柔地伸手摸了摸糖糖和蜜蜜的額頭，說道：「這是糖糖和蜜蜜？這兩個……就是果果和豆豆了吧？」

孩子們瞧著眼前慈祥貴氣的皇太后，想到喬春剛剛交代過的那番話，臉上全都揚起了燦爛的笑容，甜甜軟軟齊聲道：「太后姥姥好！」

太后看著這幾個可愛的孩子，開心地笑了起來，她彎腰抱起了糖糖，道：「乖！真是姥姥的乖外孫！走，進屋去，讓姥姥好好瞧瞧你們。」

李嬤嬤見太后紆尊降貴地抱起糖糖，連忙伸手要去接糖糖，不料卻被太后瞋了一眼。

「沒那麼多規矩，別掃了我們祖孫相聚的雅興！」

「是！奴婢踰越了。」李嬤嬤立刻收回手，瞧著好久都沒這麼開心過的太后，也微微笑了起來。

喬春抱歉地朝李嬤嬤笑了一下，扭過頭看著太后，說道：「母后要是抱累了，就讓春兒來抱，這小丫頭也滿重的。」

「行啦！春丫頭，妳也別把母后想得這麼不中用。母后雖是年紀大了，但是抱個小孩，還是不成問題。」太后偏過頭看著喬春，好心情地揶揄起她。

「太后姥姥一點都不老，好漂亮！」糖糖奶聲奶氣地說著，胖乎乎的小手輕輕圈在太后脖子上。

一旁的豆豆聞言，立刻抬起頭來，眨巴著眼望向太后，接下糖糖的話。「是啊，太后姥姥很優雅！我親親說了，優雅的女人最有魅力。」

「太后很高貴！我娘親說了，高貴的女人最好看。」果果也不甘示弱地加了一句。

「哈哈……春丫頭，妳生的孩子可真會討人歡心！李嬤嬤，待會兒哀家要給他們見面禮。」太后被孩子們左一句漂亮，右一句優雅給哄得心花怒放。

蜜蜜煩惱地撓著頭，頭上的粉色珠花都快要被她扯下來了。她想說些好聽的，可是她實在詞窮。憋了好一會兒，她才慢慢抬頭看著笑咪咪的太后，讚道：「太后姥姥笑起來真好看。」

「哈哈……寶寶真乖！」太后空出手親暱地揉了揉她的小腦袋。

得到表揚的蜜蜜開心地笑了，她輕聲地向太后糾正自己的名字。「太后姥姥，我叫蜜蜜，不是寶寶。」

「好好好！蜜蜜真乖！」太后笑著改了口。

喬春的孩子們都不怕生，一個個露出笑臉，使出吃奶的力氣，搬出他們平日的耍寶法子，逗得太后的臉蛋笑開了花，開懷地被他們圍繞著來到王府後院。

走進後院大廳裡，太后放下了糖糖，親切地牽著喬春的手坐了下來，微笑道：「春丫頭，來，咱們娘兒倆好好敘敘舊。」

喬春微微頷首，偏過頭對小月和小菊吩咐道：「小月、小菊，妳們帶孩子們到裡面去玩吧。」

大廳裡有一個相通的偏廳，既然太后說要與自己敘舊，孩子們在一邊吵著自是不好，但是她也不可能將孩子們放在她看不到的地方，所以偏廳自然是最好的選擇。

「是！」小月、小菊乖巧地朝太后和喬春福了福身子，轉身牽著孩子們走向偏廳。

「母后，請恕女兒不孝，這些年來一直都沒有向母后請安。」喬春見小月和小菊已經把孩子們都帶到偏廳裡，嘴角微微上揚，扭頭看著皇太后，輕啟紅唇。

雖說她這三年是得到太后的允許，不需要進京請安，但是客套的話還是免不了得說一下。太后待她不薄，不僅賜給她能自由自在過生活的懿旨，還給她一塊保命的玉珮。

太后笑著握緊了喬春的手，說道：「妳這個傻丫頭，怎麼跟母后這麼見外？雖說母后私心利用妳的才能提高大齊國子民的生活水準、增加大齊國國庫收入，但母后也是真的把妳當成自己的親生閨女。」

杏目圓睜，喬春有些意外地聽著太后的自白。說到私心，是人都會有，所以她也沒有責怪太后的意思。但她堂堂一國太后，居然對她坦白內心的想法，這一點她完全沒有想到。

「母后，我……」喬春不禁被感動，她嚅動著嘴唇想要解釋，卻被太后給揮手打斷了。

太后朝喬春搖了搖手，握著她的手又緊了緊，說道：「春丫頭，妳先別急，聽母后說，我已經好久沒有痛痛快快地和人聊過天了。」此刻太后看起來就像是個普通的母親，想好好與自己的閨女說說心裡話。

喬春點了點頭，不再說話，而是定定看著太后，反握住她的手。

太后的眼角眉宇間已出現細細的皺紋，再雍榮華貴的打扮，也無法掩蓋那股淡淡的憂鬱。想必這些年朝堂上的事，還有皇上的事，都讓她操了不少心吧？

「春丫頭素與傑兒走得近，現在朝堂上的事，該是多多少少聽了一些吧。這幾年我也是透過多重管道調查國師的底細，可是沒人能查出他的來歷。更讓我憂心的是，皇帝對他的話言聽計從，現在大齊國許多事情都是國師說了算，皇帝就像他的傀儡。

「我不是沒提醒過皇帝，可他聽不進去。有時候，他看我的眼神好陌生，似乎不認識我了一樣。我不知道國師在背後到底對皇帝做了什麼，只是憑一個母親的直覺，我真的覺得眼前的人已經不是當年的皇帝了。如果大齊國的命運繼續放在皇帝手裡，只怕……」

太后說到這裡就停了下來。她知道喬春是個聰明的人，這話就是不再說下去，喬春也定能明白她話中的意思。

喬春的心裡翻起了巨浪，她就知道太后一定也察覺到其中的不對勁，可是這件事她真的不知該如何解決。目前她和孩子們的安危都無法得到保證，她實在沒精力去管什麼大齊國的命運。

她不是聖人，她只是一個普通的女人，只是一個母親，現在她只想盡力保護好自己的孩子們，不願涉及其他事務。

低著頭沈吟了半晌，喬春抬眸看向太后，緩緩說道：「母后的意思我明白，可是大哥不會同意的。大哥的心思母后明白，我一直也支持大哥的決定。母后，請您原諒，春兒沒有辦法，也沒有理由去幫您做說客。在我眼裡，大哥的幸福才是最重要的，如果他真的登上那一步，我想他不會開心，湘茹也不會幸福。」

話落，喬春看著太后失望的神情，又道：「母后，難道您就沒有別的辦法了嗎？如果我沒猜錯的話，母后應該也問過大哥的意思了吧？母后，作為一個母親，我覺得孩子的幸福很重要，大哥從以前就不想要那個位置，如今他有了湘茹，就更不會想要。那個位置對他而言，不是追求，更不是夢想，而是沈重的枷鎖。

「這三年來，我和大哥為了達到母后的要求，我們有多努力，母后應該也知道。雖然我們抱持愛國之心，也有體恤百姓之情，但是人生苦短，我們也有自己要追求的理想。這些日子以來，大哥沒日沒夜地操練軍隊，嘔心瀝血地部署邊疆安全陣點，我想支撐著他的，是母后那道懿旨和湘茹無悔的等待。」

喬春抬眸看著太后微微發紅的眼眶，再次緊握了她的手一下，說道：「聽聞太子雖然年幼，但是天賦過人，膽識尤佳，母后對朝政的了解和處理的手段也極好，難道母后就沒想過……」

有些話適可而止就好。大家都是聰明人，喬春相信太后一定能理解她話裡的意思。她覺得與其困著一個心思不在那個位置上的人，還不如就讓太后親自教導一個各方面都合格的未來君主。

太子的資質不錯，又有丞相府支持，如果太后稍微委屈自己，辛苦一下，親自帶著太子處理朝政，假以時日，相信太子一定能成為優秀的君主。只是這個過程漫長而艱辛，太后不僅要處理朝堂之事，還要想辦法平權大臣的勢力。不過，喬春相信這種事情對太后來說，只是小菜一碟。

這次大哥去意有多麼堅決，她很了解。這些年大哥已經培養了不少得力將士，朝堂中的武將幾乎都是從他軍營裡出來的，是跟他生死與共的兄弟，他們就是他的分身，他們會在他離開後，繼續保衛大齊國。

太后驚訝地看著喬春，顯然沒料到喬春還有這方面的想法。這個想法其實是她的第二套方案，如果實在勸不了皇甫傑，也就只剩這一套方案可行了。不管如何，大齊國是皇甫家的，她不會讓外姓人有機可乘。

「春丫頭的意思，母后明白了，母后會考慮的。只是，你們接下來有什麼打算？家裡的產業都安排人管理了嗎？」

喬春淡淡回以一笑，應道：「事情已經全部安排好了，我們只是要四處走走看看，玩累了以後就會回家。母后放心，大哥也是一樣，不管在哪裡，我們都會想念母后的。」

太后欣慰地點了點頭，拍了拍喬春的手背。不管如何，傑兒和春丫頭都是她最喜愛的孩子，只要他們幸福，她也沒什麼好勉強的。

兩人不知聊了多久，外面忽然遠遠地響起嗩吶聲。

太后臉上露出一抹欣喜的笑容，她和喬春對視了一眼，同時站起身來。李嬤嬤上前扶著太后，喬春也喚出小月、小菊和孩子們，大家緊隨著太后身後，慢慢朝前院大廳走去。

喬春望著太后那愈來愈快的腳步，嘴角不禁輕輕上揚。所有母親在兒子成親的大日子裡，都會感到欣喜又緊張吧？儘管她是高高在上的太后，但她也是個母親，不是嗎？母子之情，骨肉親情，儘管皇家是個吃人不吐骨頭的地方，也不能大方表現出這些情感，但這些感情同樣存在！

踏入大廳，喬春淡淡往大廳裡掃視了一下，眼光碰巧與坐在主位上的皇上對了個正著。喬春的視線只短短在皇上臉上停了一下，隨即就移開了。

皇上的臉色有些蒼白，精神也不是很好，給人一種病態的感覺，可他的眼神卻比以前更加犀利，看向她的眸光中也夾帶許多濃烈的情愫。

喬春對此很是反感，已經經過多少年了，他怎麼還是這樣不知悔改？聽說他的後宮年年添人、夜夜春光，怎麼還會對她有這種想法呢？

喬春的手不禁捏成了拳頭。要不是她老公跟三哥現在忙著戒備周遭環境，不能陪在她身邊，不然她就不信他敢這樣肆無忌憚地盯著她瞧。

大廳裡的人有默契地讓出了一條路，讓太后到主位上與皇上齊坐。喬春望著主位上尊貴無比的兩個人，隨眾人一同跪下，向皇上和太后行禮，頓時大廳裡的請安聲，硬是將外頭的鞭炮聲給壓了過去。

「吾皇萬歲萬歲萬萬歲！」

「太后娘娘千歲千歲千千歲！」

皇上和太后對視了一眼，淡淡說道：「平身！」

「謝皇上，謝太后娘娘！」眾人跪謝行禮，起身站到一旁。

相較於外面的熱鬧，大廳裡的氣氛顯得有些奇怪，大夥兒連口大氣都不敢出。畢竟現在誰都猜不透皇上的心思，生怕自己一不小心就會踩到老虎尾巴。

喬春低頭牽著孩子們，隨眾人一同站著，等待新人到來。

「大家隨意一點，別太拘束了。今天是逍遙王的大喜日子，你們再這樣沈悶，哀家可就要視你們為大不敬了。」或許太后也受不了這種氣氛，覺得實在有違婚禮的大喜氛圍，便出聲要眾人隨意一些。

「是！謹遵太后娘娘懿旨。」大夥兒紛紛謝恩，沒多久，大廳裡就恢復了熱鬧的氣氛。

喬春悄悄朝皇上的方向看去，想看看國師是否在他身邊，不料卻再一次撞到皇上看過來的視線，害她微窘地再次轉移焦點，不過該看的倒是看清楚了。

國師沒有隨皇上一起來，他怎麼會缺席這種場合呢？難道他是在籌劃接下來的行動嗎？

喬春一顆心不由得微微紛亂起來。

就在此時，大廳外響起震耳欲聾的鞭炮聲與嗩吶聲。喬春轉身看向院子，只見穿著紅衣的撒花侍女，還有吹嗩吶的人整整齊齊地從大門口一直排到大廳門口。

一身喜服的皇甫傑正淺笑吟吟地牽著杜湘茹一步步朝裡面走來。漫天飄舞的鮮花瓣，以及嘴角逸出幸福笑容的新人，組成一幅幸福的畫面。

喬春吸了吸鼻子，一顆顆晶瑩的淚珠不由自主地滑落。這個日子大哥已經等了好多年了，這一刻，他們終於可以名正言順地成為彼此的另一半了。

內心暖烘烘的，微微發脹，眼淚不停掉下來，喬春喜極而泣，為自己的大哥和好友感到開心。他們這一路走來並不容易，現在終於到達幸福的彼岸，怎能不為他們開心？儘管大家都不知下一刻會發生什麼事情，但起碼這一刻，大家都感到幸福滿足。

大廳裡的人整齊地退到兩邊，留下給新人拜堂行禮的地方。

喬春專心地看著按步行禮、拜堂的一對新人，嘴角微微上揚，突然間，她的手臂被人輕輕捏了一下。她愕然地扭過頭，卻看到笑靨如花的明慧和溫潤如玉的董禮站在她身旁。

「春兒姊姊，好久不見！妳還是跟以前一樣漂亮，一點都沒變。」明慧看著喬春，開心地說道。

「明慧是愈來愈美了，瞧妳這幸福的模樣，董禮一定是個疼愛妻子的好夫君。」故人久別重逢，自是開懷不已，喬春稍微放鬆了一下心情，忍不住跟他們開起了玩笑。

聞言，明慧嬌羞地瞋了董禮一眼，輕晃著喬春的手臂，撒嬌道：「春兒姊姊，妳都不知道，他老愛管東管西的，這個不許、那個不能，搞得好像我是個三歲小孩一樣。真懷疑我是給自己找了個夫君，還是給自己找了個爹？」

「噗！」喬春聽到明慧的話，不禁噗哧一聲笑了出來，惹得周圍不少人朝他們看了過來，嚇得喬春連忙捂住了嘴。她困窘地瞄了明慧一下，扭頭看著已經行禮完畢走向洞房的新人，輕聲說道：「走，咱們去新房看湘茹。」

「你們去吧，我去找唐大哥他們。」董禮看著她們微笑道。

「好！告訴我二哥，我和孩子們在大哥的新房裡。一定要說哦，省得他到處找我們。」

喬春收住了笑意，一臉正經地看著董禮，要他帶話給唐子諾。

喜宴上人員混雜，如果別人要對她們下手，很可能會選在這個時段，所以她和孩子們的行蹤一定得告訴唐子諾，不然到時出了什麼事情，連人在哪裡都不知道。

董禮本想揶揄一下喬春，笑他們老夫老妻還如此黏人，可當他觸及喬春的眼神時，便打消了這個念頭。以他的敏銳度來判斷，喬春這一番話一定有她的用意，所以他只是微微頷首，便轉身離開了。

新房裡，一室喜慶。內屋外廳都有不少侍女靜靜候在那裡，等待差遣。

窗臺上巨大的龍鳳燭燃燒著，紫檀木桌上則擺放著一盤盤代表吉祥的乾果，還有兩個玉酒壺和玉酒杯。皇家的婚宴用品不是尋常百姓家能相比的，這新房裡的擺設，大部分都是價值連城的東西。

杜湘茹端坐在喜床上，頭上的紅蓋頭已經被皇甫傑掀下來了。精緻的妝容加上嬌羞的模樣，讓本來就絕美的她看起來更加攝人心魄。

她看到喬春等人進了喜房，眉梢間喜色難掩，美眸流盼，微微啟唇。「妳們來啦。」

「哇……湘茹姊姊，妳好漂亮哦！」明慧看著杜湘茹，毫無氣質地大聲叫了起來。

杜湘茹嬌笑了一下。「明慧妹妹過獎了。」

「這個明慧，真是該罰罰她！」喬春笑了起來，輕輕地搖了搖頭。

「罰我？為什麼？我又沒有說錯，湘茹姊姊本來就很漂亮啊！」明慧走到房間的圓桌前坐了下來，反手指著自己，不明所以地看著喬春問道。

「我看啊，真的要重重罰妳才行。」喬春瞥了明慧一下，抱著糖糖和蜜蜜坐到椅子上，果果和豆豆則乖巧地挨著她坐了下來。

小月和小菊兩個人互望一眼，再看了看一頭霧水的明慧，皆忍不住低聲笑了起來。

明慧看著小月和小菊，問道：「妳們兩個在笑什麼？為什麼春兒姊姊說我該罰？」

「因為妳該改口了！明慧姑姑，妳不記得今天是我義父和義母成親的日子嗎？」豆豆好心地提醒她。明慧姑姑真不是一般遲鈍，人家都已經成親了，她還不知道要改口。

「改口？」明慧看著豆豆，再瞄了瞄杜湘茹，如醍醐灌頂，訕訕地笑了一下，道：「嘿嘿，是該改口了，該叫嫂子才對。呵呵，還是豆豆機靈，曉得要改口喊義母了。」

杜湘茹被她們左一句義母，右一句嫂子，逗得臉上燒起了兩朵紅雲，害羞地絞著手裡的紅絲絹。

豆豆並不以明慧的誇獎為榮，反而有些無奈地聳了聳肩，不以為然地說道：「小意思而已。」

「哈哈……一、兩年沒見，豆豆比以前還要機靈！瞧瞧妳這模樣，愈來愈可愛了。」明慧瞧著豆豆那副人小鬼大的模樣，忍不住哈哈大笑，一時口快，踩到豆豆的地雷。

果然，豆豆聽到明慧說「可愛」兩個字，臉色變得超陰沈。不過，在喬春的眼神制止下，她只是蹙眉坐著，沒有多作表示。

「小菊、小月，妳們去幫我煮點吃的送過來給孩子們當點心，晚飯時間也是。今天他們就不到外面去吃了。」喬春低頭看著糖糖和蜜蜜，輕聲吩咐小月和小菊。他們臨時在竹院裡設了個小廚房，為的就是保證孩子飲食上的安全。

喜宴設在晚上，結束午時的迎娶後，大部分賓客都吃了王府廚房做的簡食，墊墊肚子，準備在晚宴上大快朵頤。喬春等人則運用小廚房烹煮膳食，也方便湘茹吃點東西。

「是！我們這就去。」小月和小菊應聲退了出去。

喬春看向杜湘茹，道：「大嫂，待會兒喜宴開始了，我勢必得出去吃，因為皇上和太后都在。孩子們就拜託妳了，等會兒小月和小菊會留在這裡照顧他們，外面也已經安排好人手。」

杜湘茹微微頷首。「我知道了，妳放心。有我在，就一定會護住他們。」

「嗯，大嫂大婚之日還要如此麻煩妳，真是不好意思！」喬春抱歉地看著杜湘茹。

明慧聽妳一言、我一語地說著一些她聽不懂的話，一雙眼睛不禁瞄了瞄杜湘茹，又打量了一下喬春，終於忍不住問道：「春兒姊姊、嫂子，妳們在說什麼，我怎麼一句也聽不懂？今天是大哥和嫂子的大喜日子，難道還會有什麼不好的事情發生？」

她們的話真的太怪異，好像已經知道等一下會有什麼事情發生一樣。明明就是王爺大喜的日子，怎麼可能會有人不要命地鬧事？

喬春一臉正色地看著明慧，說道：「我們也不知道有什麼事情，我只是不想讓孩子們去人多手雜的地方而已，妳別想太多了。」

「真的嗎？感覺好像不對耶……」明慧顯然對喬春這套說詞不太相信。

豆豆白了她一眼，道：「肯定是真的！我親親什麼時候騙過人？明慧姑姑什麼時候變得這麼多疑了？」

豆豆說著，神情複雜地與果果對視了一眼。別人他們不清楚，但是自己的娘親，他們還是很了解。娘親這話明明就是風雨來臨之前的叮囑，他們自然聽明白了娘親和義母的話。

「我……我哪有多疑？算了，妳們說什麼就是什麼吧。」明慧被豆豆的話給頂了回去，隨即閉上嘴不再說話。反正，她一個人也說不過喬春，光是豆豆，就讓她應付不過來了。

「娘親，我會帶著妹妹們在義母這裡乖乖的，肯定不會胡鬧，也不會闖禍。我會照顧好妹妹們的。」果果看向喬春，輕聲保證。他自小跟爹爹一起習武，平日又整天跟家裡的暗衛叔叔們混在一起，久而久之，他也有了相應的敏銳度。

今天早上爹爹和娘親在他們身上放了螢光粉、解毒丸，還特地問他們身上有沒有帶銀針包，事情已經很反常了，再加上當時爹娘一臉嚴肅，就讓他察覺到異常。

現在娘親和義母說的這些話，更加肯定他的猜測，只怕接下來的時間，會發生一些不好的事情。

「親親，待會兒可別因為開心就喝多了，我和哥哥會在這裡照顧糖糖和蜜蜜。」豆豆朝喬春眨了眨眼，明的暗的提醒她，也向她保證自己不僅會照顧好自己，還會照顧妹妹。

「好，娘親就知道你們乖。」喬春欣慰地點了點頭。面對未知的危險，她第一次慶幸自己有先見之明，讓豆豆也跟著學了一些防身術，尤其是輕功和使用暗器的本領。現在她、果果、豆豆都算是有防身之術，雖然不是太強，但是用來對付一些三教九流之輩，倒也綽綽有餘。

第一三〇章　假喬春

時間過得很快，轉眼間，就到了晚宴時分。

逍遙王府裡到處燈火通明，大門前車水馬龍，前院則是酒肉飄香、人聲鼎沸，新房裡喬春等人也是暫且放下煩惱，開心地談天說笑。小月和小菊才剛剛餵飽了糖糖和蜜蜜，門口便來了人請喬春和明慧去參加喜宴。

「王爺派屬下來請公主和郡主去前院參加喜宴，太后已經差人來找公主了。」一個王府侍衛站在新房門口，朗聲朝屋裡稟報。

喬春抽出手絹溫柔地擦拭糖糖嘴角殘留的麵湯，伸手揉了揉糖糖和蜜蜜的小腦袋，看著果果和豆豆叮嚀道：「娘親先去前院參加喜宴，你們在這裡一定要乖乖聽義母的話，明白了嗎？」

「知道了。」四個孩子乖巧地應道。果果和豆豆則是神情複雜地看著喬春，目光中滿滿都是依戀。

「大嫂，孩子們就交給妳了。」喬春淺淺一笑，神色認真地拜託杜湘茹。

「嗯，妳們去吃飯吧，放心，這裡有我在。」杜湘茹點了點頭，再次保證。

喬春站起來，牽著明慧的手，兩人並肩往新房門外走去。

新房在後院，從後院到前院得沿著湖邊的走廊走過去，這一帶只有滿湖已經凋謝的荷花，晚風吹過，荷葉相撞，發出了沙沙的聲響。

喬春牽著明慧的手心微微溢出了汗。不知為何，打從踏上湖邊的走廊以後，她一顆心就變得不安，總覺得在這一段不方便安排暗哨的地方，會發生一些事情。

「春兒姊姊，妳怎麼啦？手心都出汗了！」明慧察覺出喬春的異常，偏過頭關心地問道。

「沒事！可能是因為天氣太熱了吧。」喬春輕輕搖了搖頭，看著前面帶路的侍衛，再看了看後面四個侍女，暗斥自己神經過敏。這一段路既然無法安下暗哨，那對方也一定找不到可以下手的地方。

「熱嗎？不會啊！」明慧柳眉輕蹙，有些擔憂地看著喬春。

春兒姊姊今天實在太古怪了，剛剛在新房裡淨說一些她聽不懂的話，現在明明晚風一吹都有了涼意，可她偏偏還說天氣太熱了。

真是奇怪，怎麼她覺得今天大夥兒都怪怪的呢？

突然間，明慧覺得一陣暈眩，腳步有些不穩，握著喬春的手也鬆了。但那陣暈眩只維持了一下，馬上就恢復正常了。明慧有些不明所以地甩了甩頭，不太明白剛剛是怎麼回事。

「怎麼了？」喬春有些擔心地看著明慧問道。

「剛剛……」明慧扭過頭看著喬春，見她臉色淡淡的，似乎沒發現她剛剛暈了一下，還鬆開了她的手，便不再多說。「沒事。」

她還想著有一陣子沒見了，要好好地跟春兒姊姊聊聊天，哪知道除了自己之外，大夥兒好像都有心事，連那人小鬼大的果果和豆豆也不太正常。看來，她只能另外找機會再跟春兒姊姊多聊幾句嘍！

宴席上，唐子諾看到喬春和明慧相攜而來，連忙笑著迎了上去。「明慧近來可好？」說著，眸光一轉，對喬春說道：「孩子們都安排好了嗎？」

「你們兩個怎麼都好像很放心不下孩子啊？還有，唐大哥，你那麼緊張幹麼？這裡是王府，而且還有我陪在身邊呢，一定不會讓春兒姊姊在我面前丟了的。」明慧翻了翻白眼，忍不住對唐子諾發起牢騷。

喬春的臉色變了變，眸中閃過一絲慌亂，只是這些表情都是一閃而過，很快就恢復正常。

「四妹，妳怎麼啦？」唐子諾察覺到喬春的異常，定定看著她問道。

「我沒事！」喬春微微搖了搖頭。

「走吧！太后在等妳呢，咱們快點過去。」唐子諾牽過喬春的手，不禁皺起眉頭，擔憂地看著她。「妳的手怎麼這麼冷？是不是身體不舒服？放輕鬆一點，別太緊張了。」

「我真的沒事，走吧！」喬春抬眸看著唐子諾，淡淡一笑。

被人冷落在一旁，還成了超級大燈泡的明慧，看著他們夫婦倆在自己面前不停曬恩愛，嘴角不禁抽了抽，涼涼地說道：「春兒姊姊的手哪裡會冷，剛剛手心明明還出汗呢。姊姊不是說天氣太熱了嗎？」

「明慧妹妹真愛說笑，人身上的體溫也會隨心情改變的。」喬春的嘴角噙著笑，看著朝他們走來的董禮，揶揄道：「明慧妹妹還是快點去董大人那裡吧，人家已經等不及來找妳了呢。呵呵！」

「董大人？春兒姊姊說的是誰？我公公嗎？」明慧沒看見朝她背後走過來的董禮，聽到喬春嘴裡的「董大人」，有些不明白。

她記得公公和婆婆坐在另一側，剛剛她遠遠地已經瞧見了，不太可能馬上走到他們這邊呀？但如果喬春說的是她夫君，也不太對，因為據她所知，喬春好像都是直接喊他董禮。

「噗！明慧妹妹真的很愛說笑，董大人不就是妳夫君嗎？」喬春眼看董禮已經走到明慧身後，便朝他揮了揮手，說道：「趕快帶你的夫人入席吧，我們也該去太后那裡了。」

話落，喬春輕輕扯了唐子諾的手一下，對著表情有些奇怪的唐子諾笑了笑，兩個人便親暱地手牽著手來到太后和皇上那張桌前。

「皇上吉祥！太后娘娘吉祥！」

「免禮！」

「來，春丫頭，妳坐到母后身邊來。」太后伸手指著她身旁的空位，親切地喚喬春過去挨著坐。

喬春微笑著行禮謝恩，道：「謝太后娘娘。」

太后微微一怔，疑惑地看著喬春。春丫頭怎麼一直喊自己太后娘娘？她不是該喊母后嗎？還是她在為自己要她當傑兒的說客，而心有不悅？不過，再怎麼說，依春丫頭的性子，不會耍這小脾氣啊？

她覺得眼前的春丫頭有種說不出來的異樣，可又找不到任何怪異之處，也只好將她的反常當成是她對自己的要求心生不滿了。

「妳這丫頭，怎麼一直叫太后娘娘呢？還在生母后的氣不成？」太后熟稔地拉過喬春的手，慈祥地笑嗔道。

皇甫俊深深看了喬春一眼，隨即笑道：「母后，皇妹怎麼可能生母后的氣？不過……兒臣倒是好奇母后能有什麼事情讓皇妹生氣？」看著眼前的喬春，他的心裡很是高興，甚至極度興奮。

只不過，母后的話讓他既懷疑又好奇。他只知道母后很早就出宮駕臨逍遙王府，母后會跟喬春說些什麼，他真的一無所知。能讓喬春生氣的事情，究竟會是什麼？

「沒什麼事。」太后和喬春異口同聲地應道，她們兩人詫異地看了看對方，隨即又抿嘴輕笑起來。

皇甫俊看著她倆的互動，心裡更加篤定母后一定跟喬春說了什麼，而且是不能讓他知道的事情。然而，在這樣的場合，他也不好發作，便挑了挑眉，笑道：「母后和皇妹還真是母女連心、心有靈犀，連說出來的話都是一樣的。哈哈！」

「呵呵！」太后和喬春再次不約而同地笑起來。

唐子諾靜靜坐著，看著喬春和太后、皇上三個人有說有笑，將自己冷落在一旁，心裡不禁微微發酸。不過他也知道，面對皇上和太后，四妹的表面功夫還是要做得周全。如果讓人落了口實，吃虧的可是他們自己。如此一想，他的心情竟是奇蹟般地輕鬆了不少。

一頓喜宴吃了足足兩個時辰，這個敬酒、那個罰酒，如果不是唐子諾和皇甫傑等人在喜宴前就服下了解酒丸，恐怕這會兒都得被人抬著走。只是這場喜宴，作為一人之下，萬人之上的國師，卻從頭到尾都沒現身，實在讓皇甫傑等人感到奇怪。

眾人送走皇上和太后之後，便三三兩兩地散了，熱鬧非凡的大齊國逍遙王大婚喜宴也跟著華麗落幕。

喬春伸手扶著微微醺醉的唐子諾，柳眉輕擰。「二哥，你喝醉了，我扶你回竹院吧。」

「現在還不行，妳先去接孩子們回竹院吧，我還有些事情要和大哥他們商量，晚點回房。」唐子諾溫柔地拉開喬春的手。她的手依舊微涼，讓他不由得心疼。他彎了彎唇角，又道：「晚上風大，妳快點回去吧，小心著涼了。」

「嗯。那我就先去接孩子們回竹院。」喬春臉上掠過一絲羞澀，輕輕抽回手，轉身往後院走去。

唐子諾怔怔地看著喬春的背影，心頭不禁油然生出一種不太對勁的感覺。他想也不想，突然衝著她喊道：「老婆！」

只見喬春沒回頭，也沒有要停下來的意思，仍舊在侍衛護送下朝後院走去。

目光如炬，英眉緊皺，唐子諾不死心地又喊了一句：「老婆！」

這一次喬春終於頓住腳步，轉身看著唐子諾，不太確定地問道：「二哥，你怎麼啦？」

唐子諾朝喬春跑了過去，站在她面前，探過頭將她臉頰上的髮絲攏到耳後，柔聲問道：「妳身上的銀針包帶了嗎？」

「銀針包？」喬春微微發愣。

「沒錯，銀針包，妳不是說會帶在身上嗎？」唐子諾的目光微冷，犀利地盯著她。

喬春愣了一下，垂落在身側的雙手緊握成拳。她柔柔地淺笑，恍然大悟道：「我早上放在梳妝檯前，忘記……」

誰知她的話還沒說完，唐子諾便已經一掌朝她拍了過去。

電光石火之間，喬春已經閃出幾公尺之外。她怔怔地看著唐子諾，眼眶泛紅地質問：「二哥，你為什麼要對我下手？春兒做錯什麼了嗎？」

皇甫傑、錢財還有柳如風都錯愕地看著他們夫妻對決，不明白發生了什麼事。

皇甫傑連忙跑到唐子諾身邊，大聲喝道：「二弟，你這是怎麼啦？為什麼要對四妹下手？有話不能好好說嗎？」

「二哥，四妹是你的娘子，你怎麼能打她呢？再說，男人怎麼可以打女人呢？」錢財也很不諒解地看著唐子諾，轉過頭心疼地看著滿臉委屈的喬春，又道：「四妹，妳別擔心，有我和大哥在，二哥他不敢對妳怎樣的，二哥一定是喝醉酒了！」

「子諾，你……」柳如風也是很不解。

唐子諾大手一揮，又朝喬春撲了過去。「妳到底是誰？」

喬春一邊狼狽地閃躲，一邊鼻音濃重地重申：「我是你的娘子啊，你怎麼連自己的娘子都打？你是不是真的喝醉了？」

「『老婆』是什麼意思？」唐子諾不停地攻擊喬春，但攻擊的力度放柔了不少。他不想在事情沒完全弄清楚前誤傷喬春，可是他有種很強烈的感覺，這個女人真的不是他的喬春。

喬春困惑地看著唐子諾，久久都答不出來，反而問道：「到底是怎麼一回事？你幹麼要問這麼奇怪的問題？」

聞言，唐子諾不再手下留情，全力朝眼前的人攻擊。他一邊出招，一邊對旁邊那三個滿臉驚愕的人解釋道：「她不是四妹！大哥，你快點去新房看看孩子們！」

「好，我馬上就去！」皇甫傑二話不說，就運著輕功往後院而去。二弟不會無緣無故向四妹動手，他現在出招，就表示他已經有了十足的把握，認定這個女人不是四妹。畢竟他們是夫妻，有些細節上的東西，是別人體會不到的。

唐子諾現在已經百分之百肯定眼前這個女人不是喬春，儘管她有著和喬春一樣的面孔、聲音、身材，甚至是衣服，但她不是她，他很肯定。

對方真的太恐怖了，竟然能在他們眼皮底下將喬春給換了。虧他一再安撫喬春，說自己一定會保護她，可偏偏沒多久就發生了這種事！

想到這裡，唐子諾氣急敗壞地朝她全力攻擊，不一會兒，「喬春」就被他制伏了。

柳如風上前伸手檢查著這個女人的臉部，片刻之後，他神情詫異地看向唐子諾，說道：「她沒有易容。」

這個人並非易容成喬春的模樣，而是她長得跟喬春幾乎一模一樣，這麼詭異的事情，柳如風也是頭一次遇到。現在他同樣能確定眼前這個女人不是喬春，因為她們身上的氣息和給人的感覺截然不同。

「沒有易容?!」唐子諾吃驚地看著柳如風，整個人傻了。這到底是怎麼一回事？

他一直覺得她不是喬春，可是又找不到確切的證據，所以才會在最後問她知不知道「老婆」是什麼意思。既然她回答不出來，就能證明她不是喬春，因為真正的喬春不會不明白「老婆」的意思。

她到底是誰?!難道又是一個無名的靈魂占了喬春的身子？不可能啊，按喬春以前的說法，她的身體必須經過重創，才有可能發生那種詭異的事情。可她渾身上下都沒受傷，也就說明了她是一個長得跟喬春幾乎一模一樣的人。

「妳到底是誰？我四妹被妳弄到哪裡去了？」唐子諾惡狠狠地瞪著她，質問道。

動彈不得的「喬春」輕笑了聲。「呵呵，我不就是嗎？二哥可真是愛開玩笑。」

「妳不是！如果妳是，妳不會不帶銀針包；如果妳是，妳不會不知道『老婆』是什麼意思！」唐子諾直接否決她的辯解。

「呵呵，原來如此，怪不得你這麼快就察覺到了！不過，你永遠都不會知道真正的喬春在哪裡的，哈哈……」「喬春」說著仰頭大笑起來，不再看唐子諾，也不再為自己辯解。

「義父，這個人就交給你了，我去看看孩子們。」唐子諾雖然心急喬春的下落，但是對方既然能不動聲色調換了喬春，還費盡心思找了個跟喬春長得幾乎一模一樣的人，那麼孩子們的情況可能就更加危險了。

柳如風擔憂地點了點頭，說道：「去吧，我會想辦法讓她開口。」

「嗯。」唐子諾輕聲應道，一個縱身飛上屋頂，直奔後院而去。

「我也去看看。」錢財對柳如風說道，也疾步往後院走去。

本以為今晚能風平浪靜地度過，結果對方已經在平靜的表面之下，將他們打了個措手不及，讓他們的計劃亂成了一鍋粥。四妹如今已經不見蹤影，如果孩子們也出事的話，只怕二哥真要崩潰了。

喬春悠悠醒轉過來，動了動身子，感覺自己睡在柔軟的床上。本想翻個身繼續睡，可腦海裡閃過的畫面，卻讓她驟然翻身坐了起來。

喬春錯愕地看著一室明黃色，她最後的記憶明明就是和明慧手牽著手去前院參加喜宴，可她怎麼會在一個完全陌生的地方睡著了?!

這個房間很大，中間還擺著一個巨大的香爐，香煙裊裊，檀香沁鼻。

喬春不由得一驚，錯愕地看著這個地方。床幔、窗布、八角宮燈全是明黃色的，而椅子、桌子，甚至是她現在坐著的床，無一不刻著栩栩如生的龍形圖騰。

這裡是皇宮，而且極有可能是皇上的寢宮。

她怎麼會憑空就到了皇上的寢宮？這到底是怎麼一回事？她記得很清楚，走廊上有兩個侍衛、四個侍女，重點是她還跟明慧手牽著手，怎麼會突然來到這個地方？

喬春驚慌地下床穿起鞋子，準備離開這個讓她汗毛直豎的鬼地方。

此時門忽然被打開了，映入喬春眼簾的，是一身明黃的皇甫俊。喬春憤憤地看著滿眼柔情的皇甫俊，顧不得禮數地質問道：「我為什麼會在這裡？你為什麼要把我抓到這裡來？」說完，她氣沖沖地越過他，朝寢宮門口走去。

她的手臂被皇甫俊一把給拽住了，耳邊則傳來他戲謔的低笑。「呵呵，妳的脾氣怎麼這般火爆？妳認為現在妳還能去哪裡？」說著，他另一隻手輕輕在喬春面前擺晃了一下，兩塊玉珮頓時竄入她眼裡。

「你……」喬春停下腳步，也不再掙扎，而是一把奪過皇甫俊手裡的玉珮，細細確認過後，聲音微顫地說道：「你把果果和豆豆怎麼樣了？你怎麼能這麼卑鄙，用小孩子來威脅我？」

想不到在那樣重重戒備下，孩子們還是被他的人帶走了。

皇甫俊鬆開了對她的箝制，神色輕鬆地走到桌前坐了下來，伸手指了指他旁邊的位置。

喬春恨恨地瞪了他一眼，不是很想屈服，可是現在除了聽他的話，沒有其他辦法。這個人既然能在眾目睽睽之下將她神不知鬼不覺地擄進皇宮，就只能說明這些事情全在他的掌握和計劃之中。

他到底想做什麼？

難道他真的不想要皇位了嗎？就算他對她存有什麼想法，可他們的身分和名分擺在那裡，難道他不怕世人不屑的眼光嗎？不擔心丟了皇室的顏面嗎？

「放眼大齊國的一草一木，哪樣不是我皇甫俊的？朕就是想把妳跟孩子們全都抓來，也沒人能奈我何，如果不是國師當初說三年後才能將命中鳳主迎進宮，妳認為朕忍得了這幾年嗎？」皇甫俊得意的笑了笑，臉上露出一副施了天大恩惠給喬春的表情。

喬春聽到皇甫俊的話，眉梢蹙緊。果然這件事與國師脫不了干係。不過……他口中的「命中鳳主」，不是指她吧？

「『命中鳳主』？皇上好像早就已經有皇后了吧，哪還會有什麼『命中鳳主』的無稽之談？」喬春淡淡提醒皇甫俊，當他還是太子時，就已經有了太子妃，人家那才是正兒八經的鳳主，哪是她這個小小農婦？

聞言，皇甫俊愉悅難耐地笑了幾聲，說道：「皇后哪能跟命中鳳主比？早在三年前，國師就已經算出妳是朕的命中鳳主了。妳細想一下，打從妳出現以後，大齊國是不是發生翻天覆地的變化？如今大齊國一片祥和、百姓安居樂業，這些可都是妳這個命中鳳主帶給他們的福澤！」

喬春聽到皇甫俊這一番毫無根據又牽強的說詞，忍不住翻了翻白眼，開始後悔當初應下太后的要求了。她明明就是為了達成理想中的生活，哪知道會造成這麼大的誤會，真是不知該哭，還是該笑？

喬春徹底無語，搞不懂皇甫俊的腦袋裡裝的是不是豆腐？難道他就看不出國師很不對勁嗎？難道真的要等到別人取了他的性命、奪了他的江山，才能醒悟嗎？

「那皇上的意思是要廢了皇后，另立鳳主嗎？我們兩個的身分擺在那裡，皇上難道天真地認為太后會答應嗎？還有我的家人、丈夫、大哥，他們能接受嗎？」喬春試圖與皇甫俊講道理。

「哈哈……」皇甫俊大笑了幾聲，接著停下來笑看著喬春，打趣道：「妳這是威脅？還是吃醋？」

吃醋？他哪隻耳朵聽到她在吃醋?!喬春氣得差點沒動手打人。

皇甫俊看到喬春咬牙切齒的模樣，好心情絲毫不受影響，他緊抓住喬春的手，說道：「他們不會來找妳的，更不會發現妳就是喬春。去照照鏡子吧，妳這樣子還是喬春嗎？」

聞言，喬春整顆心猛然一沈，她快步走到銅鏡前，迫不及待朝鏡子裡望去，整個人瞬間石化。鏡子裡的人很陌生，根本就不是自己原來的模樣。喬春伸手細細檢查起自己的臉，想看看他們是不是幫她易了容。

皇甫俊看到喬春驚慌失措的樣子，忍不住笑了笑，說道：「我勸妳還是別白費力氣了，妳臉上的東西是國師親自弄上去的，除了國師，誰也弄不下來。」

又是國師，又是那個可惡的半邊頭，他怎麼就這麼陰魂不散，老是與她過不去呢?!當年如果不是他來招惹她，她又哪會主動與他結怨？

「我要見他！立刻，馬上！」喬春憤怒地喊道。

「國師可不一定有時間來見妳，更何況，現在已是夜深人靜，妳不認為現在好好用心伺候我，才是正途嗎？」皇甫俊冷冷地回絕了喬春，一臉邪笑地舉步朝她走去。

喬春嚇了一大跳，連忙躲到香爐另一邊，滿臉防備地看著他，說道：「你要幹麼？」

皇甫俊邪笑著脫下自己的外衣，眸色漸黯地繼續朝喬春逼近，笑道：「孤男寡女的，又在寢宮裡，妳認為我們還能做些什麼？」

「三年你都等了，難道就不能等我們有了名分再說嗎？春兒知道皇上真心喜歡我，所以如果春兒還不識好歹，就有些說不過去了。只是，春兒想請皇上給我一個美好的回憶，就讓我們等到真正成為夫妻那一天，好嗎？」

喬春見事情愈來愈糟糕，只好違心地說了一些連自己聽了都想吐的話。現在除了先穩住皇上，再謀出路，別無他法。再說，果果和豆豆都在他手裡，如果自己跟他硬碰硬，只怕得不到任何好處。

皇甫俊微微一愣，一臉驚喜地看著喬春，問道：「春兒真的這麼想？」

喬春抽出手絹掩嘴嬌笑了一聲，眉目含情地望著他，柔順地點了點頭。

「嗯，春兒想通了。既然能當一國之鳳主與皇上共享榮華富貴，皇上又會好好疼愛春兒，那麼春兒又何必放著唾手可得的幸福不要呢？」

喬春強壓住想吐的感覺，含情脈脈地看著皇甫俊，又道：「如果皇上實在著急，不如讓國師為我們挑個好日子，讓春兒成為皇上名正言順的妃子，那春兒才能算是皇上的人，才能真正發揮命中鳳主的效用。

「春兒想想皇上的話，也覺得很有道理。當初春兒嫁到唐家時，他們可謂一窮二白，結果才短短幾年時間，他們就成了大齊國數一數二的世家。只是，這個前提都是因為我是唐家的兒媳婦，所以如果皇上想讓春兒真正幫助到皇上，只能早日給春兒名分，而不是身體。如果我們這個時候發生關係，只怕唐家還會沾去皇上的鴻福。」

皇甫俊神情複雜地看了喬春一會兒，見她一臉真摯，便思考起她那番話。片刻之後，他臉上露出一抹欣慰的笑容，將自己已經拉開的外衣給扣了回去。

喬春看到皇甫俊將衣服穿好了，一顆心才稍稍安定。好險，總算是逃過了第一關，接下來就要設法絆住他，再找機會將自己在皇宮裡的消息傳出去。

強擠出一抹燦爛的笑容，喬春緩步走了過去，伸手挽住皇甫俊的手臂，將他按坐在貴妃椅上，而自己則是站到他身後，動手幫他按摩起頭上的穴位，一邊按，一邊輕說聲道：「皇上，讓春兒幫你按摩一下，好不好？」

「好！」皇甫俊受寵若驚地猛點頭，斜靠在貴妃椅上，等著讓喬春替自己按摩。得到皇甫俊的首肯，喬春便動手替他按摩起來。「這個力度，行嗎？」

「很好，很舒服！」皇甫俊舒服地低嘆，緩緩閉上眼簾。

「皇上，您剛剛怎麼那麼篤定唐子諾不會找我呢？難道國師還能再弄一個活生生的春兒放在唐子諾身邊嗎？」喬春覺得既然自己的臉被他們改變成這樣，那他們就極有可能弄一個假的喬春放在唐子諾身邊。這樣一來就能神不知鬼不覺地偷梁換柱，也不怕別人起疑。

皇甫俊已經被喬春按摩得昏昏欲睡，防備心不再那麼強烈，聽到喬春的話，也只是輕輕應了一聲。不過，他這一應聽在喬春耳裡，有如打了一劑強心針。

她對唐子諾很有信心，因為他們之間的愛並不膚淺，唐子諾很快就會發現那個人不是自己，一定會聯合各種力量尋找她，所以現在最重要的事情就是設法為自己爭取時間。

過了半晌，躺在貴妃椅上的皇甫俊已經發出了均勻的呼吸聲，安穩地睡著了。

喬春抽回手，總算放鬆下來。看著皇甫俊的睡容，她真是恨不得上前把他揍成一個大豬頭。垂在她身體兩側的拳頭緊了又鬆，鬆了又緊，最後她閉上眼睛，深深吸了幾口氣，才慢慢平穩住自己的情緒。

喬春低頭看著身上的衣服，連忙伸手往自己袖子裡一掏，驚喜地掏出身上的銀針包。她可真是沒想到他們居然只是替她易了個看不出破綻的面容，卻連原本的衣服都沒來得及幫她換下，這也能看出他們當時是如何手忙腳亂。

喬春從容地抽出一枚細長的銀針，走到皇甫俊身邊，輕輕喚了他幾聲，見他沒有反應，便對準他的穴位一針扎了下去。幸好，之前她為了能拿銀針當暗器使用自如，硬是賴著唐子諾教她認識人體穴位的準確位置。

滿意地看著呼呼大睡的皇甫俊，喬春小心地收好銀針包，走到銅鏡前，認真地再次檢查自己的臉。反反覆覆看了幾遍，又不停地揉搓，還是沒有發現接縫處。

喬春氣餒地坐在梳妝檯前，怔怔看著鏡子裡那個陌生的自己。這到底是什麼樣的易容術，一丁點的破綻都找不到?!

喬春嘆了口氣，站起身來收拾好東西以後，走到大殿門前，伸手拉開殿門，想看看外面的情況。

誰知她一隻腳剛踏出大殿門外，眼前便出現兩把明晃晃的劍，耳邊傳來侍衛冷冷的聲音。「姑娘，皇上有令，任何人不得私自離開寢宮。」

「咦？」喬春迅速朝外打量了一眼，心不甘情不願地縮回腳，重重關上了寢宮的門。

想不到看守得還滿嚴的，看來想傳遞訊息出去，還得另外想辦法才行。

逍遙王府

綠裳一顆心忐忑不安地等待著。深夜裡的柴房顯得很陰森，門外的風呼嘯而過，吹得木門嘎吱作響，讓她內心的恐懼加深了不少。

唐子諾等人把她給牢牢綑綁了起來，為了不讓她有絲毫脫身的機會，還在她身上用銀針扎了穴位。在綠裳就要昏睡過去時，柴房的門忽然打開，她猛然張開眼睛，看到唐子諾和皇甫傑兩人雙目赤紅，緊抿著唇，提著燈籠一步步朝自己走過來。

唐子諾冷笑一聲，雙目如炬地盯著綠裳，彷彿恨不得用眼光在她身上射出幾個窟窿，以洩他心頭之恨。他們今晚已經用了各種方法逼她開口，可她就是不為所動，嘴巴閉得像蚌殼一樣緊，撬都撬不開。

「別以為妳不說，我們就不知道妳的來歷。妳叫綠裳，因為長相與喬春相似，所以被恆王納為妾室，很受寵愛。恆王失勢後，妳就跟隨國師悄悄來到大齊國京城，兩個人聯手想為恆王報仇。可惜妳找錯仇人了，妳真正的仇人是晉皇，難道妳真的以為恆王會自尋短見嗎？」皇甫傑冷冷說道。

說起來，他們當初都被晉皇騙了。晉皇裝出一副友愛兄弟的模樣，只是將恆王囚禁而未處決，甚至放過伊力，都是因為不想讓自己的君王形象受到損害。他或許真的能免伊力一死，但對於那個讓他嘗盡痛苦的恆王，卻無法輕易放下內心的仇恨，所以在他們一行人離開晉國後，便以家人性命要脅恆王，要他自行了斷。事情剛剛發生時，他們的確找不到恆王的死與晉皇有關的證據，但隨著時間過去，做了壞事的人總會露出馬腳。

見綠裳不為所動，唐子諾接著說道：「還有，國師的真名叫做阿卡吉諾，出身大齊國西部少數民族，擅長蠱術與使毒。他並不是真心想為恆王復仇，而是想透過煉出邪門的丹藥，光榮重返部族。然而他在大齊國與晉國投靠的人，都因為我們的關係而垮臺，他心有不甘，才重返大齊國，想藉由皇上的力量剷除我們這些人。」綜合以前調查到的訊息，再分析阿卡吉諾的行動，唐子諾等人便整理出這些結論。

不過，只怕他現在的野心不僅限於風光回到部族，而是想在喬春成功讓大齊國一躍成為周圍列國中第一強國後，毀掉皇甫俊，坐享其成，好讓自己的權力達到最高峰——三年前他處心積慮接近皇甫俊時，顯然就已經有了打算。

綠裳始終淡定的表情終於因皇甫傑的話而有所鬆動，但她很快就恢復平靜，抬眸看著唐子諾淡淡說道：「你是在套我的話，少來這一套，我不會上當的，我根本就不認識什麼國師。」

雖然矢口否認與國師的關係，但綠裳心裡清楚，當初恆王會收她當妾室，的確是因為她長得很像大齊國的喬春——這是賽格力親口說的。當年她也在晉國的迎賓宴上見過喬春，那個用綠紗遮住臉龐的舞姬就是她。若不是礙於她不能露臉，她倒真想看看喬春看到自己那張與她幾乎一模一樣的臉龐時，會是如何震驚。

「哼。」皇甫傑重重冷哼了一聲。「愛信不信都是妳的事，我們只是念在妳對恆王一片真心，所以才想把事情真相告訴妳，省得妳在這裡丟了性命，卻未能替恆王報仇。妳可能不知道，我除了有暗衛隨身，還設立了影門。相信妳聽過影門，他們有多少本事，相信妳很清楚。」

綠裳聽到皇甫傑的話，臉色驟然幾變，急切地問道：「傳說中影門的神秘門主，就是你?!」

綠裳對於這個消息，不禁吃驚不已。當年王爺就懷疑過實力強大，又神出鬼沒的影門是逍遙王的勢力，想不到他真的猜對了。像王爺那樣聰明又有手段的人，本該是晉國君主，若不是因為喬春他們當年那一鬧，王爺又怎麼會英年早逝？

不過，皇甫傑剛剛說王爺之死的背後黑手是晉皇，這一點她也不是沒懷疑過。難道是晉皇害怕王爺東山再起，所以就製造了王爺尋短見的假象？

綠裳覺得自己的腦子已經不聽使喚了，一方面想質疑他們的說詞，一方面卻發現自己好像已經相信了他們，畢竟從影門傳出來的消息據說不會有假。

「我就是，他也是。」皇甫傑爽快地點頭應道，並主動把唐子諾的身分也說了出來。

「影門的門主有兩個？」綠裳驚訝地問道。

「沒錯！」唐子諾點了點頭，隨即又搖了搖頭，說道：「妳找錯了仇人，也信錯了阿卡吉諾。他是個有狼子野心的人，怎麼可能將到手的大齊國江山，拱手讓給妳的兒子？妳也未免太天真了吧！」

綠裳聽到唐子諾的話，內心掀起了滔天巨浪，但臉上還是力持鎮定地說道：「你別想挑撥我們之間的關係。既然他說過，就不會食言。」

這話綠裳雖是平穩地說了出口，但她一顆心已經完全亂了。看來影門的實力果然不同凡響，短短的時間內，他們不僅查出她的來歷，還知道她有一個兒子。

的確，她似乎太過天真了，即使阿卡吉諾對王爺忠心耿耿，並不代表他會將那高高在上的位置拱手讓人。人都有私心，為了那個位置，皇家不知有多少親人反目為仇、骨肉相殘，阿卡吉諾又怎麼可能將他辛辛苦苦得來的一切，全交給她兒子呢？

皇甫傑微瞇著眼，淡淡說道：「信不信由妳，不過，我們也不是來求妳相信的。我們只是來提醒妳，別為他人作嫁衣。妳還有兒子要照顧，要是死在這裡，那還不滿三歲的孩子能活下去嗎？」

綠裳臉色一變，眸中閃過一絲恐懼，抬眸看向皇甫傑說道：「你們想知道什麼，我都可以告訴你們，但是我有一個條件，我要你們將我兒子完好無缺地送來給我，還要保障我們母子的安全。還有，你們若能給我們一筆錢，我向你們保證，我們母子會從此隱姓埋名過日子，再不會捲入任何紛爭。」

綠裳真的害怕了。她可以不要當什麼太后，也可以不要什麼江山，她只要保住王爺的血脈。就像逍遙王他們說的那樣，如果阿卡吉諾不會兌現承諾，那他們母子就是死路一條。面臨生死抉擇時，名利權勢都是虛幻，生命才是最重要的。

皇甫傑和唐子諾交換了一個眼神，彼此心領神會。唐子諾問道：「阿卡吉諾把那些孩子都安置在哪裡？果果和豆豆是不是也和那些孩子在一起？」

雖然他們事先讓孩子們服下解毒丸，也安排眾多人手在孩子們身邊，然而阿卡吉諾所使的迷魂香竟然能抵擋解毒丸的功效，看來這些年他也沒浪費時間，害人的功力增進了不少。幸好杜湘茹、小月、小菊還有其他暗衛沒有受傷，只是昏睡了一段時間而已。但有件事情令唐子諾他們非常不解，就是他們只擄走果果和豆豆，卻將糖糖與蜜蜜留在原地。不過，就算不知道原因，對於這兩個小丫頭安然無恙，眾人也稍稍寬了心。

綠裳動了動被綑綁得發麻的手臂，答道：「在他的煉丹室裡有一個暗室，那些孩子全被他關在那裡，至於果果和豆豆，我就不清楚了。」

唐子諾聞言面露喜色，看著綠裳真誠地道謝。「謝謝妳！妳作為一個母親，最能了解失去孩子的心情。其實妳是個善良的人，不該為阿卡吉諾做那些事。」

綠裳勉強露出一抹苦笑，低嘆了一聲，說道：「我帶著一個孩子，怕被晉皇發現，又心心念念要為王爺報仇，哪裡還有其他選擇？」

「那我四妹呢？你們將她弄到哪裡去了？」唐子諾也不再跟綠裳糾纏這個話題，連忙問起喬春的消息。

「我真的不知道。」綠裳無力地搖了搖頭。

皇甫傑深深看了綠裳一眼，見她的確不像知情，便輕輕拍了拍唐子諾的肩膀，說道：「二弟，看來她真的不知道，我們還是自己調查吧。走，我們一邊派人去找四妹，一邊帶人去救那些孩子。」

說著，他又看向綠裳，略含歉意道：「先委屈夫人在這裡休息一晚了。妳放心，我們一定會遵守承諾，將令公子帶到這裡來找妳。」

「綠裳謝過王爺。」綠裳真心實意地道了聲謝。

「夫人客氣了，我們替那些被抓去的孩子們謝謝夫人的大義。」皇甫傑彎了彎嘴角，看著唐子諾說：「二弟，走吧。」

「嗯。」唐子諾有些氣餒地應了聲。想不到連綠裳都不知道喬春下落，他們又該從何下手？

兩個人一前一後走出柴房時，身後突然傳來綠裳的聲音。「逍遙王爺，阿卡吉諾的暗室裡有許多機關，還有國師府裡的人都是被他下了蠱，那些人是殺不死的，你們自己多留意。」

「謝謝夫人提醒，我們知道該怎麼做了。夫人就在此安心等著與令公子相聚吧。」皇甫傑點了點頭，轉身將柴房的門再度關上。

兩個人並肩而行，一路無聲，直到進了皇甫傑的書房，唐子諾才迫不及待地問道：「大哥，完全沒有四妹的消息，該怎麼辦？」

雖然在人前強裝鎮定，但唐子諾其實快要急瘋了。喬春失去了蹤影，他的世界像在瞬間崩塌了一樣。再加上他們已經折損了幾批菁英，卻沒有成功進入國師府，讓他的內心更加煩躁。

剛剛聽到綠裳的話，他們才知道，原來國師府裡那些人是殺不死的，怪不得他們的人一去不復返。

「冷靜一點！你要是一直這麼激動，就很難救出四妹還有果果他們了。」皇甫傑用力按住唐子諾的肩膀，讓他坐了下來。接著伸手拍了拍他的肩膀，無聲給予他力量。

只不過，想到眼前的情況，一向沈穩淡定的皇甫傑，也不禁低低嘆了口氣。

然而無論如何，他們現在都只能強迫自己冷靜下來，用心尋出敵方的破綻，不然一切都是徒勞無功。

「子諾、阿傑，那個綠裳開口了嗎？」柳如風和東方寒還有錢財急匆匆從書房外走了進來，一踏進房門，就關切地問道。

「開口了。」皇甫傑眼眸低垂，走到一邊坐了下來。

錢財挨著皇甫傑坐了下來，偏過頭看了唐子諾和皇甫傑一眼，歪頭想了想，試探性地問道：「她說的話沒什麼價值嗎？」

錢財話一出口，柳如風雙眉一沈，看向唐子諾問道：「一點價值都沒有？沒有問出孩子們和春丫頭的下落？」

「孩子們被關在國師府煉丹室的暗室裡，那裡面設了重重機關。重點是，國師府裡的人都被阿卡吉諾下了蠱，他們有不死之身，除非破了他們的蠱，否則他們會死而復生。」

唐子諾說完，又垂眸一動也不動地坐在那裡，像是在思考什麼事。

「四妹呢？」錢財瞧見唐子諾的神情，不難看出他心情很沈重，但他從頭到尾都沒提到喬春，讓他不禁心急。

皇甫傑擔憂地看了唐子諾一眼，輕嘆了口氣，搖搖頭道：「沒有任何線索。」

「啊？怎麼會這樣？」

幾個人面面相覷，書房裡的氣氛變得更加沈悶。

此時，唐子諾突然站了起來，看著皇甫傑一臉堅定地說道：「我去找媚娘，或許她有法子。你們先研究一下，看看有沒有破除蠱術的方法，我辦完事情後馬上就會回來。」

「凡事小心，早點回來，咱們再商量下一步計劃。」皇甫傑雙眼微瞇，抿了抿嘴，低聲交代唐子諾。

其實皇甫傑很清楚，關於四妹和孩子們的事，二弟如果還能完全冷靜自持，他們之間的感情就不像表面上看到的那麼真切誠摯。只要兩人真心相愛，其中任何一個人遇到危險，另一個人都會急得像熱鍋上的螞蟻。

「我自有分寸，不會單獨行事。」唐子諾保證似地應了一聲，轉身離開。

第一三一章 救兵

媚娘看著眼前既熟悉又陌生的男子，恭敬地說道：「主子可是有心事？」

她向來不做越軌的事、不問越軌的話，可是主子今天顯然心事重重，他深邃的黑眸不再一片清明，而是滿滿的擔憂和煩惱。

媚娘不知道是什麼事情讓主子如此憂心。之前影門接到主子的無影令之後，便刨根究底地查出恆王一個小妾的資料。她記得當時將資料交到主子手上，而他看到這些資料以後，便急急忙忙地離開了。

現在主子再次來找她，而且還一副心事重重的模樣，想必事情變得更複雜了。

「媚娘，我們安置在皇宮裡的人還在嗎？」唐子諾挑眉看著媚娘。就他先前閱讀過的信息，影門在皇宮中安插了人手作為內應。

媚娘微微怔了一下，如實答道：「一直都在。但是她只是一個小宮女，行動不方便。主子有事情要吩咐嗎？」

「讓她想辦法監視皇上的一舉一動，把每日的情況都彙報給妳，妳再傳來給我，尤其是讓她看看皇上有沒有對哪個女子很特別。」唐子諾說完便站起來轉身就走，快走到房門口時，突然又停下了腳步。「國師府裡的人都被國師下了不死蠱，要我們的人小心一點，暫時先不要行動。等我的信號，不能讓兄弟們白白送死。」

唐子諾希望事情不是他所懷疑的那樣，但是皇上看四妹的表情和眼神都不一般，春兒失蹤後最有可能出現的地方，除了國師府，就是皇宮了。當然，他也沒有十足的把握，這一切都只是他的懷疑和直覺。

「屬下明白！恭送主子！」

媚娘目送唐子諾離開之後，轉身走到屏風處換上一套黑色勁衣，朝皇宮趕去。

皇宮裡有她的眼線，這人一直與她單獨聯繫，只有自己才能找到她。她雖不明白主子監視皇上的用意，但是她很清楚主子不會下沒有目的的命令。

御花園一座假山背後，一個宮女和黑衣人正交頭接耳，竊竊私語。

「堂主。」小宮女恭敬地對媚娘行禮。

「門主有令，要妳監視皇上的一舉一動，再觀察皇上有沒有對哪個女子很特別。記住，每日彙報。」

「是，屬下接令。」小宮女應了下來，隨即又道：「這幾年皇上身邊的人都是國師一手安排下去的，其他人無法接近半分。」

「妳的意思是？」媚娘挑了挑眉。

「屬下自有方法，但是需要易容用品。」

「嗯，幸好我事先有所準備。來，這個妳拿去，不管用什麼法子，一定要完成任務。」

媚娘從腰間掏出一個小布包交給小宮女，再次提醒她任務的重要性。

「屬下明白，一定不會讓門主失望。只是宮中最近有些奇怪，本應下半年才開始的選秀，皇上提前到這個月舉行，目前那些待選秀女已經住在儲秀宮。」小宮女接下任務以後，將皇宮中最奇怪的一件事說了出來。

這件事她私底下琢磨了很久。皇上選秀一直都有固定時間，可這次皇上居然不顧朝堂百官和太后反對，堅持將選秀時間提前了幾個月。因此她直覺這次的選秀有問題，不是表面上看到的那麼簡單。

媚娘沈思了一會兒，許久才恢復常態，吩咐道：「這事妳多留意，如果有特別的人，記得要彙報上來。」

「是！」

「下去做事吧。」媚娘朝她輕輕揮了揮手，輕身一縱，眨眼之間，就消失在小宮女眼前。

「皇上，早朝時間快到了。」寢宮門外響起了太監尖銳的聲音。

剛剛才趴在桌上睡著的喬春猛然驚醒，伸手揉了揉眼，看到一室明黃，低嘆了口氣。原來……這並不是一場惡夢。喬春眸子輕轉，看到睡在貴妃椅上的皇甫俊，便站了起來，走過去拔下那枚銀針，調整好自己的情緒，才動手將他搖醒。

「皇上，該上早朝了。」喬春輕聲說道。

「嗯……」皇甫俊慵懶地伸了個懶腰，睜開眼看著那張不是很熟悉的臉孔，愣了一下，過了許久才想起站在他面前的人是被易容後的喬春。他的心情隨即雀躍起來，飛快在喬春臉頰上輕啄了一下，低低地笑了。

喬春眸底怒氣一閃，但隨即掩飾住自己的情緒，乘機站了起來，輕聲說道：「公公來催皇上早朝了。」

喬春的話剛剛落下，門外又響起太監的聲音。「皇上！」

「進來！」皇甫俊剛剛從喬春身上偷了個香，心情大好，目光灼灼地看著她，嘴角噙著笑意。

「皇上吉祥！」宮女和太監端著朝服和洗漱用品魚貫而入，當他們看到喬春時，也只是微微一愣，隨即就面無表情地伺候皇上穿衣、洗漱。

喬春看了，不禁佩服起他們的定力。按理來說，連皇后都不能在皇上的寢宮過夜，可她這麼早就出現在這裡，無疑表示她已經在這裡待上一整夜了。

面對這些不合理的事情，他們雖然感到驚訝，卻不敢表露出一絲一毫的詫異。在皇宮裡，好奇心往往會讓人丟了性命，更何況這些年來，皇上的性情大變，處事方法已經不再合乎規矩，而是只顧自己的感受。

「萬歲爺，好了！」幫皇甫俊整理完衣裳後，宮女們便恭敬地行了個禮。

「嗯。安公公，你下去找幾個機靈一點的小宮女過來伺候貴主子。沒有我的命令，誰也不能到我的寢宮裡來，這裡的人也不能隨意出去。如果有人將貴主子在這裡的事洩漏出去了，我滅他九族。」皇甫俊轉過身看著默默站在一旁的喬春，臉上泛出森森冷意，對安公公下了命令。

皇甫俊一番話在震懾下人的同時，也是暗中向喬春提醒，她要是敢走出這裡，後果可得自行負責。

「是，奴才遵旨。」安公公領著眾宮女和太監一臉恐慌地跪了下去。

「都起來吧。走，朕要上早朝了。」皇上的眼光從喬春身上移走，轉身舉步離開。

待寢宮又恢復寧靜之後，喬春端起茶杯，快步走到屏風後的梳妝檯前，用手絹沾了水，用力搓著剛剛被皇甫俊親過的地方。真夠噁心，如果不是還想從他嘴裡得知孩子們的下落，她真會忍不住一掌拍死他。

二哥，你有沒有救出孩子們？你知不知道我在什麼地方？你一定要救出孩子們，一定，一定……喬春忍不住在心中吶喊。

忽然間，喬春腦子裡閃過了自己作過的惡夢，那個果果和豆豆被人丟進熊熊烈火裡的夢。

國師府？對了，果果和豆豆一定是被抓到國師府去了！

思及此，喬春不禁著急地在寢宮裡走來走去。現在她沒辦法將果果和豆豆可能被藏匿的地點告訴他們，她該怎麼辦？怎麼辦?!

此時，寢宮大門忽然被打開了，一個宮女模樣的人手裡托著茶盤從外面走了進來，她靜靜掃了喬春一眼，就將茶盤放在桌上，自顧自地坐了下來，簡直比皇上還要隨意。

喬春愣了愣，想不通這是什麼情況。一個宮女竟然能在皇上的寢宮如此隨意，而且她甚至端起茶盞，旁若無人地喝起茶來。況且皇甫俊不是剛剛才下過命令，說沒他的同意不得進寢宮，怎麼現在就有人大搖大擺地進來了?!

喬春腦子忽然靈光一現，她微微勾了勾唇，走了過去，神色自然地坐在那宮女對面，視線停在那張美得讓人移不開眼睛的臉上。片刻後，喬春淡淡地問道：「娘娘好興致，怎麼這麼早就到這裡來了？」

手微微頓一頓，那女子輕輕放下手裡的茶盞，一臉詫異地看著喬春，問道：「妳是怎麼識破我的身分的？」

「阿卡吉諾要妳這麼一大早就來找我，所為何事？」喬春不答反問，目光炯炯地看著她。

「妳連這個也知道？」對面的女子完全無法淡定。如果她只是喊她一聲娘娘，估計她會覺得喬春是在試探她，可是她竟然連國師的真名也喊得出來，那就表示她已經知道了他們的底細。

她想著，眼睛不由自主地盯著臉色淡然的喬春。這個女子果真不一般，怪不得當年王兄對她如此癡迷，而大齊國的皇帝也對她念念不忘。現在，就是同樣身為女子的她，也不禁對喬春起了濃濃的興趣。

「這有什麼困難？能光明正大地進來這裡，就說明妳的身分不簡單。如果我沒猜錯，外面的人都是國師的人，他們願意放妳進來，就表示妳和國師是一路人。」

喬春說著，朝她淡淡一笑，續道：「我們見過面，只是妳不記得了。妳是大齊國淑妃娘娘，晉國的伊可人公主，只不過當時我只覺得妳的身分不簡單，並沒猜到妳就是大名鼎鼎的伊可人。」

「我們見過？」伊可人困惑地看著喬春。

「三年前在晉國京城，妳我爭奪同一條手鍊。」喬春看了戴在她手上那條手鍊一眼，輕聲笑道。

想不到這個公主這麼喜歡這條手鍊，三年了，她還戴在手上，真不是一般念舊。只不過，她來這裡，應該是有目的的吧？

伊可人蹙著柳眉，雙眼微瞇，細細回憶了片刻，突然笑著看向喬春，說道：「原來妳就是那個穿著綠裙的人，想不到咱們還真有緣分。」

「是孽緣吧，這種緣分還是不要的好。」喬春輕瞥了她一眼。「淑妃娘娘來找我有什麼事嗎？」

這個公主看起來心比天高，卻對她的四皇兄百依百順，眼下她來這裡，該不會是要為恆王報仇的吧？想想自己還真是夠冤的，如果當年不是恆王一而再、再而三地找碴，她又怎麼可能與他結上梁子？這恆王果然不好惹，他都做鬼好幾年了，自己卻還要被他糾纏。

聞言，伊可人的臉色一陣青、一陣白，許久才恢復常態，她眼神凌厲地看著喬春。「明人面前不說暗話，我這麼早過來，是想來救妳的。」

「真的嗎？我和娘娘之間有著深仇大恨，又非親非故，娘娘怎麼會生出這般慈悲之心呢？」喬春挑眉盯著伊可人，眼裡滿是疑惑。

救她？害她還差不多！明明就是仇人，明明就恨不得喝她的血、吃她的肉，怎麼可能會那般好心想要救她？再說，如果真要救她，也不用大費周章地將她弄到這裡來吧？真是睜眼說瞎話！

「哼。」伊可人冷哼了一聲，恨恨地看了喬春一眼，說道：「可不是我生出這般慈悲之心，我不過是傳個話而已，至於妳能不能獲救，關鍵還是要靠妳自己，得看妳合不合作。」

喬春嘴角微微一動，卻沒表示什麼。

伊可人見喬春仍舊一副雷打不動的表情，不禁為之氣結，沒好氣地說：「既然妳知道這裡全是國師的人，就別想逃出去。」

說著，伊可人看了喬春的臉一眼，得意地笑了笑。「再說，眼下妳頂著別人的臉，妳家夫君會相信妳就是喬春嗎？現在可是有個喬春待在他身邊，妳猜猜，他們在幹什麼呢？」

伊可人看到喬春終於不再平靜的臉色，冷笑了一下。「妳就這樣逃出去，難道妳就忍心看到孩子們化成一灘血水？」

喬春的身子輕輕一抖，像是被嚇到了。「妳的意思是，只要我答應你們的要求，你們就會放了我，放過我的孩子嗎？」

雖然不相信伊可人會那麼好心替自己指引明路，但是她只能暫時示弱，在絕境中尋找曙光。

「當然，只要妳能答應我們的要求，我們不但會放了妳，還會放過妳的孩子。」伊可人輕輕點了點頭，再次強調：「妳不要心存僥倖，除非我們放了妳，否則妳就是插翅，也難飛出這個皇宮。」

喬春再次微微顫抖，哆嗦道：「難道你們已經把整個皇宮都收在掌心了不成？」

「哈哈……」伊可人得意洋洋地笑了起來，過了好一會兒才停下來，扭頭用像是看傻瓜的眼神看著喬春，冷聲道：「妳也太單純了吧？如果我們沒有十足的把握，妳認為我會這般明目張膽地來找妳嗎？」

「難道……」喬春吃驚地望著伊可人，搖了搖頭，一臉不敢置信地說道：「我不信！你們雖然能控制住皇上，可是宮裡不是還有一個太后嗎？我不信，我不信……」

「妳不是很聰明嗎？怎麼也糊塗了起來？」伊可人重新端起茶杯，優雅地抿了口茶水，看著她搖了搖頭，說道：「既然妳犯糊塗了，那我就給妳提個醒吧。既然我們能控制皇上，妳認為太后她還能脫身嗎？」

喬春的心被伊可人這一番話給激起了千層浪，原來他們不僅控制了皇上，連太后也是，怪不得太后這些年來放任皇上胡作非為！

咦……？不對勁！湘茹和大哥成親那天，太后來找她聊天的時候，根本就沒有被人控制住的跡象，她不僅能理智分析目前朝堂的情況，還要她當大哥的說客，勸大哥把大齊國給頂起來。

如果她被人控制了，斷斷不可能說出那些話來的。難道……沒錯！一定是那樣。

喬春暗暗鬆了口氣。看來，事情並不是完全沒有轉機。呵呵！國師這群人就是太過自信，就讓他們嘗嘗自信過度的苦果吧！

喬春默不作聲地沈吟起來，片刻過後，她才抬眸定定在伊可人的臉上看了兩秒鐘，不太確定地說道：「只要我答應你們的要求，乖乖替你們辦事，你們真的能放了我和孩子們嗎？沒有騙我？」

「當然。」伊可人露出笑意，眼神中夾帶著輕蔑地看了喬春一眼。

這傳說中如仙子一般的女人，真正遇到攸關性命，關於自己孩子的安全的時候，還不是和普通的女人一樣，失去了敏銳的察覺力。事後會放過他們？想得倒美！

「好，我答應。妳說吧，你們到底要我做什麼事？」喬春深深吸了一口氣，像是下了很大的決心，才作出這樣的決定。

伊可人輕笑一聲，聲調壓低了一些。「只要妳殺了皇上，我們就放了妳和妳的孩子們。」

聞言，喬春不禁心神一震，倒吸一口冷氣。她就知道他們不會那麼輕易就放了她，不，應該說他們根本就沒打算要放了她。要她去弒君，這不擺明了要讓她去當他們的代罪羔羊嗎？

到時，就算他們肯放了她，大齊國的百官也不可能放過她，大齊國的子民更不會原諒她。因為那些子民不知皇上已經變了，他們只會念著皇上的好，認為在他的領導下，他們才能安居樂業。

哼，他們還不是一般的好心！只不過，他們要殺皇甫俊，有的是機會，為何偏偏要借她的手呢？

喬春思緒飛轉，不停揣測各種可能性。雖然不確定要她動手的原因，不過他們想要謀奪大齊國的江山，卻是鐵打的事實。就算她不願意合作，他們也一定會讓其他人動手。與其這樣，不如讓她自己來，或許還能讓事情有新的轉機。

喬春又是一陣沈默，不過伊可人也不出聲催促，而是靜靜等待。許久之後，喬春抬頭恨恨地瞪了她一眼，艱難開口：「我知道妳有能力放了我和我的孩子們，但弒君可不是小事，我沒辦法立刻答覆妳，妳得給我時間，讓我再想一想。」

伊可人並未因喬春的拒絕而顯出戾色，相反的，她露出一抹意料之中的神情。這麼大的事情，如果喬春一下子就答應她，她才會覺得驚訝。

弒君可不是件好玩的事，不過伊可人並不擔心喬春不答應，畢竟他們手裡緊握著喬春的弱點——她的孩子們。只要他們緊握住這根軟肋，喬春就一定會答應他們的要求。

屆時，喬春橫豎都是死，而且還能替他們揹上所有罪名，重點是，唐家所有產業也會成為他們的囊中物。

「行，我給妳一天的時間考慮，晚上我會再來找妳。不過，如果妳等到晚上還不能給我一個明確的答覆，也就只能對妳的孩子們說聲抱歉了。」

伊可人優雅地放下手裡的茶杯，慵懶地站了起來。她根本就不怕喬春會使什麼小手段，就算自己給她一整天的時間，她也不可能在皇宮裡搬到救兵，或傳遞訊息出去。

「謝謝娘娘。」喬春咬了咬牙，垂眸溫順地道謝，看似是認命不再掙扎，內心卻將她祖宗十八代都問候了一遍。

伊可人不帶感情地看了喬春一眼，舉步頭也不回地離開了皇甫俊的寢宮。

其實，當初那個在玉橋上害喬春落水的人，就是她。那天雖然在舉行皇甫俊和她的婚宴，但宴席上那個人其實是她的貼身丫頭扮的。當初她就想過嫁到大齊國以後，絕對要為四皇兄報仇，只是那次行動失敗以後，她就再也沒機會。直到當初跟隨四皇兄的阿卡吉諾找上她，向她說明自己的計劃與打算，她才又對殺了喬春一事重燃希望。

喬春看伊可人走了以後，伸手將她喝過的茶盞用力一掃，寢宮裡瞬間響起東西砸碎的聲音。

走出寢宮門口的伊可人，滿意地聽著裡面傳來的聲響，嘴角噙起一抹濃濃的笑意，沒有任何留戀地離開了。這樣的反應才對，如果喬春真的逆來順受，她還真是擔心她心裡打著其他的算盤。

守在寢宮門口的侍衛聽到裡面的異常響聲，文風不動，像是木頭人似地站在那裡，臉上一點表情都沒有。

喬春自然不會是真的拿不定主意，她這麼做，只不過是為了拖延時間。雖然她不知道會不會有人來救她，但是她心裡清楚，自己每拖延一分鐘，就多一分希望，就像自己強顏歡笑地安撫皇甫俊，是一樣的道理。

不過，她還真是沒想到，阿卡吉諾居然想到用這麼卑鄙的方法來對付她。他這麼做，可說是一勞永逸，不但能坐擁江山，還能把所有罪過都推到唐家身上。這樣一來，錢家也脫不了關係，逍遙王府也會被拖下水，就連剛剛與逍遙王府結親的「天下第一莊」也難逃此劫。

這樣一來，大齊國三大世家的產業可就全落在他的手裡了，而逍遙王的兵權也會成為他的囊中物。若真是那樣，那麼大齊國可要改朝換代了。

只是，眼前的問題她還得想辦法解決。她不能答應，卻又不能不答應。

該怎麼辦呢？

喬春來來回回不停在寢宮裡走動，內心千頭萬緒。試著把真實情況告訴皇甫俊？不，他不會相信，而且他自己都不知道他被國師控制的程度有多深，萬一他聽她說了以後立刻去找國師，不知會害死多少人！

喬春就那樣來來回回走著，直到天色大白，她還是那樣沒頭沒腦地來回走動。她想到頭都痛了，卻仍舊不知到底該怎麼辦？

此時寢宮的大門驟然被推開，喬春嚇了一跳，抬眸望去，看見出現在門口的只是兩個眉清目秀的小宮女時，心才稍稍安定了一些。

「貴主子吉祥！」兩名小宮女手裡端著一套粉色宮裝和一些首飾，走到喬春面前時，恭敬地朝她福了福身子，輕聲請安。

喬春的臉一偏，冷冷說道：「我可不是妳們的什麼貴主子。」

「奴婢來伺候貴主子洗漱、梳妝。」那兩名小宮女像是選擇性地聽不懂人話一樣，依舊我行我素地喊喬春貴主子。

現在喬春一顆心正煩著，根本無心虛與委蛇，直接拒絕。「我不用人來伺候，妳們打哪兒來的，就回哪裡去吧。」

「請貴主子饒命！」兩個小宮女一聽，連忙慌亂地跪了下去，將手裡的東西放在一旁，沒命地磕頭求饒。

「起來吧，我又沒有要殺妳們的頭，求饒做什麼？」喬春臉色不佳地看著她們。她不過是要她們打哪兒來的就回哪兒去，又沒嚴重到叫人把她們拉出去砍了。

兩個小宮女仍舊用力磕著頭，那頭用力磕在玉石地板上，不一會兒，青白色的玉石板上已暈開了兩朵紅雲。

喬春看著地面上的血，臉色突然變得蒼白起來，心裡已經大概了解這兩個小宮女的恐懼了。她們是奉命來伺候她的，如果就這麼被她支回去了，只怕回去也是死路一條。

這就是皇宮裡的規矩，沒辦法令主子滿意，就是不稱職的奴才，不稱職的奴才要嘛挨板子，要嘛死。喬春苦笑了一下，自己這是怎麼了，怎麼一急起來，就讓兩個無辜的小宮女這麼為難呢？

「妳們別磕了，起來伺候我洗漱吧。」喬春輕嘆了口氣，終於開口阻止她們的自虐行為。

兩個小宮女半信半疑地抬頭看了她一眼，再驚喜萬分地對視了一下，開心地站了起來，將地上的托盤端到屏風後的梳妝檯上。

喬春不禁苦笑，這樣就開心了嗎？把自己弄得遍體鱗傷，只為了伺候好主子，真的這麼值得高興嗎？不過，其實她們也沒有選擇，進了皇宮，萬事都由不得自己，如果不能攀上龍枝，就只能戰戰兢兢地做好自己的本分，盡力照顧好自己的主子，這樣也許還能平安熬到被放出宮的那一天。

在這皇宮裡有多少花樣般的生命就此凋零？又有多少紅顏在這裡白了頭？

唉！喬春舉步徐徐走向梳妝檯，柳眉緊擰，望著宮女們額頭上觸目驚心的鮮血，一顆心不由得一顫。看樣子，她們也不過才十四、五歲，卻已經在這個吃人不吐骨頭的地方步步驚心。

抽回了自己的心神，喬春無奈地搖了搖頭。這個朝代的事情，她無力改變，更何況，現在她連自己和孩子們都護不住了，哪還能替她們謀取些什麼？

「妳們先把自己的額頭收拾乾淨吧，我暈血。」喬春從袖子裡掏出一瓶用青花瓷瓶裝著的金創藥，遞到她們面前，伸手指了指銅盆裡的水。

兩個小宮女受寵若驚地對視了一眼，眼眶微紅，恭敬地福了福身子，說道：「謝貴主子，奴婢皮糙肉厚的，待會兒下去再清理就行了。」

「給妳們就拿著吧，如果妳們不把自己先處理好，我就不讓妳們伺候。」喬春瞪了她們一眼，將瓷瓶塞到一個宮女手裡，佯裝生氣地偏著頭坐在梳妝檯面前。

兩個小宮女對望了一下，雙雙又對喬春行了個禮。「謝貴主子，奴婢馬上就把自己弄乾淨。」說著，她們深深看著喬春，心裡不禁對她多了幾分感激。

不一會兒，兩個小宮女便將自己的額頭清洗乾淨，簡單地上了藥。

喬春斜視打量了她們一下。幸好只是磕破皮，不然她們就有可能留下傷疤了。若是這樣，以後還怎麼找人家？

這次喬春不再反對她們伺候自己，只是當她們替自己梳好頭髮後，她便支走她們，自己一個人躲在屏風後面換衣服。

喬春換上那套粉色宮裝後，細細將自己袖子裡的藥瓶、銀針包、螢光粉包，還有一些雜七雜八的小東西都放在身上。她緊緊握著銀針包，腦海裡不禁浮現唐子諾和孩子們的臉龐。

二哥和孩子們都還好嗎？他們一家人還能再團聚嗎？

喬春望著手裡的銀針，腦門突然靈光一現，她有辦法了。

這個辦法既能達到阿卡吉諾的要求，又可以絕處逢生。在這個孤立無援的情況下，她只能用這個法子來求生存了。

喬春的臉上露出了淡淡的笑容。方法有了，可她還得想個辦法通知太后，讓她老人家心中有數才行。但是，究竟怎麼傳訊息給太后呢？她現在連寢宮的門都出不去，還有什麼辦法能告訴太后呢？

剛剛才鬆了一口氣的喬春，又開始煩惱起來了，她想用吃早膳的理由，再次暫時支開兩個小宮女。

喬春坐在梳妝檯前，怔怔地看著鏡子裡的人兒。這張臉跟她的臉是兩個類型，這張臉很是嫵媚，一看就是禍國殃民的禍水長相。這張臉是誰的？他們為什麼要選這張臉給自己呢？

如果皇上想要廢后再娶，那這個人就一定要有相當的背景，不然如何服眾？如何立威？只是……阿卡吉諾讓她頂著這張臉去弒君，一定還有什麼不為人知的目的。而這張臉既不是喬春，又如何能說服世人弒君者就是她呢？喬春想著，不由得更加擔憂。這麼個陰險的人，當初沒能在疊翠峰滅了他，真是失策。

清泉宮

覃嬤嬤心急如焚地走進殿裡，擔憂地看了正在與太子嬉戲的董貴妃一眼，扭頭對殿裡的人使了個眼色，將他們全都打發走以後，才急急走到董貴妃面前，稟告道：「娘娘，聽說皇上的寢宮裡昨晚住進了一個待選的秀女，那個秀女至今都沒踏出寢宮一步。」

「什麼？」董貴妃前一刻還對著太子溫柔地笑著的臉，此刻突然變得猙獰起來。她抬起頭，眼中閃過一抹冷戾，看著覃嬤嬤說道：「妳的消息可屬實？皇后娘娘難道沒有收到消息嗎？」

覃嬤嬤嘆了一聲，道：「皇后娘娘早已不管這些事了，她就是知道了，也不會有什麼反應。倒是主子，我剛剛用重金打聽到一些訊息，皇上想要廢后，再娶新后。」

「真的嗎？」董貴妃臉上閃爍著驚喜的光芒。她是太子的親娘，皇上如果要廢后再立新后，那個最佳人選一定是她了。她盼了這麼多年，終於熬出頭了！

而覃嬤嬤卻是神情複雜地看著欣喜萬分的董貴妃。娘娘心裡在想什麼，她又怎麼會不清楚呢？可是這次皇上的新后人選並不是她，而是那個被安置在寢宮裡的新人。

覃嬤嬤不想潑董貴妃的冷水，可她還是希望能在一切都來得及的時候，替自家主子爭取機會。於是她咬了咬牙，說道：「娘娘，皇上的新后人選是那個被安置在寢宮裡的人。」

「什麼？」董貴妃瞪大了眼珠子，一臉不敢置信地看著覃嬤嬤。這怎麼可能？皇上怎麼能不立她這個太子的親娘為皇后呢？那個秀女到底是何方神聖，居然能讓皇上廢后再立她為后?!

不行！她不能就這樣坐以待斃，如果真讓那個秀女做了皇后，那她兒子的太子之位是否能保住，還是個未知數。

不行！她不能容忍這樣的事情發生，絕不！

「走，咱們去皇上的寢宮會會那個狐媚子。」董貴妃一張俏臉嚴重扭曲，她目光如冰，站起來揉了揉太子的頭髮，說道：「爍兒，娘親帶你去找皇奶奶好不好？」

她不能獨自行動，她一定得把規矩重於天的太后也拉過去，這樣就算皇上怪罪下來，她也可以把責任推到太后身上。

「好！爍兒今天也想皇奶奶了。」皇甫爍奶聲奶氣地應道，他抬起頭，開心地看著董貴妃。

太后向來疼愛他，祖孫倆的感情很好。董貴妃之所以把皇甫爍帶上，就是想借他的稚口把皇上在自己寢宮裡留待選秀女過夜的事給戳破。如此一來，不但能達成目的，還可以免除妒婦的罪名。

這些年來，董貴妃漸漸改掉以往毛毛躁躁的性子，現在每做一件事，她都會思前慮後，因為她不想讓兒子的前途毀在自己手裡。只要她熬到兒子登上寶位的那一天，她就大權在握了。

董貴妃帶著一群宮女，牽著自己的兒子，浩浩蕩蕩地來到太后的寢宮。

「給太后娘娘請安，太后娘娘吉祥！」她雖然身為貴妃，又是太子的生母，但她不是皇后，所以不能喊太后為母后。

「皇孫給皇奶奶請安，皇奶奶吉祥！」皇甫爍也緊跟著乖巧地向太后行禮。

太后看到稚嫩可愛的皇甫爍，樂得不得了，她開心笑著朝皇甫爍招了招手。「爍兒，來，到皇奶奶這裡來。」說著，又對董貴妃擺了擺手。「董貴妃坐吧。」

「謝太后。」董貴妃淺淺一笑，徐步走到大殿邊上的椅子上優雅地坐下，雙手疊放在膝蓋上，一副端莊賢淑的模樣。

太后滿意地看著她，扭過頭一臉慈祥地伸手將皇甫爍抱在懷裡。

皇甫爍乘機在太后臉上重重親了一口，惹得太后哈哈大笑，伸手摸摸他的頭說道：「爍兒真乖，真是皇奶奶的心肝寶貝！」

「呵呵！」皇甫爍露出開朗的笑容，眼睛瞇得彎彎的。

「爍兒今天怎麼有空來皇奶奶這裡？功課都做了嗎？」太后親暱地捏了捏他的小鼻子，關切地問道。

皇甫爍雖然年幼，但他天資過人，太后早就為他請了太傅，讓他跟著太傅學習。

「回皇奶奶的話，爍兒今天的功課已經做完了。」皇甫爍低調謙虛地回答，稚臉上浮現出一股與他年齡不相符的神情。

太后眸底閃過絲絲心疼與安慰，這個孩子真的是讓她既疼惜又欣慰，小小年紀就已曉得進退分寸，把大人們的神色捕捉得一清二楚，什麼該做什麼不該做，他比誰都清楚。將來大齊國交到他手裡，一定會給百姓帶來福澤，只不過他小小年紀就肩負著重擔，不能好好享受童年生活。

「皇奶奶，太傅說天子犯法，與庶民同罪，可是真的？為什麼要這樣說呢？這天下不都是天子說了算嗎？」皇甫爍話鋒一轉，仰起他的稚臉，一臉困惑，又一臉好奇地眨巴著眼看著太后。

董貴妃握著杯盞的手緊了緊，心知兒子這是要替她打開話題了，她連忙抬起頭佯裝微惱地看著太后懷裡的皇甫爍，輕斥道：「爍兒，這話可不能亂講，以後別問了，等你長大一點，就會明白了。」

董貴妃之所以不怕這話說出來會給自己和太子惹上麻煩，完全是因為這話是在太后這裡說的。太后很寵愛太子，而太子又是個小孩子，問一些奇怪的問題，自然不會有人聯想到是她教的。

「哦……」皇甫爍失望的垂下了頭，輕輕應了一聲，語氣拉得長長的，彷彿在換個方式傾訴他心裡的不滿。過了一會兒，他又抬起頭看著太后，臉上強扯起笑容，說道：「皇奶奶，爍兒錯了，爍兒以後再也不問這樣的問題了。」

太后看到他這副可憐兮兮的模樣，一顆心頓時揪了起來，不禁伸手摸摸他的小腦袋，安撫道：「沒事！以後這樣的問題還是可以問皇奶奶，如果不知道的事情強裝知道，也不問別人，那樣皇奶奶就真的會生氣了。」

說著，太后沈思了一會兒，對皇甫爍解釋道：「太傅說得沒錯，天子犯法就該與庶民同罪，這天下不能說是天子一個人的，如果沒有百姓，何來天下之說？就是天子，也有列祖列宗的祖訓約束著，不能為所欲為。一個好的天子，就該樹立自己的威信，以身作則，為天下百姓起帶頭作用。」

「爍兒明白了。」皇甫爍很受教地點了點頭，他歪著腦袋，小手摸著下巴，稚眉緊擰，狀似自言自語。「那父皇在寢宮裡安置待選秀女算不算犯了祖訓呢？」

他一邊說著，一邊苦惱地搖頭晃腦，董貴妃聞言，連忙端起茶盞優雅地微抿著茶湯，用寬大的衣袖擋住自己的臉。時間一分一秒過去了，靜寧宮大殿裡一片安靜，沒人出半點聲。

董貴妃緊張得心臟都提到了嗓子眼，不敢放下茶盞，生怕太后會端詳出一二，只得強裝淡然，冷靜地品茶。

「董貴妃，妳陪哀家去一趟皇帝的寢宮，我倒要看看是哪個不要命的敢造謠編派皇帝的不是？」太后一臉陰沈地站了起來，看著站在大殿一邊的太子奶娘，吩咐道：「妳留在這裡陪太子，不可讓太子走出靜寧宮，外邊的太陽正毒著呢，太子要是曬壞了，哀家唯妳是問。」

「奴婢遵旨！」太子的奶娘顫巍巍地跪了下去。在宮裡待久了的人都知道，太后話裡的意思已經很明白了，就是要她看好太子，不要讓有心之人乘機謀事。

「太后娘娘，要是臣妾去了，怕會惹得皇上不悅。可不可以……」董貴妃一副戒慎恐懼的樣子，低眉順眼地看著太后，輕聲說道。

按理說，她在沒得到皇上旨意的情況下，也不能私自進入皇上的寢宮的。她一心想的，就是去那裡探探虛實，可是太后在這裡，她得小心謹慎，不能留下任何把柄。

太后冷眉冷眼地看了董貴妃一眼，心中暗笑她的小手段。她可沒傻到相信剛剛爍兒的話是他自己想要說的，如果說這不是董貴妃在背後指導的，她還真不相信。

在這皇宮裡，論耍手段的高手，她老人家稱第二，就沒有人敢稱第一。她過的橋都比她走的路要長，竟然在她面前耍弄小手段，簡直可笑。她之所以沒有拆穿董貴妃，不過是因為她也被這事給震懾住了，再來就是她得在爍兒面前做些榜樣，不然以後如何對爍兒進行言教？

「放心吧！皇上那裡有哀家頂著，就是天塌了，也不會砸到妳。」太后對董貴妃感到些許失望。這個女人雖然比以前要成熟了一些，可還是不如皇后明智。有些時候，就是看見了某些事情，也得當自己耳聾眼瞎，不然自己哪天怎麼翻船的都不知道。

「臣妾遵旨！」董貴妃臉上掠過一絲窘色，但內心卻高興萬分。雖然自己的小心思被太后發現了，但是有了太后當靠山，她相信皇上就算發怒，也不關她的事。

董貴妃很快就恢復那副端莊的模樣，微笑著走上前，親暱地扶著太后的手，一路以標準好兒媳婦的姿態伺候太后往皇上的寢宮走去。

「太后娘娘駕到，貴妃娘娘駕到。」前頭領路的太監扯著他那尖銳的嗓音，大聲衝著皇上寢宮前的侍衛喊道。

寢宮裡的喬春，生平第一次覺得太監的聲音這般悅耳，簡直比天籟之音還要好聽一千倍、一萬倍！太后來得真是太及時了，她還在苦惱該怎樣把消息傳遞給她呢？

喬春臉上露出一抹燦爛的笑容，心裡則不斷思考待會兒該用什麼方式向太后透露訊息？

直接說，那絕對是不可能的；寫個紙條？也不行，不知這寢宮裡有沒有暗哨在盯著她。她待會兒既不能表現得過分激動，也不能太過直接傳遞消息，該怎麼辦呢？

喬春想著，不自覺地伸手摸了摸自己身上的東西，突然摸到腰間那一塊硬硬的物品，嘴角不由得微微上揚。

「太后娘娘吉祥，貴妃娘娘吉祥！」殿外的侍衛們看著前呼後擁而來的太后和董貴妃，驚訝之餘，連忙請安。

太后優雅地揮了揮手，威嚴道：「免禮！」說著便直接舉步朝皇上的寢宮走去。

守在門前的兩個侍衛見狀，立刻上前跪在太后面前，面無表情地說道：「請太后娘娘留步，皇上有令，任何人不得進寢宮。」

太后聞言，忽然伸出腳分別猛力地往那兩人胸口一踢，那兩個侍衛便如斷了線的風箏一般，直撲撲地朝寢宮大門砸去。這一跌，硬生生將寢宮的門給撞開，那兩個人也十分狼狽地趴在地板上。

喬春知道自己的機會來了，便跑到了大門口，用一副嚇呆了的樣子看著一臉怒容的太后和董貴妃。她知道那些守門的人一定不會輕易讓太后進來，所以她得自己製造機會，讓太后發現自己，然後太后才有理由進來。只有引太后進來，她才有向太后傳遞訊息的機會。

「太后娘娘，您看，皇上的寢宮裡果然有一個秀女在裡面。」董貴妃看著呆呆出現在大門前的喬春，臉上露出一抹高深莫測的笑容，同時心裡的陳年老醋罈也打翻了。

董貴妃緊緊掐著覃嬤嬤的手臂，恨得牙癢癢的，目光緊緊鎖在喬春身上。小狐狸精，居然長得這麼美，怪不得皇上為了她，還生了廢后另娶新后的念頭來。

真真太可恨了，想不到皇上居然忘了喬春，改迷上這種狐狸般的女人了。

「太后娘娘，請留步！」又有兩個侍衛跪在太后面前，攔住了她的腳步。

太后眸子微瞇，周身散發著威嚴的氣息，眸光冷冽地掃了周圍面無表情的侍衛一眼，輕笑著說道：「李嬤嬤，把我的龍頭杖拿來，哪個不要命的想要攔我，我就讓他死在我的龍頭杖下。」說著，她從李嬤嬤的手裡接過龍頭杖，氣勢十足地往地上跺了跺。

她這把龍頭杖可不是件凡物，聽說這黃金龍頭上的雙眼是用一塊古玉雕成的，當年先皇征戰雪國時，在雪國一座山上的山洞裡偶得這塊玉。先皇除了為太后做了這麼一把龍頭杖，還用剩下的玉雕成一塊免死玉珮。

「太后娘娘息怒，皇上有令，任何人不能踏進寢宮一步。」那兩個攔路的侍衛仍舊不為所動地跪在她面前，臉上毫無懼色。

太后的臉色又冷了幾分，突然間，手中的龍頭杖朝他們身上一掃，下一刻，他們已經飛出了寢宮外。太后再次冷冷看著那些蠢蠢欲動的侍衛們，說道：「哀家知道你們是皇命難違，但哀家可是皇帝的母親，大齊國一向以孝治國，你們認為這般阻攔我，皇上會輕易放過你們嗎？」

侍衛們相互看了一眼，相對無言。他們很想直接說，皇上在他們眼裡什麼都不是，他們只聽命國師。可是沒有國師的命令，他們不能暴露自己的身分。

他們用眼神飛快傳遞訊息，突然間全部跪了下去，整齊地喊道：「太后娘娘請！」

此時距離宮門外最近的侍衛已跑得不知去向，他得去通知淑妃娘娘，讓她來處理眼前這個情況。這麼短的時間，料想喬春也不敢輕舉妄動，畢竟她的孩子還在國師手裡。

「哼！一群不識好歹的狗奴才，早些讓開，不就可以免去皮肉之苦了嗎？」董貴妃小心地跟在太后身後，頗有狗仗人勢的意思，冷冷斥責起那些跪在地上的侍衛。

太后寒著一張臉，大步走進皇上的寢宮，由李嬤嬤伺候著端坐了下來。董貴妃則是規規矩矩地站在太后身後，只不過一雙眼睛死死地盯著喬春，恨不得用眼神將她撕成碎片。

喬春忍不住在心裡冷笑。這麼多年了，這個董貴妃愛爭風吃醋的性子還是沒有改變，她還真當皇上是個香餑餑不成？她個人的審美觀有問題，可別把自己也拉入瞎了眼的行列中去。

「奴婢參見太后娘娘，太后娘娘千歲千歲千千歲！」喬春柔笑著恭敬地對太后行禮。

太后輕瞄了她一眼，淡淡地說道：「古大將軍府的大小姐，如果哀家沒記錯的話，妳是侍選秀女，怎麼不在儲秀宮，反而會出現在皇帝的寢宮裡？」

將軍府的大小姐?!雖然心裡早已懷疑這個身分不簡單，但得到證實時，喬春還是忍不住吃了一驚。

這個阿卡吉諾真是費了好大的心思啊，連將軍府也不放過！這麼說來，他很有可能要同時陷她與將軍府的小姐入罪，才會先用這張臉弒君，之後再找個機會栽贓她是共謀。

喬春想著，猛然回過神來，佯裝怯怯地看了看太后，垂眸扭動著手指頭，低聲應道：「是皇上差人將小女抬到這裡來的。」

「好一個大膽的秀女，一點禮數都沒有！」李嬤嬤大斥一聲，瞄了太后的手勢一眼，氣勢洶洶地走到喬春面前，抬手賞了她幾個大耳光。

臉上雖然是火辣辣地痛著，但喬春心裡卻很開心。她剛剛是故意不按宮規回話的，為的只是要跟太后起衝突，這樣她才能在皇上或淑妃聞風趕來之前，把消息傳遞給太后。

「我不知道我有什麼錯。皇上昨晚說了，要廢后再娶我為新后，妳這是在毆打未來的皇后，難道就不怕死？」喬春抬起頭，滿臉恨意地盯著李嬤嬤。

董貴妃聽到喬春的話，早已氣得火冒三丈。她鳳眸中妒火直冒，恨恨地盯著喬春，快步走過來使出吃奶的力往喬春的臉上抽去，甚至卑鄙地用她那長長的指甲劃破了喬春的臉。

雖然臉上被塗了東西，但喬春還是能感覺到臉上陣陣生痛。這個該死的董貴妃，分明是假公濟私！

喬春見董貴妃打得正起勁，實在不願被她打成一個大豬頭，便伸手往她腰間用力一推，眨眼之間，董貴妃便狼狽地摔在幾丈之外。她的頭好巧不巧地撞到檀木桌桌腳，整個人便撞暈在那裡。

董貴妃的侍女們愣了愣，顯然沒料想到她一個小小的秀女，竟然敢以下犯上，打貴妃。待她們回過神來，便呼天搶地的跑去檢查董貴妃的狀況，一個個都像是死了親娘似的哭喪著臉。

因為她們發現董貴妃的臉不知被什麼東西給劃破了，而且傷口還很深，肯定會留下傷疤。董貴妃平時最在乎的就是她那張俏臉，如果她知道自己破相，只怕她們這些下人也沒有活路了。

而太后卻不為所動，只是微瞇著眼，眼神細細地打量著喬春。她記得古大將軍的千金並不會武功，但她若是沒有武功，怎麼可能輕輕一推就將董貴妃推至幾丈之外?!

「古大將軍就是這樣教育妳的？沒上沒下，不知輕重！難道妳就不擔心哀家下旨抄了妳全家？」太后語氣冷凝地喝道。

「我……我……」喬春囁嚅了幾句，話也說不流利了。突然間，她雙眼發紅地站起來，直直朝太后衝了過去，將太后撲倒在地上，一邊抱緊她在地上翻滾，一邊在她耳邊小聲說道：「母后，我是春兒，他們把我調包了。」

說著，喬春趁亂將那塊太后賜給她的玉珮塞進太后腰帶裡，眼尾餘光看到一臉冰霜的伊可人已經快到寢宮了，便雙手掐著太后的脖子，赤紅著眼，一邊掐一邊大聲罵道：「我掐死妳這個死老太婆，我掐死妳，妳憑什麼抄了我全家？我掐死妳，我掐死妳……」

在場的人全都嚇呆了，不明白事情怎麼會演變成這樣，就連李嬤嬤都愣在一旁，硬是沒上前拉開她們兩人。

太后雖然懷疑喬春的話，但感覺到她手勁不大，心中也有了懷疑，便配合她運氣讓自己的臉脹得通紅，宛然無法呼吸的樣子。

喬春看到太后賣力和自己一起演戲，實在很想笑，但這個時候她還真的笑不出來。不過，就算她笑，估計別人也看不出她的笑意，因為她的臉早已被打得又紅又腫，慘不忍睹。

伊可人踏進寢宮，看到滿室混亂，忍不住大叫一聲：「你們還杵著做什麼？還不快點拉開她！太后娘娘要是有了什麼閃失，你們擔當得起嗎？」

「是！」那些試圖拍醒董貴妃的宮女連忙撇下她，趕過來和李嬤嬤一起拉開喬春。

喬春瞪大雙眼，恨恨瞪著狼狽地坐在地上，不停咳嗽的太后，嘴裡反反覆覆說道：「我要掐死妳，我要掐死妳，都是妳害了我，都是妳害了我……」

伊可人細細地打量著喬春，見她的臉又紅又腫還流著血，再看看那個躺在地上，臉蛋狀況同樣好不了多少的董貴妃，最後將視線停在太后臉上。她心裡不禁開始猜測，剛剛到底發生了什麼事情？

看樣子太后和喬春並沒有攤牌，而是惡戰了一場。喬春難道就沒想過利用這個機會向太后通風報信嗎？

太后被宮女們攙扶著站了起來，她有些怯怯地看向伊可人，眼睛裡的瞳光也散開了，好似整個人都沒了生氣。

喬春不由得大駭。原來太后真的是在伊可人他們面前演戲，而她這個戲精已經成功騙了阿卡吉諾他們好幾年。喬春不得不佩服太后，她這出色的演技，完全具備奧斯卡最佳女主角的資格。

「臣妾參見太后娘娘，太后娘娘吉祥！太后娘娘受驚了。」伊可人輕掃了太后一眼，滿意地看著她對自己心生怯意。她扭頭看著李嬤嬤，吩咐道：「李嬤嬤，太后娘娘受了驚嚇，妳先扶太后娘娘回靜寧宮歇著吧！」

「是！」李嬤嬤恭敬地朝伊可人福了福身子，攙扶著還有些微微顫抖的太后，慢慢走出皇上寢宮。

喬春鎮定地站在一邊，倔強地冷眼看著董貴妃被人抬著離開，全程忽略伊可人探視的目光。她絕對不能露出異色，否則就別想一家團聚了。

第一三二章　通風報信

伊可人朝寢宮裡的宮女和侍衛們使了個眼色，伸手拉著喬春步入了內殿的桌前坐了下來，看著她那張被打得亂七八糟的臉，假惺惺地嘆息道：「妳怎麼就和她們對上了呢？妳難道不怕太后會要人把妳給就地正法？嘖嘖……瞧瞧這張如花似玉的臉，看得我心都痛了。」

喬春高傲地抬起頭，眼眸微瞇，說道：「我早就想打她們了，反正外面都是妳的人，還怕她們會吃了我不成?!」話裡的意思就是自己也算她那邊半個人，她的人不會眼睜睜看著自己死。

聞言，伊可人愣了一下，隨即哈哈大笑起來。「那妳的意思，就是答應我們的要求了？」

喬春冷冷抿著唇，恨恨道：「我恨這個國家，我恨太后，我恨皇上！我只想過普普通通的生活，是他們一步步將我拉進這個紛爭裡來。我為他們做了那麼多，他們卻還要這樣對我，我恨！如果不是他們一心想利用我的茶葉知識來替他們充裕國庫，我今日又怎麼會淪落到這種地步？我會有今天，全是他們的自私自利造成的，所以我恨他們，現在你們給我機會解恨，我為什麼不要？」

伊可人看著喬春冷若冰霜的臉龐，還有眼底深深的恨意，不由得相信此刻她真的很恨皇甫家的人，是真的願意替他們殺了那個狗皇帝。

伊可人滿意地點了點頭，鬆了口氣道：「妳想通了就好，今晚就行動。明天早朝前，我們要得到結果。」說著，她從袖中掏出一把精緻的匕首，放在喬春手裡。

喬春毫不猶豫地接過匕首，小心地將它放進衣袖裡，然後抬眸定定看著伊可人，問道：「那你們打算什麼時候放我出去？我的孩子會在哪裡與我會合？」

喬春知道他們不會真的放了自己和孩子們，但是她得當作自己不知道他們的真實想法，還是得貌似天真地問問伊可人。

她已經看清楚眼前的情勢，知道自己只能靜等太后將消息帶給大哥和二哥，等他們來救自己。在這等待的過程中，除了表現出乖巧柔順的樣子，還得聽他們的話。

伊可人微彎了彎嘴角，紅唇輕啟。「這事妳放心，只要明早我們得到我們所要的結果，就會趁亂將妳送出宮去。妳的孩子會在京城門口等妳，你們會合後，便可遠走他鄉。」

「真的嗎？」喬春臉上露出了欣喜的笑容，激動地抓著伊可人的手，捏得她吃痛。

伊可人皺了一下眉頭，用力抽回自己的手，有些惱怒地看著已經發紅的手背。

這個女人還頗有蠻力，光是聽到能與自己的孩子會合，就高興成這個樣子。看來她的頭腦其實並不如傳說中那般精明，被人賣了，還喜孜孜地替人數銀子。

伊可人站了起來，有點不太想面對喬春那張腫臉，微微撇開了視線，說道：「真的，只要妳配合，我們一定不會食言。」

「好，我就相信你們一次。」喬春輕扯了一下嘴唇，隨即吃痛地叫了一聲。奶奶的，這個董貴妃下手可真重，她現在連笑一下都會痛。

「我走了，妳好自為之。別妄想敷衍我們，妳的一舉一動，都逃不過我們的眼睛。」伊可人冷冷地丟下一句話，便轉過身神氣地離開皇上的寢宮。

這一天，皇甫俊自上了早朝，就沒有再回寢宮裡來，直到天黑以後，他才一臉疲憊地拖著身子走了進來。

寢室裡飄蕩著一種香味，味道很是清新，聞了以後，讓人全身不自覺地放鬆了下來。皇甫俊看到坐在貴妃椅上發呆的喬春，勾了勾唇，邁步走了過去。

可當他看到喬春那張腫得宛如豬頭的臉，卻被嚇得後退了幾步。他一臉驚訝地看著她，怒火滔天地問道：「誰把妳的臉打成這樣？」

「董貴妃。」喬春努力擠出幾滴眼淚，只不過那眼淚流在豬頭似的臉上，完全顯露不出一絲楚楚可憐。

不過，皇甫俊還是心疼不已，因為這是第一次看見喬春的淚水，儘管原本美麗的臉蛋有些失色，但他真的心痛難耐。他快步走過去，伸手想要撫摸她的臉，可她卻閃開了。

喬春頭一偏，閃開了皇甫俊朝她臉上伸來的手，可憐兮兮地說道：「皇上，我剛剛上了膏藥。」

皇甫俊心疼地看了喬春一眼，倏地站起身來，冷聲道：「妳在這裡休息，朕去替妳討回公道。」說著便轉身離開了寢宮。

輕笑了一聲，喬春搖了搖頭，心中暗嘆：董貴妃啊，妳就嘗嘗被自己心愛的人折磨的滋味吧。我雖是好人，但是妳不該三番兩次為難我，視我為眼中釘。這苦果，就由妳自己吞下吧！

靜寧宮

太后手裡緊緊抓著那塊當初她賜給喬春的、鑲著金鞭的龍形玉珮，陷入沈思。

早上在皇帝寢宮裡的那一幕，一遍遍在她腦海裡重播。她說她是春丫頭，喊自己母后，還有這塊玉珮。現在想起來，她的聲音的確跟春丫頭差不多。

怎麼會這樣?!皇帝居然將春丫頭給擄到皇宮裡來，還讓她頂著將軍府大小姐的臉，他到底想要幹什麼？難道這麼多年了，他一直都沒有放棄過那個荒唐的念頭嗎？

離譜，荒唐，朽木不可雕也！看來，皇帝真的無藥可救了。大齊王朝繼續放在他手裡，只怕遲早會被他給毀了。

只不過，這事太后也有些想不通。國師為什麼願意幫皇帝把春丫頭擄進皇宮呢？他們應該不會那麼好心，這中間肯定還有什麼不為人知的目的。

太后扶額坐在軟臥上，頭部隱隱作痛。

不行，她得想法子把消息告訴傑兒，要他設法把春丫頭救出去，她不能眼睜睜看著皇帝幹下那樣的糊塗事。皇帝不要臉皮，將來爍兒還要繼承大業，怎麼能讓爍兒活在皇帝的陰影下呢？

「李嬤嬤。」太后輕喚了守在門外的李嬤嬤一聲。

李嬤嬤聽到太后的叫喚，連忙掀開珠簾走了進來，福了福身子。「主子，您有什麼事情要吩咐？」

「去把那個丫頭叫進來。」太后朝她使了個眼色，語意含糊，但她們主僕相處大半輩子了，太后話中是什麼意思，李嬤嬤一聽就明白。

「是！奴婢這就去喚她過來。」李嬤嬤行了個禮，便轉身離開。

片刻過後，李嬤嬤領著一個小宮女走進太后的寢宮。

小宮女一臉平靜地對著半躺在軟臥上的太后行禮。「參見太后娘娘，太后娘娘吉祥！」

「免禮！」太后眼眸微瞇，淡淡說道：「妳知道哀家找妳來為的是什麼事嗎？」

「奴婢不知，請太后娘娘明訓。」小宮娥冷靜地應道。

「呵呵！」太后眸中閃過一絲讚賞，不由得輕笑了聲。「妳該知道，哀家不是一個好欺騙的主子，妳是什麼身分、什麼人、聽誰差遣，哀家心裡有數。」

她早就知道這個平日裡不起眼的小宮女並不簡單，她之所以裝聾作啞這麼多年，不過是因為她知道她的來歷，也知道她對自己沒有任何威脅，而且必要時還能幫自己一把。就像現在她不能將訊息傳出去，但她卻辦得到。

「今晚哀家放妳出宮，妳去向妳主子彙報今天皇帝寢宮的事情。並讓她幫哀家帶話給逍遙王，日後哀家少不了你們的好處。」太后開門見山地道出自己找她來的目的。

「太后娘娘要奴婢帶什麼話？」小宮女抬起平靜的臉，波瀾不驚地直視太后。

她不意外太后知道她的真實身分，因為她在太后身邊這麼多年，對於她是個什麼樣的角色一清二楚。說好聽一點，太后之所以一直不對她動手，不過就是因為她不是敵人。然而說到底，她們也不是朋友，不過必要之時，她還有利用價值。

「妳要答應哀家，不管遇到什麼樣的阻礙，都要把口信帶到，否則這個世上就不會再有影門，還有妳的弟弟也不會去找妳爹娘團聚。妳應該知道哀家這話不是嚇唬妳的。」太后看著她淺淺一笑，但眼神卻是冰冷的。

「奴婢一定將話帶到。」

「六個字，『春在宮，速營救』。聽清楚了嗎？」太后低低吐出了一句話。

「清楚了，奴婢這就去辦。」小宮女福了福身子，彎腰垂頭退了出去。

太后看到小宮女退了出去，低嘆了口氣，說道：「李嬤嬤伺候哀家就寢吧。」

「是。」李嬤嬤上前扶著太后往內室裡走去，邊走邊心疼地勸道：「主子，您就放寬心吧，還有王爺在呢，不會有事的。」自己的主子心裡在想什麼，她很清楚，也不該多嘴，可是她看到主子這些年來一直隱忍，實在心疼得厲害。

「唉……李嬤嬤，不枉我們主僕相處了這麼久，還是妳最了解哀家。待會兒哀家睡了，妳也去休息吧。」太后不由得感嘆了一番，伸手輕輕拍了拍李嬤嬤的手背。

她們雖名為主僕，卻情同姊妹。這個時候有她陪在自己身邊，也是件令人安慰的事。

夜深人靜，太后翻來覆去，無法安睡。

她心緒不安，總有一種今晚會發生大事情的預感。

皇甫傑看著無聲無息潛進他書房的蒙面人，她雖是一身夜行衣，臉上只露出一雙眼睛，但皇甫傑還是可以從她的身形中判定她是姑娘家。

「請問姑娘這麼晚了來找本王，所為何事？」

她見皇甫傑一副事情都在他掌控中的樣子，不禁為他的淡然而折服。面對一個夜闖書房的人，他非但不驚慌，還雲淡風輕地問她是不是有事找他，果然膽識過人。

「王爺，小的是來替太后娘娘傳信的。」她就是那個小宮女，影門在皇宮的內應，可惜她全然不知眼前的逍遙王就是影門真正的主子。

皇甫傑驟然坐直身子，鳳眸迸射出一道精光。「是母后要妳來的？什麼事？」

「太后娘娘要我傳給王爺六個字，『春在宮，速營救』。」

「什麼？」皇甫傑激動得差點從椅子上站起來，他雙眼緊緊盯著她，彷彿沒聽清楚她說的話。

「春在宮，速營救。」小宮女又重複了一遍。

「妳回去吧。」再次聽到相同的六個字，皇甫傑已經不再那麼激動了，但是他的心卻比剛剛更雀躍。終於有四妹的消息了，原來四妹在皇宮裡，怪不得連綠裳都不知道四妹的下落！

「是。」小宮女恭敬地行過禮，轉身退到房門口時，突然頓住了腳步，輕輕朝書房裡的皇甫傑丟下話：「那個春好像在皇上的寢宮裡，她被易容成古大將軍的長女。」

說完，她便一個縱身，消失在黑夜之中。

她本不應如此多嘴，但她敬重逍遙王的為人，也敬重他是個愛國愛民的好王爺，所以免費贈送一句話，也無傷大雅。不過如果她知道眼前的王爺就是她真正的主子，恐怕會更加大方。

「卓越。」皇甫傑情緒再次激動了起來，衝著書房外喚了一聲。

卓越推門走進書房，看到滿臉歡欣的主子，恭敬地問道：「主子，有公主的消息了？」

他想不到目前還有什麼事情，比知道公主的下落更讓主子開心。

主子和公主雖然只是義兄妹，但他們之間的情分並不比同胞淺，對於重情重義的主子來說，這個義妹是他生命中最重要的女人之一。

「嗯，你快點去把柳伯伯、東方大叔還有二弟、三弟找到書房來，已經有四妹的消息了。我們得儘快研究出一套營救四妹和那些孩子們的辦法來，不能再等了。」

皇甫傑的心情還無法完全平靜，這個消息來得好，二弟終於能鬆口氣了。只是，他一想到皇兄的所作所為，心頭便像被根魚刺牢牢刺住，拔了很痛，不拔更痛。

皇兄，你怎麼能如此愚蠢呢？就算不是自己的義妹，也是人家的妻子、娘親、兒媳婦。你這樣做，難道就沒想過將來史官要如何寫下這一筆嗎？皇甫家的子子孫孫以後如何面對天下百姓？皇室尊嚴何在？

糊塗啊糊塗！

皇甫傑搖了搖頭，趁卓越去通知唐子諾他們時，急匆匆地跑到後院將喬春的消息告訴一樣為這事擔心的杜湘茹。她這幾天也是擔心受怕地過日子，因為誰都不知道對方會在什麼時候、什麼地方對誰下手，尤其是喬春失蹤，更讓大夥兒亂了陣腳。

這對新婚夫妻匆匆交談以後，皇甫傑又急急忙忙趕回書房與眾人一同商議喬春與孩子兩邊的營救大事。

第一三三章　營救

「大哥，剛剛我收到媚娘的消息，春兒極有可能在皇宮。」唐子諾面露喜色，伸手從衣袖裡掏出一個青花瓷瓶放在桌面上，又道：「這個裝金創藥的青花瓷瓶是四妹的，我們的人來報，這是一個被安置在皇上寢宮的待選秀女給她的。如果我猜得沒錯，只怕四妹就是那個待選秀女，而且極有可能被易容了。」

皇甫傑盯著桌面上的青花瓷瓶看了一會兒，輕嘆了口氣，說道：「母后也差人從宮中帶來消息，確定那個待選秀女就是四妹。二弟，你先別著急，四妹她能保護好自己。只是……真的對不起，我不知道皇兄居然幹下這般糊塗的事。」

他真的是替皇兄感到害臊，他現在面對唐子諾，都覺得有些抬不起頭來，畢竟那個人是自己的胞兄。

唐子諾抿了抿唇，伸手拍了拍皇甫傑的肩膀，說道：「大哥，這事跟你沒有關係，我對四妹有信心，她一定沒事的。現在咱們先不談這件事，大家先一起研究如何兩邊同時行動？怎樣抑制阿卡吉諾下的蠱？」

「對啊！救人要緊，救人要緊。」柳如風嗅到沈悶的氣氛，連忙岔開了話題。

東方寒緊接著附和道：「柳兄說得沒錯，國師府裡那些孩子的處境真的很危險。」

「我覺得阿卡吉諾應該是用他的笛子控制那些人的。三年多前，我在晉國落崖前，那些與我交手過的人也被施了蠱術，倒下去又會再爬起來。我記得很清楚，當時阿卡吉諾就躲在半山腰上吹笛，後來他見我離開現場，才一直追到懸崖邊上來。」

皇甫傑緩緩將三年多前在晉國落崖前與阿卡吉諾對決的情況說了出來。當時那些人明明被刺中要害，卻又能在眨眼之間站起來與他們打鬥。當時卓越曾說那是江湖上傳說的不死士兵，現在想想，便能悟出這其中的奧妙。

「如果真是這樣，我們得先想辦法從阿卡吉諾身上取走笛子才行。可是，我們現在進不了國師府，該怎麼做才好？」柳如風客觀地分析現狀，想到他們仍舊沒有辦法進入國師府，他的眉頭就皺得死緊。

「我去取他的笛子。」東方寒站了起來，一臉堅定地說道。

「你？」大夥兒你看看我，我看看你，不是很放心。

「你們忘了我的江湖名號是什麼？」東方寒得意地掃了眾人一眼。他不僅是愛花如癡的花匠，更是二十年前就在江湖上銷聲匿跡的巧手神偷。這個世界上沒有他偷不到的東西，只有他不想偷的東西。

「呵呵，我們都差點忘記東方大叔的絕技了！好，這事就交給您。不過阿卡吉諾為人陰險，他身上還有一條金色的蛇，那條蛇奇毒無比，大叔可一定要小心防範。」

皇甫傑憶起東方寒以前在江湖上的名號，頓時鬆了口氣，笑了起來。幸好他身邊的奇人異士不少，不然真的拿阿卡吉諾一點轍都沒有。他與阿卡吉諾交過幾次手，也深知他本性陰險狡詐，便向東方寒提醒幾句，以免在他手裡吃同樣的虧。

「東方大叔，最好事先服下解毒丸，還有雄黃也帶上，必要的時候，往自己的衣服上灑滿雄黃酒，那樣阿卡吉諾的金蛇也對你沒辦法。」唐子諾說著，從衣袖裡掏出了一顆藥丸，還有一個瓷瓶的雄黃酒。萬事都防備著一點，總不會吃大虧。

東方寒伸手接過唐子諾手裡的東西，笑著看了大家一眼，說道：「你們分頭行事去吧，我先走了，等我的信號。」

喬春氣定神閒地品著茶，一邊算著時間。皇甫俊呢？他去清泉宮有一陣子了，怎麼還沒有回來？

又過了好一會兒，皇甫俊終於推門而入，看清抬眸朝他望過來的喬春的臉時，還是有點悶得慌，臉上的笑容也變得有些奇怪。現在喬春頂著的這張豬頭臉，實在太沒美感了。

「皇上，您回來啦？」喬春的語氣有些興奮。這不是佯裝，而是發自內心的。他要是再不回來，她的計劃要進行就比較難了。

皇甫俊聽到喬春那興奮的聲音，突然間覺得她的臉也不是那麼嚇人了，於是他快步走了過去，站在她面前，說道：「朕回來了。妳放心，朕剛剛已經狠狠教訓董貴妃那個賤人了。她簡直就是沒把朕放在眼裡，居然敢不召就闖入寢宮，還動手將妳打成這樣。」

皇甫俊拉住喬春的手，又道：「如果不是看在太子的分上，朕真想賜她一條白綾，哪會只是打入冷宮那麼簡單?!」

「皇上把董貴妃打入了冷宮？這怎麼可以！她可是太子的生母，丞相的千金啊！」喬春驚訝地掙開了皇甫俊的手，一臉不敢置信地看著他。她以為皇甫俊最多也就針對董貴妃打她耳光的事略施懲戒，哪知道他竟然把人家給打入冷宮了，實在是太過了些。

雖然董貴妃可恨，但她並沒有對不起皇上，皇上怎麼可以這樣對一個深愛著自己的女人呢？

皇甫俊重新抓回喬春的手，拉著她走到貴妃椅前，輕輕躺了上去，合上眼簾，淡淡道：「朕看奏摺看了一天，累了，妳幫我按一下吧。」

「是。」喬春見皇甫俊不願回應董貴妃的事，只得應了一聲，溫順地走到他背後，替他按摩起來。

「一個妒婦怎麼能當朕的貴妃？如果她心裡有朕，就應該顧及朕的感受。」半晌過後，皇甫俊閉著眼，輕聲說道。

喬春的手微微頓了一下，但只是一瞬間的事而已，隨即就恢復了過來，躺在貴妃椅上享受的皇甫俊根本沒察覺出來她的異樣，呼吸著空氣中淡淡的香味，就舒舒服服地睡著了。

如果心裡有他，就該顧及他的感受?!還真是大言不慚，敢情天下間就只有他的感受重要？果真不是一般自私！

「皇上？皇上？您睡著了嗎？」喬春探頭看了沈睡中的皇甫俊一眼，輕輕搖晃了一下他的手臂，見他沒有反應，又伸手用力朝他臉上揮了一巴掌，還是沒反應。

喬春看了看自己微微發紅的掌心，再瞄了瞄皇甫俊臉上那清晰的五指印，愉悅地揚起嘴角。伊可人不是要她在上早朝前解決皇帝嗎？那她就提前行動，擾亂他們的計劃，殺得他們措手不及！

喬春拿出銀針包，取出幾枚又長又細的銀針，對準皇甫俊身上幾個穴位扎了下去。過了一會兒，她伸手摸了摸皇甫俊的脈搏，又探了探他的鼻息。

皇甫俊的脈搏停了，鼻息也沒了。

她的任務已經完成，只不過……好像還有一件道具沒用上。於是喬春從袖子裡掏出伊可人交給她的那把匕首，確定好位置以後，稍微控制力度，又快又準地朝皇甫俊的胸膛一刀刺了下去。

鮮血湧了出來，慢慢染紅了皇甫俊的衣服。喬春不為所動，也沒有慌亂，而是看著血染在衣服上的範圍差不多時，才用銀針封住他身上幾個大穴位，把血給止住。

一切就緒！

喬春看著「死掉」的皇甫俊，不禁暗嘆自己的冷靜。自己居然能做到殺人不眨眼的程度，真的具備了做殺手的潛質。

她又靜靜等了一會兒，然後走到紫檀木架前，順手拿了些古玩和瓷器，狠狠地砸在地上，一邊砸一邊扯著嗓子，驚慌失措地大喊：「皇上，你冷靜一點，你別過來！你要是再過來，我就不客氣了！

「啊……你別過來！啊……皇上，皇上？你怎麼了？我不是有意的，我真的不是有意的……

「皇上，你千萬不要死啊！我真不是有意的……」

寢宮前的侍衛聽到裡面傳來的聲響，並不為所動，而是覺得皇上想對屋裡的女子出手，所以沒有進去察看。直到他們聽到喬春那驚慌失措的大吼聲時，才急忙撞開門，看到裡面的情況，一個個都傻了。

皇上的寢宮裡一片狼藉，地上全是碎片，最讓他們吃驚的是，皇上的胸前刺了一把匕首，昏迷不醒地躺在貴妃椅上，而他寢宮裡的女人則是抱著頭，渾身發抖地坐在貴妃椅前，嘴裡不停念叨著：「我不是故意的，我真不是故意的……」

領頭的侍衛率先從震驚中回過神來，他對身後的侍衛斥道：「還不快點去通知淑妃娘娘?!」接著他又伸手指著另一個侍衛，說道：「你出宮去通知國師大人。」

說著，他徐步朝貴妃椅上的皇甫俊走了過去，顫抖著手，提著心往他鼻前一探，立刻扭過頭看著地上的女人，語調輕顫地說：「死了……妳竟然殺了皇上?!」

喬春沒回答他，而是拚命搖頭，反覆說道：「我不是故意的，我真不是故意的……」

「皇上駕崩了！」領頭的侍衛朝皇甫俊跪了下去，一臉哀傷地向眾侍衛陳述事實。

「皇上……」一時之間，所有侍衛都整齊地跪了下去，狀似傷心欲絕地對著皇甫俊磕頭，甚至還仰天長嚎。

他們的嚎聲響徹皇宮，沒多久皇宮各處都亂了手腳，所有的人都掩面哭泣，趕到皇甫俊的寢宮前跪著。

而喬春則仍舊傻傻地反覆說著那句話，無論誰看了，都會覺得她已經嚇瘋了。

「俊兒……」皇宮裡的哭聲將淺睡中的太后給驚醒過來，她冷汗涔涔地坐起身，掀開幔帳急匆匆地穿起鞋，眼淚不停往下掉。

李嬤嬤驚慌失措地走了進來，一邊替太后更衣，一邊哽咽道：「請主子節哀！外面在傳皇上他……他……」李嬤嬤看到太后滿臉的淚水，咬了咬牙，說道：「皇上駕崩了。」

話一說完，她瞬間感受到太后的僵硬和崩潰，但李嬤嬤還是不忘提醒道：「主子，皇上突然駕崩，您一定要堅持住，否則指不定有些人會做出什麼事來……太子重要啊！」

皇上突然駕崩，如果太后不牽著太子站出來，這大齊王朝還會不會是皇甫家的，就很難說了。所以李嬤嬤不得不提醒太后不要因為傷心過度，而誤了國事，給他人機會鑽空子。

「去！派人保護太子！」太后微微一怔，立刻領會李嬤嬤話裡的意思，連忙讓她去找些心腹保護太子的安全。

「奴婢已經讓人把太子藏在安全的地方了，太后娘娘請放心。」

太后深深看了李嬤嬤一眼，微微頷首。「還是李嬤嬤懂哀家的心思。走吧，陪哀家上皇帝的寢宮去看看到底是怎麼一回事？」

「是！」

當太后趕到皇上的寢宮時，淑妃娘娘伊可人早已在那裡把持住大權，所有嬪妃都被她讓人給攔在各自的宮殿裡，全面向外封鎖皇宮大內發生的一切。

她要等，等國師趕來。

伊可人扶著搖搖欲墜的太后，看著已經被人抬到龍床上，已經蓋上白綢布的皇甫俊，隨即就要李嬤嬤扶太后回靜寧宮休息。她不能留太后在這裡，因為她怕喬春會把事情真相告訴太后。

雖然太后已經被他們控制了，但她不容有一絲一毫意外發生，所以她一定要把太后請走。

「我不走，我要在這裡陪我的皇兒！」太后撒潑似地揮開了李嬤嬤前來攙扶她的手，一屁股坐在凳子上，傷心地哭道：「皇兒啊，我可憐的皇兒啊！你怎麼忍心讓母后白髮人送黑髮人呢？」

太后一邊落淚一邊傷心欲絕地哭喊著，直到嗓子都哭啞了，她才像是突然想起她的皇兒是被坐在地上的那個女人殺的。於是，她發瘋似地站了起來，走到喬春面前，劈頭蓋臉朝她打了下去。

「都是妳，都是妳這個狠心的女人！妳還我皇兒，還我皇兒啊！」然而她這樣打罵似乎還不過癮，乾脆一不做、二不休，作勢去拉喬春，結果兩個人卻都摔在地上，結結實實疊在一起。

太后使了勁地猛打喬春，而喬春則是不停躲閃，結果就是兩個女人毫無形象地在地上打起了滾。

「假死。」

「拖時間。」

兩個人一邊打，一邊罵，一邊趁人不注意時簡單交談了幾個字。

「你們都是一群飯桶，還不快點拉開太后？如果傷到了太后，你們就是有十顆腦袋也不夠砍！」伊可人目光緊緊地鎖著地上翻滾扭打在一起的兩個人。幸好她們似乎沒有交談，只有掐架和扭打。

事情總算進展到這一步了，很快的，大齊國的所有一切都將落入他們手中，想必四皇兄會很安慰吧！

皇宮裡一團亂，宮外則有兩隊人馬火速趕往皇宮。一方是皇甫傑所帶領的暗衛，另一方則是收到消息的國師，帶領自己的不死士兵。

仇人相見，分外眼紅。兩方人馬在宮門口相遇，二話不說便廝殺起來。

「兄弟們，專攻這些人的脖子，儘量將他們的人頭一刀砍下來。我倒要看看，咱們偉大的國師還有什麼辦法替他們續命？」皇甫傑一邊與阿卡吉諾纏打在一起，一邊大聲對自己的暗衛們提醒。

一邊吼一邊打，一邊躲一邊攻，深更半夜的宮門口上演著搏殺的血腥場面，刀劍相撞聲與怒吼聲交織在一起，響徹九霄雲外。

皇甫傑和阿卡吉諾雙雙輕身一縱，站在高高的宮牆上，兩個人周身都釋放出冷冽的殺氣，眼神在半空中交會，充滿了挑釁的意味。

「阿卡吉諾，想不到我們還能再比一次高低。這次，你休想再從我手中逃走！」皇甫傑怒視著阿卡吉諾，向他下挑戰書。

這一戰已經誤了很多年，這一回，他絕不會再讓阿卡吉諾從自己手中僥倖逃走，就算是為了天下的黎民百姓，他也絕不能放任這個陰險狠毒的人再為非作歹！

「哈哈……」聞言，阿卡吉諾仰頭大笑了幾聲。但當他低頭看到自己那支俑兵明顯已經處於下風時，心頭不由得一驚，連忙伸手想去抽懷裡的笛子。

「我勸你還是不要吹笛子了，因為，你已經沒有那樣東西了。」皇甫傑瞧見阿卡吉諾的動作，得意地笑了起來。

他早已收到東方寒的信號，如果不是料定阿卡吉諾已經失去秘密武器了，他還不至於這麼放心大膽地讓自己的兄弟去與他的不死士兵對打。

阿卡吉諾大吃一驚，掏出懷裡的笛子一看，頓時傻了眼。這哪裡是什麼笛子，分明就是一小截樹枝。他們到底是在什麼時候神不知鬼不覺地將他的笛子給換了？又是什麼時候知道了他的秘密？

不可能，不可能！他們怎麼可能洞悉這一切呢?!

就在阿卡吉諾失神的這一刻，皇甫傑不再講什麼君子之道，直接趁其不備，使出全部內力往他的胸口拍了一掌。

「啊——」阿卡吉諾吃了一掌，不由自主地倒退了好幾步，才勉強穩住身子。他只覺胸口內氣血翻騰，雙手撫著胸口，瞪大眼睛看著氣定神閒站在自己面前的皇甫傑，接著吐出一大口鮮血。

「你……你的內力怎麼會增加得這麼快？」阿卡吉諾簡直不敢相信。他記得當初皇甫傑雖然內力很深，但完全比不上今日的強大，怎麼短短幾年他就變得如此厲害了？

皇甫傑輕輕拍了拍身上灰塵，輕蔑地瞥了阿卡吉諾一眼，笑道：「那是國師只顧著煉丹，想些害人的招數，因而荒廢了武功。」

「哈哈……」阿卡吉諾不禁再次仰頭大笑起來，笑著、笑著，又吐了好幾口鮮血出來。他的身體搖晃了幾下，看著皇甫傑冷笑道：「煉丹？哈哈……果然什麼事情都瞞不過王爺的眼睛！不過，王爺這次怕是失敗了，那些孩子這會兒恐怕已經變成一具具乾屍了！

「……那種只剩皮和骨的乾屍，不知王爺有沒有看過？我養的那些蠱蟲最喜歡吸飲童子血，尤其是陰年陰月陰時出生的孩子的血，哈哈……這會兒，恐怕王爺的義子和義女也成為乾屍了呢！哈哈……啊！」

阿卡吉諾的話還未說完，皇甫傑便毫不客氣地朝他胸口又拍了過去，一邊拍一邊怒吼：

「去死吧！你這個魔鬼！」

就在阿卡吉諾連吃了好幾掌，已經明顯撐不住的時候，只見空中瞬間閃過一道白光，很快便不見了，而隨著白光消失，一個圓滾滾的頭顱在地上翻滾著。

皇甫傑看著身首異處的阿卡吉諾，冷冷地抿嘴召集已經在宮門口等他的暗衛，馬不停蹄地往皇宮趕去。

一路上，皇甫傑的臉又冷又臭，他在心裡不停祈禱果果和豆豆能避過此劫，期盼二弟和柳伯伯他們能夠早點救出孩子。至於他自己，也有任務在身，他得進宮保住皇甫家的王朝，而那裡還有他的母后和四妹。

路途中他們雖然遇到不少國師的鷹爪，但是在他們看到一個暗衛手裡提著的頭顱後，就選擇束手就擒了。那個頭顱是他們的魂，現在他們的魂都沒有了，哪還有什麼戰鬥力？

短短的時間內，皇甫傑就帶著大隊人馬趕到皇上的寢宮裡，而前一刻還洋洋得意的伊可人，在看到皇甫傑丟到她腳下的東西以後，嚇得驚聲尖叫，兩眼一翻暈了過去，直接替皇甫傑省下一些力氣。

「把淑妃綁起來，用冷水潑醒。」皇甫傑向暗衛交代了一聲，隨即走到一身狼狽的太后面前，輕聲道：「兒臣來遲，讓母后受驚了。」

說著，他心疼地看著那被換了一張臉，而且臉上還有傷的喬春，低低道：「四妹，對不起，大哥來遲了！」

喬春吸了吸鼻子，眼淚不停掉下來，她著急地抓著皇甫傑的手臂，問道：「大哥，果果和豆豆呢？二哥可是去救他們了？」

「對，二弟、柳伯伯還有東方大叔都去國師府救他們了。四妹放心，果果和豆豆一定能逢凶化吉的！」皇甫傑緊緊握住喬春那不停顫抖的手。

喬春卻沒辦法安心，而是用力的抽出自己的手，驚慌地搖了搖頭，轉身就往外跑。「不行！我要去找他們！」

「四妹！」皇甫傑明白喬春的心情，可是皇宮現在亂成一團，留下她似乎比較好。

「大哥，皇上是假死，他是被我用銀針封住了穴道！」喬春一邊往外跑，一邊朝皇甫傑丟話。

皇甫傑看著喬春的背影，心知攔不住她了，便朝暗衛們吩咐道：「你們四個去保護公主！」

「是！」暗衛們接令之後，轉身便往喬春的方向跑去。

此時伊可人已經醒轉，她醒來以後，剛好就聽到喬春脫口而出的事實真相，頓時如同發瘋似地對喬春離開的方向吼道：「喬春，妳這騙子，妳不得好死！居然敢對我耍手段?!」

從不打女人的皇甫傑再也忍不住了，他上前隨手給了伊可人幾巴掌，把她的嘴巴都打歪了，人也再度暈了過去。

太后也是恨恨瞪了伊可人一眼，扭過頭對一旁的李嬤嬤說道：「李嬤嬤，去把哀家的銀針包拿來，哀家來替皇帝解開穴道。」

她真的沒想到喬春居然能想到這個方法，不僅迷惑了敵人的眼睛，還保全了自己和眾人。這次若不是喬春，恐怕皇帝真的活不成了！

國師府

煉丹室的暗室裡，十幾個六、七歲的孩子們相互依偎在一起，可是就算他們緊緊靠著彼此，還是覺得很冷、很害怕，因為他們之中每天都會有一個人被強行拉走，再也沒回來過。

蜷縮著身子，雙臂抱膝的豆豆緊緊靠在果果身上，看著伸手不見五指的暗室，不安地問道：「哥哥，爹爹和親親怎麼還不來救我們？我們會不會死在這裡啊？」

「不會！我們一定會與爹娘相聚的！」果果伸手摟緊了豆豆，企圖讓她重拾信心和鬥志。

娘親說過，一個人如果連信心和鬥志都沒有了，就會被困難打敗。反之，如果人有信心、有勇氣地面對挑戰，問題就能迎刃而解。所以現在他一定要讓豆豆保持信念，他也堅信爹娘一定不會丟下他們的。

「啊！哥哥，有東西在咬我，好痛！」豆豆忽然尖叫，慌亂地站起身來上竄下跳，企圖將爬在她腿上的東西給搖下來。

果果聽了，也不禁慌亂起來。再怎麼說，他畢竟只是個六歲的孩子，妹妹驚慌的反應，還有未知生物的威脅，讓他完全無法再保持鎮定。

「豆豆，東西掉下來了沒？它還有沒有咬妳？」果果緊緊抓住豆豆的手，急得額頭上都冒出了汗珠。

「啊！也有東西在咬我的腿！」就在這個時候，果果也大叫一聲，忍不住上下跳動起來。

一些小孩子聽了，不禁跟著他們兄妹倆尖叫，黑暗中聽到有東西咬人，哪個小孩子不嚇得大叫？

果果和豆豆吃驚地發現，無論他們怎麼甩，都無法將大腿上的東西給甩下去。慢慢的，他們覺得力氣愈來愈小，還渾身發冷。豆豆閉上了眼睛，一邊緩慢地跳著，一邊在心裡唸道：別咬我了，別咬我了……

唸著唸著，豆豆就發現那東西真的不咬她了，好像是能聽懂她的話一樣。她驚訝地睜開眼睛，激動地抓著果果的手臂說道：「哥哥，你快點唸，用心地唸，叫它們不要再咬你了。我剛剛這樣在心裡唸了幾遍，它們就真的離開，不咬我了。你快點唸呀！」

「哦！」果果連忙應了下來，只要豆豆說能行，就一定行！於是果果閉上眼睛專心默唸：別咬我了，別咬我了……

過了一會兒，果果興奮地抓起豆豆的手，說道：「豆豆，妳的辦法真的行得通！豆豆真棒！」

「哥哥，你說它們怎麼會聽我們的話呢？」豆豆好奇地問道，完全忘了剛剛的恐懼。

果果搖了搖頭，說道：「我也不知道。」

這些東西剛剛好像是在吸他們的血，吸了血之後就聽他們的話了，會不會是因為它們喝了他們的血，就能感應到他們心裡的想法呢？就像他和豆豆，因為是雙胞胎，所以他們之間有種心有靈犀的默契。

「豆豆，我們要不試一下，看看它們是不是真的聽我們的話？」果果建議道。

「怎麼試？」豆豆一頭霧水。難不成還要讓它們再爬上腿一次，然後叫它們別咬嗎？

「我們試試看讓它們幫我們找開關。」雖然這個想法很不可思議，但果果還是決定嘗試。

「好！」豆豆點了點頭。

「好，咱們一起開始！」果果說著，拉著豆豆盤腿坐了下來，兩個人閉著眼睛，專心致志地默唸起自己的想法。

暗室外，唐子諾和柳如風、東方寒正在四處尋找暗室的開關，可他們找了半天，卻什麼也沒找到。

本來像銅牆鐵壁一般的國師府，因為沒了國師和那支可以控制不死士兵的笛子，瞬間變得不堪一擊。他們一大隊人馬並沒有費多少力氣就攻了進來，順利闖進煉丹室。

唐子諾偏過頭看著正在書架前東摸西摸的柳如風，著急地問道：「義父，你那裡有什麼特殊的發現嗎？」

「沒有。」柳如風搖了搖頭。

「東方大叔呢？有線索嗎？」唐子諾不死心地看向東方寒。

他們幾乎已經把整個煉丹室裡的東西全都摸了一遍，連藏在那幅巨大山水畫後面的恆王牌位都挖出來了，就是沒發現暗室開關。

「果果、豆豆，你們在哪裡？」門外傳來喬春焦急的聲音。

聞聲，唐子諾猛地伸直了腰，看著出現在門口的那個陌生女子，內心不由得激動起來。

他快步跑了過去，一把將喬春穩穩抱進懷裡。

雖然她現在頂著別人的臉，可是他只要看一下她的眼睛，就能準確認出她。

「四妹，妳吃苦了！」唐子諾緊緊抱著喬春，淚水在眼眶裡打轉。

「我沒事！」喬春流淚回抱了唐子諾一下，突然伸手推開他，著急地問道：「果果和豆豆呢？他們在哪裡？」

「轟——」

喬春話才剛問完，突然間，煉丹室裡的牆壁轟地一聲移開了。果果和豆豆手牽著手從暗室裡走了出來，看著擁抱著一個陌生女子的唐子諾，不禁瞪大了眼睛。豆豆帶著哭腔喊道：「爹爹，您怎麼可以抱別的女人？小心我告訴親親！」

唐子諾和喬春一臉驚喜地看著果果和豆豆，飛快跑了過去，緊緊將他們抱在懷裡。

「果果、豆豆，我的寶貝……娘親終於看到你們了！」喬春忍不住淚流滿面，感覺自己似乎已經好幾百年沒抱抱自己的孩子了。

豆豆用力從喬春懷裡掙脫出來，她吃驚地看著喬春的臉，不安地問道：「您是親親？可是您的臉……您的臉怎麼啦？」

「呵呵，豆豆，娘親不是教過妳嗎？子不嫌母醜，難道妳全忘了？」喬春好笑地看著豆豆，伸手親暱地刮了刮她的小鼻頭。

她的樣子真的不好看吧，連自己的孩子都嫌棄了。不過，幸好唐子諾還是一眼就將她認了出來，讓她不感動都不行。

「呵呵，親親、親親……」豆豆哭笑著，上前死死摟住喬春的脖子，撒起嬌來。

「娘親，娘親……」果果也鬆開唐子諾，伸手摟住喬春，哭了起來。雖然他是個男孩子，但終究還是個孩子。

柳如風和東方寒把裡面那些孩子都帶了出來，看他們受了極大驚嚇的模樣，不由得心疼地搖了搖頭。這個阿卡吉諾可真是造孽，這麼小的孩子也下得了手。

「那是什麼?!」柳如風和東方寒看到從暗室周圍一排排走來的黑蜘蛛，不禁驚呼。

「停停停！」果果和豆豆異口同聲喝道，而那些蜘蛛像是聽得懂他們的話似的，果真停在那裡不動了。

「你們別跟來，乖乖待在這裡。」果果和豆豆又對著它們下令，然後兩人牽起唐子諾和喬春的手，說道：「爹爹、娘親，我們走吧。」

「果果，這些蜘蛛怎麼聽得懂你們的話？」柳如風忍不住吃驚地問道。他一生雲遊四海，見過不少詭異的事情，可像現在這種情況，他倒是第一次看到。他忽然想起過去曾聽說過西部那邊有些部族是用血來養蠱蟲的，而那些蠱蟲會聽血主的話。

難道這些蜘蛛咬過果果和豆豆?!

柳如風仔細地打量著果果和豆豆，見他們臉色正常，便稍稍安了心，除去這些蜘蛛含有劇毒的可能性。

果果伸手指著豆豆笑道：「這個是豆豆發現的。這些蜘蛛爬上來咬我們，豆豆因為害怕，就一直在心裡叫它們不要咬她，結果不知怎麼回事，它們真的不咬了。後來我們試了一下，發現它們聽得懂我們的話，所以教它們想辦法帶我們找到暗室的開關。」

「好神奇哦，對不對？爺爺。」豆豆抬起頭，看著柳如風問道。

柳如風聽到他們的話，已知這十之八九就是蟲蟲和血主的關係。想到果果和豆豆是陰年陰月陰日陰時出生的孩子，他突然間明白阿卡吉諾想盡辦法抓他們的原因了。他們不但能用來威脅喬春，還符合他的煉丹需求。

「走吧！我們先離開這裡。」唐子諾輕聲說道。

柳如風和東方寒聽了回過神來，牽著那些小孩子們一起離開國師府，隨即著手安排將這些孩子送回各自家中。

京城門外，喬春和唐子諾等人帶著孩子們回頭望了那杳無聲息的國師府一眼，隨即就跳上馬車朝蘭谷而行。

這一年，皇上退位，太子登基，太皇太后親自帶著小皇帝聽政。逍遙王則是帶著妻子離開了京城，無人知曉其行蹤。

唐子諾和喬春帶著孩子們過起雲遊四海的生活，三大世家愈來愈強大，穩穩成為大齊國的經濟支柱，唐家勢力位居其中第一。

五年後　春滿園茶館

一個十一、二歲的小姑娘站在舞臺上，說唱著關於茶仙子喬春雲遊四海的趣事。末了，她慧黠地笑了笑，伸手拿起醒木一拍，說道：「欲知後事，請聽下回分解！」

臺下，一對絕色男女相視一笑，眉眼間滿滿都是幸福。

看著臺上的豆豆，還有彼此相互凝望的眼神，唐子諾與喬春真不敢相信，不知不覺中已過了五年。

這五年來，他們先是到大齊國西部解決喬春被易容的問題，然後帶著孩子們遊遍大齊國與周圍列國的山山水水，如今再回到故國，看著緩步進入太平盛世的大齊國，回想起那些年經歷的風風雨雨，除了感慨，就只剩下感恩。

雖然經歷了坎坷和磨難，可這中間卻有更多溫馨和浪漫。兩個相愛的人執手之後，偕老之前，所有的悲傷快樂、痛苦幸福，都一起感受，彼此分享，一同分擔。

唐子諾深情地凝視著喬春，握著她的手緊了又緊，柔情似水地說道：「老婆，謝謝妳，謝謝妳來到我的世界，謝謝妳走進了我的生命，謝謝妳照亮了我的心！」

走遍了千山萬水，唐子諾發現有喬春陪伴的日子，不管是在沙漠，還是在森林；不論是在高山，還是在平地，幸福都如影隨形。

「為什麼要謝我？在你感到幸福的同時，我不也同樣得到你給我的幸福嗎？」喬春微笑著搖了搖頭，抽回被唐子諾緊握的手，笑道：「你等我一下，我有東西要送給你。」

唐子諾目送喬春離開，嘴角噙著笑意，開始期待她所謂的禮物是什麼。

忽然間，舞臺上傳來悅耳動聽的琴聲，唐子諾抬目望去，只見喬春已端坐在舞臺上，手撫琴弦，隔空與他深情對望，紅唇輕啟——

一定都是自有天意，
你出現在我眼前，
嘴角一直逸著幸福的笑。
和你一起的這些年，
發生的點點滴滴，
都沈澱在我的心裡。

我們相伴一起去懷念，
風風雨雨的一切，
都是寶貴的回憶。
再不用動情的語言來描述，

有你便是華麗的篇章。

約好未來的那些年，

我們還要一同去感受……

喬春輕柔的歌聲，訴盡她與唐子諾之間所有曲折的故事，也觸動了唐子諾內心最柔軟的一根弦，讓他無法自抑地流下眼淚。未來，他們還有很長的路要走，但有了彼此相守的承諾，相信這份幸福，將緊緊圍繞在他們身邊！

——全書完

旺家俏娘子 5 完

國家圖書館出版品預行編目資料

旺家俏娘子 / 農家妞妞著. --
初版. -- 臺北市 : 狗屋, 民102.09
冊 ; 公分. --（文創風）
ISBN 978-986-328-140-5（第5冊：平裝）. --

857.7 102016272

著作者	農家妞妞
編輯	連宓均
校對	黃薇霓　林若馨
發行所	狗屋出版社有限公司
地址	台北市104中山區龍江路71巷15號1樓
電話	02-2776-5889～0
發行字號	局版台業字845號
法律顧問	蕭雄淋律師
總經銷	知遠文化事業有限公司
電話	02-2664-8800
初版	102年9月
國際書碼	ISBN-13　978-986-328-140-5
原著書名	《农家俏茶妇》，由瀟湘書院（www.xxsy.net）授權出版

定價240元

狗屋劃撥帳號：19001626

網址：love.doghouse.com.tw　E-mail：love@doghouse.com.tw